Gast · Unsere Ponys und wir

Lise Gast

Unsere Ponys und wir

Ponyglück bei Lise Gast

Illustrationen von Angelika Stubner

Loewes Verlag Bayreuth

ISBN 3 7855 1862 5

Lizenzausgabe mit Genehmigung des Erika Klopp Verlags
Umschlag: Kajo Bierl und Claudia Böhmer
Satz: Typo Tausend, Nürnberg
Druck und Bindung: Wiener Verlag
Printed in Austria

Inhalt

Unsere Ponys und wir

Ponyglück bei Lise Gast

Unsere Ponys und wir

Ganz kurze Vorschau

Dieses Buch handelt von unseren Ponys und uns. Die Ponys erscheinen darin einzeln, eins nach dem anderen. Wir Kinder sind gleich zu Anfang alle da, deshalb ist es wohl besser, wir werden einmal kurz vorgetrabt, damit der Leser sich zurechtfindet.

1. *Arndt,* Student, einsneunzig groß und ein bißchen wohlwollend auf die viele Weiblichkeit herabschauend. Mit Ponys herzhaft und unsentimental.

2. *Lotte,* auch Otto genannt, aber ein Mädchen. Gerade fertig mit der Oberprima, studiert dann Medizin. Verbindet kranke Haxen, erneuert Umschläge und wäscht Geschwisterhälse mit Ausdauer. Unentbehrlich bei Streitigkeiten, da unbestechlich.

3. *Christine,* Buchhändlerin. Trägt als einzige mitunter Rock, nicht nur Hosen. Ist immer guter Laune, leidenschaftliche Dogcart*-Fahrerin. Versteht Große und Kleine richtig zu nehmen.

4. *Angela,* genannt Käpten. Reiterliche Naturbegabung. Gescheit, fleißig, streng mit sich und ihrer Umgebung. Sorgt für Ordnung in Stall und Haus.

5. *Katrin,* unser fotogenes Naturkind. Voltigiert, benutzt die Ponys als Turngerät und steht kopf auf ihrem Rücken.

6. *Steffi,* das Pferdekind. Nur aus Versehen ein

* Zweirädriger Einspänner.

Mädel geworden. Spricht ständig von Mischfutter, Trense, Ausbindezügel und Doppelrick, wiehert, schnaubt, trabt und galoppiert. Riecht nach Pferdemist, Sattelseife und Heu. Ist im Sattel erstklassig.

7. *Uli,* genannt der Knecht. Reitet gut, wenn er „mal" aufs Pony darf. Muß angeblich alle schwere Arbeit tun. Sehr tierlieb und nicht ohne Witz.

8. *Ben,* das Nestküken. Reitet ausgesprochen talentiert, vor allem vor Kamera und Gästen. Hat ein persönliches Verhältnis zu seinem jeweiligen Pony. Ausgezeichnet als Zureiter, auch bei Hengsten. Da er sehr früh aufs Pferd kam, einer unserer besten Reiter.

Zur Familie gehören noch, um Mutter im Haushalt (von dem sie nicht viel hält) zu entlasten:

Julchen, so genannt nach der Königin Juliane, da königlich im Auftreten. Unser guter Hausgeist. Verströmt ihre Zärtlichkeit auf Schnute und auf ihren Sohn.

Ronny, der erst ungeboren mitspielt, aber bald auftaucht und mit einem Jahr schon reitet und fährt. Süß wie ein Shetlandfohlen, begabt wie seine Königin-Mutter und einmalig wie Winklers „Halla".

Mutter. Beschreibung erübrigt sich. An ihren Früchten sollt ihr sie erkennen.

Das „Wir" bedeutet irgendwelche aus der Familie. Wir haben das meiste zusammen erlebt und immer wieder erzählt. Deshalb treten alle auf, aber es gibt keinen eigentlichen Erzähler.

Der Anfang

Wie wir zu Ponys kamen? Nicht überraschend; in der Luft und an der Wand gehangen hatten bei uns schon immer Pferde. Wir lieben sie, nicht nur den Pegasus, den Mutter zu reiten versucht, seit wir denken können. Aber wir besaßen keine, obwohl wir aus Schlesien sind; wir haben dort kein Rittergut verloren. Wir wünschten uns nur immer Pferde! Sie – besser die Ponys – warfen ihre Glanzlichter voraus. Die Großen von uns besinnen sich noch gut darauf, wie Mutter von unsern Ponys erzählte, lange vor dem Kriege, als Vater noch lebte und wir in einem so winzigen Siedlungshaus wohnten, daß man darin eigentlich weder an acht Kinder noch an ein einziges Pony denken konnte.

Wir dachten aber doch. Und in dem alten Adressenbuch, das merkwürdigerweise Flucht und Grenzgänge überdauerte, steht tatsächlich unter „P“: Pony, Shetlandgestüt Bongardt, Alpen, Niederrhein. Mutter hatte sich das notiert für die Zeit, „wo wir es können werden“.

Wann kann man sich ein Pony leisten? Darüber sind die Meinungen geteilt. Mancher behauptet, Ponys wären der größte Luxus, den es gibt. Dabei flimmert bei ihnen ein teurer Fernsehapparat, und sie laufen in seidenen Blusen und Pelzmänteln herum. Nichts gegen Fernsehen, Seide und Pelze. Was der Mensch braucht, soll er haben, sofern er es sich selber erwirbt. Wir wollten eben Ponys.

Bekanntlich kauft man alles, was man sich heiß wünscht, ein Jahr zu zeitig. Man kann es sich beinahe leisten und nimmt sich einfach vor, sich nun entsprechend krummzulegen, dann wird es schon gehen. Denn man wäre eben zu selig, wenn...

Man ist selig, liegt auch krumm, und es geht vieles, wenn man wirklich will. Deshalb ist es gar nicht so dumm, wenn man einmal über seinen Schatten springt, um schneller dahin zu gelangen, wohin man sich seit vielen Jahren sehnte. So machten wir es, und es war gut. Blacky hieß unser erstes kleines Pferd. Wir bekamen es zu Weihnachten. Mutter spricht schon im Januar von Weihnachten, freut sich darauf und spart dafür. Das ist nötig, weil wir so viele sind. Manchmal kommt aber kurz vor Weihnachten, wenn alles schon komplett ist, noch ein überraschendes Honorar. Solch eine Gelegenheit muß man wahrnehmen.

Übrig bliebe so ein unverhoffter Batzen zwar nie. Irgendwelche Wintermäntel fehlen immer, ein Paar Skistiefel benutzen mitunter drei Kinder gemeinsam. Manchmal streikt Mutter sogar, wenn wir um ein halbes Dutzend Kleiderbügel bitten. „Irgendwo muß man anfangen zu sparen!“ sagt sie dann patzig und schmeißt die Tür hinter sich zu, was wir nicht dürfen. Kinder werden immer unterdrückt.

Na schön, also keine Bügel. Wir hängen mit dem bekannten Gesicht „Bitte, von mir aus!“ wieder mal drei Blusen übereinander und sind uns einig, bei einer eventuellen Wiedergeburt in der Wahl unserer Eltern vorsichtiger zu sein. Und acht Kinder schaffen wir uns auch nicht an, höchstens vier, dafür aber eine richtige Wohnung mit Schränken und Flurgarderobe. Immer heißt es, wenn wir uns so was wünschen: „Kinder, darauf kommt es nicht an, sondern auf ganz andere Dinge. Das macht nichts." Uns macht es aber was!

Immerhin, kurz vor Weihnachten traf ein Geldschiff ein, mit dem Mutter nicht gerechnet hatte. Da spielte uns der heilige Georg, Schutzpatron der Reiter und Pferde – unser Vater hieß auch Georg, ob er seine Hand ein bißchen mit im Spiele hatte? –, ein Buch zu, in dem zwei kleine Mädchen Ponys haben. Und es wird davon erzählt, wie billig die Haltung dieser Tiere ist.

Das Buch hatte Mutter, ihrer Gewohnheit nach, lange vor Weihnachten gekauft und gelesen. Wir verschenken nur Bücher, die wir kennen. Man muß ja wissen, was man schenkt und ob es das richtige ist. Mutter rechnete und rechnete, sie hatte gerade fürchterliche Zahnschmerzen und keine Zeit, zum Zahnarzt zu gehen. Wir wohnten auf dem Lande, sogar auf einem Gut. Der Gutsherr hielt seine schützende Hand über uns, was wir ihm nie vergessen werden. Die Domäne lag neben einem alten Kloster, das jetzt Jugendhaus ist. Dort konnte man telefonieren, da war die „Öffentliche". Mutter stand mit ihrem Zahnwehgesicht am Telefon und riß sich fast die Knöpfe von der Joppe – ja, nein, ja, nein, als die Oberin kam.

„Was ist denn mit Ihnen los?“ fragte sie in ihrer besorgten Art.

„Ich will ein Pferd kaufen und hab' solche Zahnschmerzen!“ jammerte Mutter.

„Warten Sie.“ Die sanfte kleine Frau, die überall half, wo sie konnte, ging hinaus. Mutter trat von einem Fuß auf den anderen. Sollte sie? Sollte sie nicht? Oh, dieses höllische Bohren im Kiefer!

„Hier, nehmen Sie“, sagte eine mitleidige Stimme neben ihr. Mutter schluckte drei Tabletten, trank einen Schluck Wasser und sah auf. Schon das Lächeln der hilfreichen Frau mit der großen weißen Haube tat so gut.

„Was für ein Pferd ist es denn?“ fragte sie jetzt.

„Ach, ein Pony.“

Drei Minuten später ließ das Bohren nach. Und fünf Minuten später sprang Mutter über den Klosterhof, der Domäne entgegen. Durch den Äther surrte es von Westfalen nach Bremerhaven: „Schickt umgehend, wenn fehlerfrei, tragende Rappstute, Transport zu unserer Last, Lise Gast.“ Es war geschehen, die Sache lief!

Nun lebte damals, zum Glück nicht in, aber doch eng mit unserer Familie, ein alter Baron, der eine reichliche Pension zu verjubeln, nichts zu tun und demzufolge bei jedem Mitmenschen, der es sich gefallen ließ, etwas dreinzureden hatte. Der soll, als er jung und schlank war – es gehörte Phantasie dazu, sich das vorzustellen –, bei Kaiser Wilhelm Page und Prinzessinnen-Tänzer gewesen sein, wie er mitunter ganz lustig erzählte. Er war viel geritten, was sich für einen Offizier, wenn auch von der Infanterie, wohl nicht vermeiden ließ. Dieser rostige Baron hatte sich Mutter sofort mit Elan als Sachverständiger angeboten, als er etwas von Ponys hörte. Von seinem Burschen bekamen wir auch unser erstes kleines Pferd.

Nun ist Mutter mit ihrer ewigen Angst, jemandem weh zu tun, genau das Objekt, das ein Mensch braucht, der alles besser weiß. Die Tatsache, daß wir durch ihn die Anschrift des Ponyzüchters bekamen, baute Herr von Borgmeister zu einem Käfig aus, in dem sich Mutter von nun an zu bewegen oder – überhaupt nicht mehr zu bewegen hatte, außer er ginge an ihrer Seite, als wär's ein Stück von ihr. Jahrelang hat sie unter ihm gelitten und wir mit ihr. Aber nach dem alten Grundsatz: „Für was ist was!" ertrugen wir sogar ihn.

Das Pony kam! Am Tage vor Weihnachten lief ein Küchenmädel vom Kloster über den verschneiten Hof: „Frau Gast, Telefon!" Mutter flitzte davon, den rostigen Baron im Kielwasser.

Es war Abend, als die beiden die kleine Stute aus ihrem Bahnkäfig befreiten. Sie hatte ihnen schon sehnsüchtig entgegengewiehert. Bahnkäfige sind das übelste, was es beim Transport von Kleinpferden gibt, jedenfalls solche. Da stehen die Kerlchen eingezwängt, können sich weder rühren noch hinlegen. Ja, Blackys Käfig war so kurz, daß ihr Schwanz wochenlang nicht richtig fiel, weil er die ganze Fahrt über an dem elenden Querholz gescheuert hatte. Mutter hatte, eine Sekunde ehe sie in den Waggon kletterte, noch eine fürchterliche Vision: Wenn der unbekannte Absender nun ein junges Kamel geschickt hat? Und das Geld war fort, sie hatte sogleich telegrafisch bezahlt, damit das Pferdchen auch bestimmt unterm Christbaum stehen konnte.

Mutter riß die Waggontür auf. Wieder wieherte es – – – und das war Liebe auf den ersten Blick. Schwarz, im zottigen Winterpelz, mit feiner, klarer Nase und sehnsüchtig geweiteten Nüstern stand da Adele, die wir sofort Blacky tauften. Adele ist doch kein Name für so ein hübsches Pony. Später, in Süddeutschland, als wir unsere Pferdchen ins Stutbuch eintragen ließen, bestätigten uns das die wackeren Männer, die die Ponys brannten. „Mir nennet se Aadele", sagten sie mit solch ausgesprochener Betonung auf der ersten Silbe, daß wir bezweifelten, diesen Namen je anders ausgesprochen zu haben.

Hardehausen ist ein winziger Ort, eigentlich nur ein Ortsteil, im Ausläufer des Eggegebirges. Er zählt etwa dreihundert Seelen und liegt so lieblich, wie alte Klöster oft zu liegen pflegen. Die Gründer wußten schon, wo es schön war.

In solch einem Dorf kannte jeder jeden. Mutter und der dicke Borgmeister – nennen wir ihn so, weil er trotz seiner Pension ein Meister im Borgen war – warteten, bis es dunkel war, ehe sie mit ihrem kleinen Pferd Richtung Heimat die Landstraße entlangzokkelten.

Trotzdem verbreitete sich die Nachricht von der

Ankunft des Wundertieres mit der Schnelligkeit eines Feueralarms.

Arndt, der am nächsten Tag aus dem Semester kam, wurde die Neuigkeit schon auf dem Bahnsteig serviert. Wir anderen stellten uns zwar blind und taub, wußten aber ohne Ausnahme, daß bei Völlermann, der einzigen Gastwirtschaft des Ortes, die wir den „Blutigen Knochen" nannten, ein Weihnachtsgeschenk für uns im leeren Schweinestall stand, das schwarz war, vier kleine Hufe hatte, Hafer fraß und im Mai ein Fohlen erwartete.

Alles wußten wir. Dafür hatte schon Onkel Bubi gesorgt, der treue, ein wenig melancholische, von uns allen heißgeliebte Schwager des Gutsherrn, der Futter ausgab, ein Auge zudrückte, wenn wir Äpfel klauten, zerschmissene Scheiben glaubhaft als vom Wind eingedrückt deklarierte. Mitunter spülte er mit Arndt, unserem Ältesten, im „Blutigen Knochen" den Staub dieser merkwürdigen Welt und seine Melancholie mit ein paar Bieren oder Schnäpsen hinunter. Onkel Bubi, treu und verschwiegen, wenn es sich um Katastrophen handelte, war unfähig, ein schönes Geheimnis auch nur fünf Minuten in seiner Heldenbrust zu bewahren. So wußten wir es also alle, aber wir konnten Mutter doch nicht enttäuschen. Einer mußte schließlich die Seligkeit einer Weihnachtsüberraschung auskosten.

Unterm Christbaum konnte Blacky nicht stehen, das verbot die Lage unserer Wohnung unterm Dach. Hinauf wäre Blacky zweifellos gekommen. Ponys klettern wie die Gemsen. Aber herunter? Mit einer Vernunft, die ihre Jahre überstieg, verzichtete Mutter auf diesen Knalleffekt und beorderte alle Kinder kurz vor dem weihnachtlichen Kirchgang auf das Rasenrondell vor dem Gutshaus. Dann ging sie, um die Überraschung zu holen.

Wir standen und froren gehorsam. So entging uns leider das Bild, in dessen Genuß nur der Gastwirt kam: wie Mutter und Borgmeister das kleine Tier aus dem Stall zogen und durch den Schnee zum Gut führten. Borgmeister ging der Glätte wegen mit dem Stock. Völlermann rief den dreien nach:

„Maria und Josef!“ Mutter setzte sich vor Lachen auf den Hosenboden.

Also, das Programm wurde eingehalten.

„Nein, so eine Überraschung! Nein, Mutter, das haben wir nicht geahnt! Oh, ein Pferd!“

Etwas dünn fiel der Jubel ja aus. Mutter war enttäuscht, ließ sich aber aus den gleichen Gründen möglichst wenig anmerken. Erst nach einem Weilchen fragte sie schüchtern:

„Ja, freut ihr euch denn auch?“

„Na, furchtbar. Nur sag mal: Da können wir wohl nicht mehr drauf reiten – oder?“

Mutter sah uns an. Die ältesten von uns waren ihr damals längst über den Kopf gewachsen. Und nun ein gemeinsames Reittier von einhundertunddrei Zentimeter Widerristhöhe?

„Aber doch mit ihm leben – und es liebhaben!“

Freilich, das konnte man. Und die Kleinen konnten

natürlich auch darauf reiten. Borgmeister hob Ben gleich auf Blacky, dann Uli und Steffi. Und als er auch noch Thomas, einen anderen kleinen Jungen aus dem Hof, draufsetzte, schlug Blacky so unmißverständlich mit den Hinterhufen aus, daß der Kleine in weitem Bogen heruntersegelte, woraus wir scharfsinnig schlossen, daß Blacky bereits Familienmitglieder und Bekannte zu unterscheiden verstand. Großartig, sie paßte zu uns!

Aber im nächsten Augenblick war sie über den Rasen hin verschwunden, vor Übermut vorn und hinten hochgehend.

In zehn Minuten begann der Weihnachtsgottesdienst, die „Christvesper", wie man dort sagt. Auch wenn man ein Pony geschenkt bekommt, die Christvesper wird deshalb nicht versäumt. Wir sahen uns schon im Geiste mit dem Lasso durch den Gutshof jagen. Woher nimmt man bei der gebotenen Eile solch eine Leine? Schon da zeigte sich, wer das Pferdekind bei uns sein würde: Steffi. Binnen weniger Minuten war sie zurück, führte Blacky, die noch keinen Halfter hatte, an der Mähne und verkündete: „Sie hat gesagt, sie sei schon wieder lieb."

So kamen wir noch zu einem andächtigen Weihnachtsgottesdienst. Wir wußten, Blacky stand wohlgeborgen im Stall. Später hätte uns ein Auskneifen unseres kleinen Vierbeiners übrigens keine Sekunde beunruhigt. Wir lernten, daß Ponys wiederkommen, daß sie im Freien übernachten, ohne zu frieren oder sich zu erkälten, daß sie sich überall selbst helfen.

Aber damals waren wir noch Anfänger in diesem Fach.

Das Glück war bei uns eingezogen, schon weil Mutter so strahlte. Pferd bleibt Pferd, wenn es noch so klein ist. Und auf seinem Rücken liegt das höchste Glück der Erde.

So war jedenfalls der Anfang.

Leben mit Ponys

Das erste, was Blacky uns einbrachte, war eine polizeiliche Strafanzeige. Sie sollte nicht die einzige bleiben.

Wir hatten uns gleich in den Feiertagen darangemacht, ihr eine Wohnung einzurichten. Etwas abseits vom Gut im Eselskamp – er hieß wirklich so – stand ein alter Stall leer, gebaut im Jahre 1789, wie auf dem Stein über der Tür zu lesen war. Er hatte auch einen kleinen Heuboden. Mehr brauchten wir nicht. Der Gutsherr überließ ihn uns gern.

Unser Übereifer, diesen Stall umgehend zu säubern, mißfiel den übrigens ziemlich entfernt wohnenden Nachbarn. Als wir auf der Polizei erklärten, wie dies alles zusammenhing, zeigten sich die Ordnungshüter sehr freundlich und an dem kleinen Glück auf vier

Beinen lebhaft interessiert. Wir haben das später oft erlebt: Ponys gewinnen auf der Stelle die Herzen vieler Menschen. Die Liebe zum Pferd lebt noch in allen Volksschichten, und das nicht nur bei Kindern. Und die zum Pony erst recht, denn: „Je kleiner das Pferd, desto größer das Entzücken."

Blacky wurde von jedem geliebt, der sie sah. Wenn sie allein auf der großen winterlichen Koppel das Gras unterm Schnee hervorscharrte – Ponys weiden winters und sommers –, dann ging keiner vorbei, ohne sie anzusprechen, mit Zuckerstückchen zu locken, zu streicheln oder zu kraulen. Wir Kinder waren mehr auf der Weide als zu Hause. Wenn wir früher das Spazierengehen haßten, dann wurde es jetzt unser Schönstes. Blacky zottelte mit, erst am Halfter, bald aber ohne, wie ein großer schwarzer Hund.

Reiten durften sie auch die Kleinen zunächst nicht, da sie im Mai fohlen sollte. Aber fahren kann man mit Ponys bis zum letzten Tage. Die großen Mädel benützten die Feiertage, um ein Geschirr zu nähen. Alle Viertelstunden sausten sie die Bodentreppe hinunter – wir bewohnten doch den Dachboden des Gutshauses –, schmeichelten sich an Blacky heran, nahmen Maß und probten an. Das kostete viel Kopfzerbrechen, zahllose Nähmaschinennadeln brachen ab, dann aber entstand aus Sofagurten und Zugsträngen ein Einspännergeschirr, das fast nichts kostete. Wir haben es heute noch. Eine Trense besaßen wir nicht, also mußte es ohne gehen. Die erste Ausfahrt vollzog sich in einem solchen Heidihopp, daß der Fahrer hinterherschleifte und der Wagen um ein Haar zum Teufel ging. Ein kleines Pferd, das mit Stallhalfter und ohne Trense läuft, ist nicht zu halten, es ist stärker als ein Mensch. Das haben wir damals gelernt.

Noch am selben Tage bestellten wir ein Reitkopfstück mit Gebiß, Nasenriemen und allen Schikanen aus hellem Leder. Ponys brauchen Spezialgeschirr. Es kostete ein Vermögen. Na, egal, jetzt hatten wir ein Pferdehalfter, das an der Wand hing. Es roch nach Leder, Wagenschmiere und Pferd in unserem Zimmer.

„Ist das nicht so, wie wir es uns immer erträumten?“ fragte Mutter entzückt.

„Nein. Du mußt schimpfen, weil überall Reitzeug herumliegt, dann ist es erst richtig“, verlangte Lotte, die von jeher auf Stil gehalten hat. Sie, als die Zweitälteste von uns, entsann sich noch der ersten sehnsüchtigen Pferdegespräche von damals. Mutter hatte in jener Zeit oft gesagt: „Wenn ich erst schimpfen werde: Hier liegt schon wieder ein Sattel. – Nun hebt schon den Kreuzzügel auf! Dann wird es richtig bei uns!“

Einmal verreiste Mutter. Sie legte uns Blacky mit bewegten Worten ans Herz, fast mehr als unseren Jüngsten. Um den ist sie sonst immer sehr besorgt. Wir versprachen alles und nahmen uns auch das Beste vor.

Es war Winter und dicker Schnee. Borgmeister hatte einen kleinen Pferdeschlitten passender Größe aufgestöbert. Damit erschien er eines Tages und erzählte, der Förster in Mittelwald wäre so tief eingeschneit, daß er mit dem Rad nicht mehr durchkäme. Ob wir ihm nicht im Pferdeschlitten ein paar Brote bringen wollten?

Natürlich wollten wir. Steffi und Ben spannten ein, und zu dritt ging es los. Die Fahrt durch den schweigenden Wald war wunderschön. Wichtel, unser Dackel, durfte auch mit. Die Förstersfrau geriet fast aus dem Häuschen vor Freude über den unerwarteten Besuch.

„Kommen Sie doch herein! Nein, ist das rührend!" Sie legte Holz aufs Feuer und kochte Kakao.

„Waffeln habe ich gerade gebacken!"

Steffi und Ben sahen sich an und leckten sich die Mundwinkel. Blacky wurde ausgesträngt und bekam einen Armvoll Heu vorgeworfen.

„Wir binden sie aber an", sagte Steffi und brachte einen Strick herbei. Herr von Borgmeister erklärte, wie man einen Segelknoten knüpft, und tat sich damit dicke.

„So, seht ihr? Er geht nur auf, wenn man an diesem Ende zieht. Wenn an dem anderen gezogen wird, zieht er sich noch fester zusammen."

Steffi und Ben heuchelten Ehrfurcht vor so viel Wissen, legten Blacky eine Decke über, was unnötig ist, denn Ponys im Winterpelz frieren nicht. Wenn sie warmgelaufen sind, braucht man sie auch nicht abzureiben. Sie sind ja noch halbe Wildpferde. Wir streichelten und liebkosten Blacky und hätten sie am liebsten mit in die Küche genommen.

„Daß du nicht stiftengehst!“

„Sie kann ja nicht. Ein Segelknoten!“

„Ja, ja, wir wissen schon.“

Drinnen gab es also Kakao und Waffeln und eine wunderbare, bäuerlich überhitzte Wohnküche, in der man bald auftaute.

Steffi fand nach dem ersten Becher, sie müßte mal nach den Pferden sehen. Das klang großartig, fand sie. Blacky stand und kaute Heu. Sie nahm auch vergnügt die Waffel, die Steffi ihr heimlich mitgebracht hatte. Nach dem dritten Becher ging Ben hinaus, und er kam mit allen Anzeichen des Entsetzens wieder: Blacky war fort.

„Unmöglich, ich habe sie doch mit einem Segelknoten...“

Kuchen! Weg war sie. Man schob den Schlitten unter das Vordach, verabschiedete sich in Eile und lief los. Im Schnee ist ein Pony leicht zu fährten. An der ersten Ecke, Richtung Heimat, lag die Decke.

„Na also!“ frohlockte Borgmeister, dem nicht recht wohl war in seiner Haut, obwohl er so tat, als machte er sich nicht das geringste draus. „Sie ist bestimmt nach Hause gelaufen.“ Etwas asthmatisch keuchte er hinter den rennenden Kindern her.

Es wurde schon dämmerig. Pferde finden jeden Weg, den sie ein einziges Mal gegangen sind. Das wußten wir auch. Die letzten dreihundert Meter jagten Steffi und Ben im Galopp. Hinein in den Stall – er war leer.

Jetzt wurde es tragisch. Borgmeister schickte die

Kinder heim und hängte sich ans Telefon. Er rief alle Förstereien der Umgebung an. Wie oft haben wir später so an der Strippe gehangen! Ein Pony kann leicht für ein Wildschwein gehalten werden, besonders bei Bodennebel und Schnee. Und in dieser Gegend Westfalens gibt es noch viel Wildschweine.

Die Förster lachten. Borgmeister stimmte leicht gequält in das Gelächter ein. Nun passiert einem Pony nichts, wenn es eine Nacht im Freien zubringt, man kann Ponys gut ohne Stall halten. Es genügt, sie im Sommer vor Hitze und Schnaken ein wenig zu schützen. Aber Blacky war angeschirrt. Wenn sie irgendwo hängenblieb, konnte das Ganze übel ausgehen.

Borgmeister ließ eine Taxe kommen und fuhr nach Mittelwald zurück. Die Scheinwerfer leuchteten den Wald rechts und links ab, immer wieder hielt man an, horchte und lockte... Nichts!

Zu Hause war es schlimm. Ben weinte. Wir Großen versuchten, unsere Sorge voreinander zu verbergen. Nach langem Palaver beschlossen wir, Mutter vorläufig nicht zu benachrichtigen. Sie hätte sich unnütz geängstigt und auch nichts ändern können.

In der Nacht wachte Steffi auf. Sie hatte schrecklich geträumt. Noch ganz benommen angelte sie nach der Trainingshose, zog sie über den Schlafanzug. Dann schob sie den Fenstervorhang beiseite. Weißes, kaltes Mondlicht blendete herein. Steffi, jetzt ganz wach, tauchte unter dem Bett nach ihren Turnschuhen und förderte sie auch glücklich zutage. Und dann die Treppe hinunter!

Im Gutsstall war Licht. Steffi rannte über den quietschenden Schnee, als gälte es ihr Leben. Deutlich fühlte sie, dies hier ging sie an. Halblautes Reden, Kettenklirren, mitunter ein dumpfer Hufschlag gegen die Boxenwand. Steffi schob die Nase durch den Türspalt. Im nächsten Augenblick ging für sie die Sonne auf.

„Onkel Bubi!“

Da stand er über ein schwarzes Etwas gebeugt, das im Stroh lag. War sie – war Blacky –? Nein! Sie strampelte und wehrte sich, war ganz verfitzt in ihrer Leine.

„Auf drei Beinen ist sie angehumpelt gekommen, das vierte hing am Bauch, völlig verwickelt. Nein, nichts gebrochen, alles in Ordnung. Hier, halt mal!“

Steffi kniete schon neben dem kleinen Pferd. Und nun zogen sie gemeinsam, knoteten auf und entwirrten. Dann machte Blacky ein paar wilde Strampelbewegungen mit allen vier Beinen, warf den Kopf und – stand gesund und munter auf allen vieren, heftig die dicken Stirnhaare schüttelnd. Steffi hielt ihren Hals umschlungen und küßte sie auf die Nase. „Fein, Blacky, daß du nach Hause gefunden hast.“

Als die Mutter heimkam, wurde ihr alles berichtet, noch ehe sie das Haus betrat. Wir standen um sie herum auf der Koppel, die Großen und die Kleinen, und erzählten vom Segelknoten an bis zu der angstvollen Nacht. Mutter hatte Ben an der einen Hand und streichelte mit der anderen Blacky. Steffi nahm ihr nacheinander die Handschuhe und die Mütze ab.

„Aber Kinder, daß Ponys alles fressen, was faserig ist, das müßtet ihr doch wissen", sagte sie vorwurfsvoll. „Sie hat eben das Ende erwischt, an dem man ziehen muß, um den Segelknoten aufzubekommen."

„Haha!" Während Mutter diese Weisheit von sich gab, hatte Blacky das grüne Halstuch zur Hälfte schon aufgefressen. Und keiner hatte etwas gemerkt.

Wir haben mit Blacky alles mögliche erlebt. Aus einem alten Traberkarren – weiß der Himmel, wie er nach Westfalen kam, denn er stammte aus Frankreich – bauten wir mit Hilfe unseres Fahrrad-Sachverständigen einen leichten, gummibereiften Pony-Wagen.

Nun wurde es erst richtig. Wir konnten Besuch abholen und Gepäck zur Bahn kutschen. Wir haben mit dem Wagen umgeworfen und sind im Graben gelandet, verloren ein Rad und kamen eines Tages ohne Pferd heim. Alles, was mit einer kleinen Kutsche nur passieren kann, haben wir erlebt. Es war großartig, und wir verstanden überhaupt nicht mehr, was unser Leben früher, ohne Pony, lustig und abwechslungsreich gemacht hatte.

Mitunter sammelten wir Rinde im Wald. Dabei passierte uns, daß wir das Pferd verloren. Wir hatten Blacky ausgespannt, damit sie grasen konnte, und gingen in unserm Eifer immer tiefer in den Wald. Als wir schwerbeladen zurückkamen, war Blacky weg. Da haben wir den Wagen selber nach Hause gezogen, er läuft in Kugellagern und ist herrlich leicht.

Nachdem wir ihn im Hof abgestellt hatten, suchten wir Blacky. Da und dort war sie vorbeigegangen, wie uns gesagt wurde. Schließlich fanden wir eine deutliche Spur.

Ein aus Ostpreußen stammender Straßenarbeiter hatte versucht, sie aufzuhalten.

„Aber der jeht ja auf Menschen“, sagte er entrüstet.

Und dann, am 3. Mai, hatten wir plötzlich zwei Pferde. In der Mutterstutenbox des Gutshauses, in die wir Blacky für die letzten Tage einquartiert hatten, stand eines Morgens ein kleines, wolliges, graues Etwas, das uns vertrauensvoll sein seidenweiches Schnäuzchen entgegenhob. Onkel Bubi, stolz wie ein Spanier, war als einziger dabei gewesen, als Schnute zur Welt kam. Übrigens heißt sie eigentlich Appelschnut. Sie muß mit demselben Buchstaben anfangen wie ihre Mutter Adele. Wir nennen sie aber nur Schnute, neben den tausend Kosenamen, mit denen wir sie bedenken. Besonders Steffi ist sehr erfinderisch in dieser Beziehung. So hieß Schnute eine Zeitlang bei ihr „Sesam“.

„Warum Sesam?“ fragten wir.

„Weil sie so seltsam ist.“

Schnute war aber gar nicht seltsam, sondern ein ganz normales, vergnügtes und oft ungezogenes Fohlen. Es sauste schon am ersten Tag im Galopp rund um die Koppel. Blacky wurde mit ihrem Kind wieder jung und sauste mit. Die Leidenschaft für faserige Gewebe hatte Schnute sozusagen mit der Milch eingesogen. Sie fraß die Wäsche von der Leine, sie zog uns die Taschentücher aus der Tasche und knabberte den Liegestuhl so gründlich an, daß der

nächste Gast, ahnungslos hineingenötigt, durchkrachte.

Anfangs lief Schnute einfach nebenher, wenn wir mit Blacky ausfuhren. Sie war noch keine vier Wochen alt, da kamen wir eines Tages in heftigen Regen. Sofort kletterte sie am Hang seitlich des Weges empor und duckte sich unter junges Fichtendickicht. So schlau sind kleine Pferde. Und kleine Menschen im selben Alter?

Mitunter ärgerten uns die Ponys ernstlich. So zelteten wir einmal auf der Koppel. Da störten sie uns ununterbrochen, beknabberten alles, was sie erwischten. Sie fraßen die Kartoffeln auf, die wir am nächsten Tage braten wollten, nagten so lange an einer Teebüchse herum, bis sie ganz verbogen war. Außerdem steckten sie immerzu die Köpfe durch den Zelteingang, um zu sehen, wie es uns ging.

Schließlich kroch Steffi aus dem Zelt – es war sowieso sehr eng, weil wir zu viele waren – und rollte sich davor in eine Decke. Dort bewachte sie uns. Sie hatte einen großen, gegabelten Ast neben sich gelegt, mit dem sie Blacky oder Schnute zurückscheuchte, wenn sie heranschlichen. Schließlich muß sie doch eingeschlafen sein, denn auf einmal sank unser spitzes Klepperhäuschen lautlos in sich zusammen. Eines von den beiden frechen Mäulern hatte die Spannschnur durchgebissen, die vom Zeltstab zu einem der Häringe führte. Wir zappelten zwischen Decken, Pullovern, Schlafsäcken, Zeltbahnen, Büchern und fremden Gliedmaßen durcheinander, beschimpften uns gegenseitig und die Ponys dazu.

Schnute wuchs und wurde, da sie eigene Wege zu gehen pflegte, neben der Mutter angebunden, wenn wir ausfuhren. Sie trödelte sonst zuviel herum, so zärtlich wir auch lockten und riefen. Niedlich war es, wenn Blacky nach ihr rief. Manchmal tat sie es auf Befehl. „Blacky, ruf nach deiner Tochter!“ Auf das schmetternde Trompetensignal aus mütterlicher Kehle hin setzte sich Schnute dann in Trab oder in den entzückenden Fohlengalopp, bei dem sie immer wieder kleine, schiefe Bocksprünge einschaltete.

Da wir auch mitunter Autostraßen entlangfuhren, war das Anbinden geraten. Jeder Autofahrer sah uns nach, meist mit einem leisen Lächeln. Das Zurücklächeln wurde uns zur Gewohnheit. Eines Tages machte Arndt uns neugierig auf eine große Überraschung für Mutter. Und als wir das nächste Mal losfuhren, sahen wir sie.

Hinten am Ponywagen prangte eines der bunten Lastkraftwagenschilder: „Hör auf deine Frau, fahr vorsichtig!"

„Ich hab' auch ein Schild. ‚Gib Zeichen – wir weichen'. Aber dieser Engel, der warnend über dem Fahrer schwebt, gefiel mir besser", sagte Arndt voller Stolz auf den Erfolg seines Einfalls. Von nun an machten wir auf der Autostraße noch mehr Furore.

Unsere Großmutter, sonst von der quicklebendigen Unerschrockenheit der heutigen Oma-Generation, die eigentlich alle 52 Wochen ein Jahr jünger wird, weigerte sich, in „dieser Karre" mitzufahren. Unser Gutsherr holte sie meist mit dem Auto vom Bahnhof ab. Einmal hatte er keine Zeit, und es regnete. Kurz entschlossen fuhren wir mit dem Ponywagen los, unseren bunten, riesengroßen Sonnenschirm vorsichtshalber auf dem Rücksitz. Nun blieb ihr keine Wahl. Das elegante Lederköfferchen neben sich, das gelb-rote Riesentier von Schirm über sich aufgespannt, erreichte sie das Gut, ohne naß geworden zu sein, dazu schneller als zu Fuß, wie sie zugeben mußte.

Heimwärts trippeln die Ponys wie aufgezogene Uhrwerke.

Unsere Kleinen hatten nun jeden Tag Reitstunden bei Herrn von Borgmeister. Blacky erwies sich als ideales Reitpony, obwohl sie auf eine Vergangenheit als Milchwagenpferd zurückblickte. Ben war damals erst sieben Jahre alt. Welch ein Vergnügen, zu sehen, wie er sich auf Blacky tummelte.

Freilich hatte auch sie ihre Mucken. Am liebsten ging sie in Richtung Stall. Auch wenn sie springen sollte, bauten wir die Hindernisse daher immer so auf, daß der kleine Reiter in dieser Richtung startete, besonders wenn Besuch da war und zuguckte und alles besonders gut klappen sollte.

Alle Dorfkinder wollten natürlich reiten, auch die Sprößlinge der Sommerfrischler, die Hardehausen beglückten. Oft hörten wir, wenn wir am Hammerbach in der Sonne lagen und die Kleinen sich auf der danebenliegenden Wiese mit den kleinen Pferden amüsierten, anfeuernde oder angstvolle Rufe. „Werner, das Kind, das Kind", das war dann eine Mutter, die ihr Jüngstes erstmals auf Rosses Rücken sah, und Werner der dazugehörige Gatte. Oder: „Heiner, halt dir an die Mähne!"

Daß man von Ponyrücken nur sehr niedrig fällt, muß erst ausprobiert werden. Dann allerdings schwindet alle Angst, und die kleinen Reiter wollen nicht mehr herunter von ihrem Mustang.

Wir Großen sahen mit gemischten Gefühlen zu. So aufzuwachsen... Ob die Kleinen wußten, wie gut sie es hatten? Wir gönnten es ihnen, aber es juckte uns in den Sitzflächen.

Im Herbst fuhren Mutter und die Kleinen zu allen Reit- und Fahrturnieren in die Umgebung. Blacky wurde in Schaunummern vorgeführt. Der Erfolg blieb nicht aus. Bald hingen die ersten Schleifen über den Betten der Kleinen an der Wand. Außerdem ernteten Pferd und Reiter Schokoladentafeln und Tortenstücke. Obendrein wurden sie zigmal geknipst. Manchmal fuhren sie bei diesen Unternehmungen viele Kilometer über Land, übernachteten mit den Ponys bei Bauern im Stroh und traten am anderen Tag an. Wir beneideten sie nun doch. Was sollte aus uns werden? Wir waren schon sooo alt und mußten endlich auch in den Sattel.

Es wurde Herbst, wir mußten ins Internat zurück. Von Hardehausen aus gab es keine Möglichkeit, eine höhere Schule zu besuchen. Darum hatte Mutter nur noch die Kleinen zu Hause, die in die Volksschule gingen.

„Bis Weihnachten!" Blacky fuhr uns zur Bahn, und Schnute trottete mit. Wir winkten den Ponys, die über den Bahnhofszaun guckten, und die wir nun drei Monate nicht sehen würden. Lange und umständlich putzten wir uns die Nase, als das letzte Stückchen von zu Hause verschwunden war.

Erste, teils schmerzliche Erfahrungen

Der Umgang mit Pferden ähnelt dem Opiumrauchen. Hat man damit angefangen, so kann man es nicht mehr lassen. Es wird immer schlimmer. Schließlich hat man nichts anderes im Sinne als die Pferde.

Wir großen Geschwister begannen Nachhilfestunden zu geben und heimlich Blut zu spenden. Auf diese Weise erhöhten wir das Taschengeld und konnten uns, wenn die Sehnsucht uns übermannte, im nahe bei Bad Harzburg gelegenen Bündheim eine Reitstunde gönnen. Wir vermuten, daß unsere Direktorin dies wohl merkte, aber ein Auge zudrückte. Wer in den Sattel strebt, ist nicht aufzuhalten.

Außerdem heißt es, daß nichts den Menschen so veredelt wie der Umgang mit Pferden. Um sie nicht zu erschrecken oder zu ängstigen, muß man immer beherrscht, sanft und geduldig sein. So überstanden wir dieses längste Vierteljahr im Internat mit einigem Anstand, ärgerten uns nur, daß die Kleinen nicht genug von den Ponys berichteten. Einmal kam ein Brief von Ben, den Mutter anscheinend dazu angetrieben hatte. Er lautete: „Ich bin noch gesund, eure Borste." Das war nicht sehr ergiebig, bis auf den Spitznamen.

Von Mutter kamen allerdings auch keine regelmäßigen Berichte. Mitunter erhielten wir Postkarten oder Zettel, gelegentlich telefonierte sie auch nach 19 Uhr. Manchmal teilte sie uns per Brieftelegramm komische Sachen mit. Darin war auch Arndt groß. Wir hatten es uns daher abgewöhnt, vor Telegrammen zu erschrecken. Meist hatten sie etwa diesen Inhalt:

„Schaunummer geritten. Blacky zweites Hindernis gerissen. Arndt anscheinend auf Liebespfaden, da betäubend rasiert. Kanarienvogel wohlauf (wir haben nie einen besessen). Bleibt gute Menschen, tüchtig essen. Mützchen.“ Da die Telegramme in der Schule im Büro angenommen werden, haben wir mitunter Blut geschwitzt.

In der Adventswoche bekamen wir das übliche Päckchen mit Pfefferkuchen, Kerzen und Tannengrün aus Hardehausen und einen langen Brief. Darin schrieb Mutter, die – ähnlich wie Onkel Bubi – kein Geheimnis behalten kann, sie hätte für uns zu Weihnachten eine ganz große Überraschung. Eine – ob wir es uns denn nicht denken könnten? Sie finge mit S an ...

Wir konnten und mochten auch nicht. Wir wollten diesmal richtig überrascht werden und vorher nichts wissen. Das schrieben wir auch nach Hause. Mutter drehte und wand sich in den wenigen Briefen, die sie bis Weihnachten noch schickte, immer wie ein Aal um die große Überraschung herum. Aber schriftlich kann man sich ja nicht so leicht „aus Versehn“ versprechen.

Am Abend vor der Heimfahrt waren wir, wie meist vor den Ferien, bei der Direktorin eingeladen. Es gab

Tee und Gebäck. Die Großen von uns durften rauchen, wenn sie wollten. Die Koffer waren schon gepackt, uns erfüllten Vorfreude und Reiselust. Jeder erzählte, welche Weihnachtsarbeiten er fertig oder noch nicht fertig habe. Manche strickten noch mit roten Wangen am letzten Pulloverärmel. Kurzum, es war richtig gemütlich.

„Nur ihr seht mir so bedrückt aus!“ sagte die Göttliche zu den vier Gasts. „Habt ihr nicht alles fertig? Oder wo drückt der Schuh?“

Wir rückten zögernd mit unsern Sorgen heraus.

„Unsere Mutter hat geschrieben, sie hätte dieses Jahr eine ganz große Überraschung“, murmelte Lotte.

„Na und? Das ist doch schön“, wunderte sich Frau Direktor.

„Ach, schön ... Mutter hat manchmal so merkwürdige Einfälle.“

„Womit hat sie euch denn früher schon überrascht?“ fragten die anderen.

„Ach, einmal hat sie gesagt, es wäre auch so was Herrliches da, wenn wir heimkämen. Und da hatte sie unsere Betten knallrot angestrichen. Wir haben Etagenbetten, weil wir so viele sind. Und die auch noch rot, mit blaukarierten Überzügen drin!“

„Habt ihr euch da nicht gefreut?“

„Wir haben so getan. Man gewöhnt sich mit der Zeit ja auch daran.“

„Und sonst?“

„Einmal hat sie die Klo-Brille grün gestrichen, weil

Farbe vom Ponywagen übriggeblieben war. Die trocknete aber sehr langsam, und sie hatte die Brille nicht abgeschraubt, sondern..."

Lotte gab Katrin, die damals erst dreizehn war, einen Rippenstoß, aber es war schon zu spät. Alle lachten. Immer lachten sie über uns.

Unsere Frau Rexin lächelte übrigens auch, aber nett und gar nicht schadenfroh. Sie tröstete uns, diesmal wäre es sicher eine sehr schöne Überraschung.

Wir fuhren ab. Käpten war, wie meistens vor Weihnachten, überarbeitet, schleppte eine Grippe mit sich herum und hatte das Thermometer immer heruntergeschüttelt, wenn die Hausmutter nachsehen kam. Sie wollte doch Weihnachten nicht allein im Krankenzimmer des Heims vertrauern. Wir zerrten sie in Goslar beim Umsteigen, rechts und links untergehakt, mit uns und waren froh, als wir auf Arndt stießen, der aus Wolfenbüttel kam. Nun ging es gemeinsam der Heimat zu.

Nacht war es, als wir ankamen, und Weihnachtswetter mit Schnee und Sturm. Demnach nahmen wir als sicher an, daß wir abgeholt werden würden, und hatten deshalb auch nichts von Käptens Krankheit verlauten lassen. Daheim würde sie bis zum Heiligen Abend schon auskuriert werden.

Richtig, Mutter stand auf dem Bahnsteig. Arndt beförderte Koffer, Kartons, Schier, Geigenkästen, Seesäcke, Pakete und zusätzliche Mäntel aus dem Abteil. Wir wollten das Zeug wie üblich über den Zaun werfen. Mutter aber hielt uns zurück.

„Ihr müßt alle auf einmal durch die Sperre gehen. Dann kommt die große Überraschung!"

Nanu, heute schon? Wir gehorchten. In der Bahnhofshalle – wenn man bei einem so winzigen Bahnhof von Halle sprechen kann – stand etwas Großes, Lebendiges, Schwarzweißes ...

Käpten, durch das Fieber wohl etwas im Blick getrübt und auch leicht enthemmt, man spricht ja auch in der Narkose bekanntlich Dinge aus, die man sonst verschweigt, verhüllte das Antlitz und stöhnte: „Mutter hat eine Kuh gekauft!"

Wir haben sie später oft mit diesem Verzweiflungsschrei geneckt. Damals aber dachten wir alle dasselbe wie Käpten. Mutter krümmte sich vor Lachen. Selbst wenn sie eine Kuh gekauft hätte, würde sie die doch nie auf den Bahnhof schleppen, fünf Kilometer weit, mit schlenkerndem Euter.

„Und warum bringst du das neue Pferd mit?" fragten wir.

Mutter erklärte wortreich. Steffi war auf der Schecke hergeritten, denn ein Geheimnis wäre es ja doch nicht geblieben, siehe Blackys Kauf. Beim Start war es übrigens nicht ohne Schwierigkeiten zugegangen. Die Kleinen wollten stilvoll mit Glöckchen durch den Schnee reiten. Blacky und Schnute ließen sich das Bimmelim am Hals auch ruhig gefallen, die Schecke aber, das neue Pony, ging kerzengerade in die Luft. Steffi, die nicht losließ, wurde am Zügel mitgeschleift und landete in einer Schlammpfütze.

„Schecki" war also die große Überraschung mit S.

Sehr hübsch, wenn auch nicht reinrassig. Widerristhöhe etwa einsdreißig, also durchaus auch als Reitpferd für uns Große zu verwenden. Ihr Vater war ein Shetlandpony wie unsere kleinen Stuten, die Mutter ein mittelschweres Arbeitspferd. Schecki war sanft und klug, aber etwas weich im Rücken, so daß wir zwar gerade noch, Mutter aber kaum auf ihr reiten konnte. Lieb hatten wir sie sofort. Sie vertrug sich auch ganz gut mit Blacky und Schnute. Arndt führte sie heimwärts, während Steffi draufsaß, es war besser so. Die Straße war mordsglatt, und immerfort kamen von vorn und hinten Autos mit Scheinwerfern. Wir fingen langsam an, uns zu freuen. Drei Pferde, wunderbar!

Dieses Weihnachtsfest war recht bewegt. Es fing schon in der ersten Nacht an. Zwei von uns wollten noch etwas backen, kosteten aber wohl zuviel vom Teig. Das kommt davon, wenn man im Internat ist und nichts zum Naschen erwischt. Beiden wurde schlecht. Mutter rannte mit Eimern und machte Umschläge.

Arndt saß inzwischen in der Küche, wo Julchen an der letzten Weihnachtsarbeit werkelte, und klebte Ponybilder in ein Album, für Mutter zu Weihnachten. Morgens gegen vier bekam er Hunger. Das Feuer war aus. Er stellte den elektrischen Ofen neben sich auf einen Hocker, mit den Heizspiralen nach oben, und darauf die Pfanne mit den restlichen Bratkartoffeln. Als Mutter hereinschoß, stieß sie an das Gebäude. Es war das erste und einzige Mal, daß Onkel Bubi, der im

Zimmer unter der Küche schlief, an die Decke klopfte.

Trotz dieses pannösen Anfangs und vielfältiger Aufregungen wurden diese Weihnachtsferien ein voller Erfolg. Nun konnten auch wir großen Mädel reiten. Arndt mit seinem Gardemaß verzichtete. Dafür machte er gute Aufnahmen mit seiner kleinen Kamera. Wir anderen versuchten uns abwechselnd auf der Schecke, während Steffi die Blacky tummelte. Ben, unser federleichter Jüngster, stieg zuweilen schon auf Schnute, die – längst an die Trense gewöhnt – sich überdurchschnittlich kräftig entwikkelte. Freilich war das zu zeitig, aber sein Federgewicht und Schnutes Robustheit, dazu der schöne Schnee, in dem die Pferde so weich gehen wie in der Lohe einer Reitbahn – nein, wir konnten nicht widerstehen.

Schnute machte übrigens komische Kapriolen, um den ungewohnten Reiter loszuwerden. Außer den üblichen Kniffen, wie Rücken krumm, Abstoppen aus endlich erzwungenem Galopp und Seitwärtstreten, die jedes normale Pferd beherrscht und mit denen Schnute bei Ben schon nach dem ersten Mal keinen Erfolg mehr hatte, ersann sie andere Methoden. Einmal stieg sie – sie ist ausgesprochen pomadig, bewegt sich würdig und gemessen – in einen mit Schnee gefüllten Graben. Dort wurde sie Ben planmäßig los. Er krabbelte im Schnee herum wie die Maus im Mehlsack, und wir hörten ihn gedämpft schimpfen:

„Schnute, du Walroß!“ Später legte sie sich, auch im Geschirr vor dem Wagen oder unter dem Reiter, einfach hin, wenn es ihr nicht mehr paßte. Das Bild eines in sich zusammensinkenden Reitermonuments ist wohl das Lächerlichste, was man sich bei diesem Sport vorstellen kann. Wir brüllten vor Vergnügen. Ben, in seiner Reiterehre gekränkt, ritt von nun an mit Sporen. Schnute lernte bald, was sie sich erlauben durfte und was nicht.

Sie ist ein ausgezeichnetes Geländepferd geworden, nicht allzu schnell, aber gehorsam. Sie geht über jeden Baumstamm oder Graben, den man ihr abverlangt, klettert die steilsten Hänge hinauf und herunter, marschiert sogar durch Wasser, ohne zu mucksen. Aus der Zeit, in der sie zugeritten wurde, hat sie einen grämlichen Zug ums Maul behalten, der uns an Borgmeister erinnert. Der sah auch immer so mißvergnügt drein, wenn er nicht die erste Geige spielte. Und damit war es ja bald vorbei.

In Westfalen war das Heu stets knapp, in jenem Winter aber besonders. Kein Bauer rückte welches raus. Damals erfuhren wir, wie genügsam und hart Ponys sind. Daß sie unterm Schnee weiden und daß der Stall kalt sein muß, wußten wir schon. Unserer hatte nach der Koppel zu eine Luke, gerade so hoch, daß Schnute und Blacky rein- und rausspazieren konnten. Wir setzten keine Tür in diese Öffnung und konnten oft beobachten, daß die Kleinen auch bei scharfer Kälte nachts nicht im Stall blieben. Vor allem Schnute zog es vor, draußen im Schnee zu schlafen, ob

nun aus Leidenschaft oder weil sie sich durch die beiden anderen beengt fühlte, blieb ungewiß. Sie hatte aber auch den weitaus dicksten Pelz von den dreien. Sogar Schecki, die doch nur ein halbes Shetlandpony war, ertrug die Kälte anstandslos. Alle drei sahen komisch aus mit ihren fast spannenlangen Haaren, wie die Bären, nur daß der eine Bär schwarzweiß gescheckt war.

Das Heu reichte also nicht annähernd, aber Stroh gab es auf der Domäne genug. Wir holten jeden Abend mit dem Rodelschlitten einen Ballen Preßstroh, warfen ihn in den Stall und schnitten ihn auf. Am Morgen war er zum größten Teil verspeist, das andere Stroh diente den Ponys als Lager. Auf diese Weise kamen wir tadellos über den Winter, ohne daß unsere kleinen Pferde abmagerten. Geglaubt hat es uns allerdings niemand. Etwas Hafer fütterten wir zwar zu und alle Küchenabfälle, deren wir habhaft werden konnten.

Hafer wirkt bei Ponys wie ein besonders starkes Gemisch beim Auto. Sie werden lebhaft und eifrig, wir haben es ausprobiert.

Eines Tages kam Besuch, dem wir von den Ponys erzählten. Schließlich meinte die kleine Frau, sie würde sehr gern ein Stück spazierenfahren. Oder ginge es dabei wild zu?

Großmutter, eingedenk ihrer erfolgreichen Ponyfahrt, beruhigte sie. Die kleinen Schwarzen liefen wohl recht flott, aber von Wildheit sei nichts zu spüren. Neugierig und vergnügt schlenderten Großmutter, der liebe Besuch und Mutter nach dem Kaffee der Koppel zu. Steffi spannte gerade ein. Schecki stand aufgehalftert daneben.

„Fährst du, Ben? Dann reite ich voran“, sagte Steffi. Der Gast bestieg den Wagen, und los ging es.

Großmutter hatte nur zusehen wollen. Aber auch das blieb ihr zum Glück erspart. Steffi war angaloppiert, und die beiden kleinen Rappen vor dem Wagen zogen an. Pferde kleben ja zusammen wie Briefmarken. Schecki wollte und sollte den Tälchenweg entlanggehen, einen hübschen, landschaftlich reizvollen Weg, der für Autos gesperrt ist. Im Nu war Schecki um die Kurve hinter Völlermanns Wirtschaft verschwunden.

Blacky und Schnute kannten nur eins: hinterher! Der Tälchenweg senkt sich ganz langsam, so sanft, daß man nicht Schritt zu fahren braucht. Die Straße ist glatt, aber griffig. Besser konnte es gar nicht passen. Ben schwenkte die Peitsche (mit der er nie zuschlägt) und johlte: „Hoho, so fahren die Kosaken!“ Und Steffi ließ Schecki hergeben, was sie drinhatte.

Unsere kleine Besuchsfrau wurde blaß. Sogar Mutter, die mit im Wagen saß, hielt sich am Sitzbrett fest.

„Was machst du denn, Borste, zum Teufel!“

„Ich fahr Reklame!“

Die kleinen Schwarzen liefen im Geschirr, daß man ihre Beine nicht mehr sah. Von Zeit zu Zeit fielen sie in Galopp. Dann parierte Ben durch „O-la, o-la“, aber auch der Trab war schnell genug.

An der zweiten Kurve, die eng und unübersichtlich ist, hatte die junge Frau die Bremse entdeckt und zog sie schreiend vor Angst. Unsere Bremse war von jeher nur ein schmückendes Requisit. Sie quietscht zwar ohrenzerreißend, aber viel bewirkt sie nicht. Dafür war sie sehr teuer.

Wir haben weder umgeworfen noch sind wir irgendwo gegengefahren. Als Mutter sah, daß die junge Frau vor Angst zu weinen begann, griff sie ein und stoppte die Höllenfahrt. Heimzu ging der Gast zu Fuß, man hätte doch, meinte er verschämt, auf diese Weise mehr von der Landschaft. Mutter war wütend. Sie wäre auch zurück gern gefahren und mußte sich nun noch für ihre Kinder entschuldigen.

Später hat Steffi gestanden, sie habe die Ponys buchstäblich bis an die Nüstern mit Hafer vollgefüllt. Wie sie dazu gekommen wäre? Onkel Bubi habe ihr welchen geschenkt, weil sie ihm doch jeden Morgen Zigaretten holte. Wieweit dies der Wahrheit entsprach, war nie festzustellen.

Wir haben jedenfalls daraus gelernt, daß es keine dumme Redensart ist, wenn man von jemand sagt, ihn sticht der Hafer.

Ein neuer Ausblick

Bis zum Frühjahr liefen die Ponys auf der Gutskoppel. Sie weideten sich neben den Kühen satt. Wir zahlten Pacht, aber natürlich gab es Krach, wie bei allen Dingen, die gemeinsam benutzt werden.

Die Knechte behaupteten, die Ponys machten die Zäune kaputt. Die großen Jungen, die gern geritten wären und es nicht jeden Tag durften, zerschlugen die Fenster des Stalles und die vordere Wand des Heubodens, die schon pfefferkuchenmürbe war. Jeden Morgen waren die Ventile aus den Ponywagenrädern herausgeschaubt, und wir mußten schwitzend aufpumpen, zum hellen Vergnügen aller Umwohnenden. Wir hingen an dem alten Hof in Westfalen, der uns aufnahm, als wir abgerissen aus dem Osten kamen. Er wurde uns eine zweite Heimat. Noch heute träumen wir von dem steilen Kornhaus, das schon den Dreißigjährigen Krieg überdauerte, und von den alten Linden.

Damals jedoch begannen wir, Ausschau nach etwas Eigenem zu halten.

Zunächst pachteten wir eine Gemeindewiese und machten dabei die Erfahrung mit Zäunen, die keinem Ponyhalter erspart bleibt. Nach vielen Familienberatungen einigten wir uns auf den elektrischen Weidezaun Marke „XYZ“. Solch eine Pleite wie diese haben wir nie wieder erlebt...

Dieses Affentheater war jedoch auch lustig. Der Elektriker, ein Lette, der schon ein halbes Menschenalter in Deutschland lebt und aus purer Koketterie radebrecht, schwatzte ihn uns auf. Mutter ist leider so veranlagt, daß sie ein Pferd kauft, nur weil es „Sturmwind" heißt, obwohl es eine lahme Krähe ist. Und den elektrischen Zaun nahm sie, weil der Verkäufer so herrlich baltisch sprach.

Die Ponys respektierten den Zaun zwar nicht, aber die Anlage war grandios. Unsere Wiese lag sehr einsam, also ideal für Lausejungen. Deshalb baute der weitschauende Mann die Batterie in das Geäst einer alten Eiche ein. Man mußte, wenn man ein- oder ausschalten wollte, entweder hinaufklettern oder mit einem langen, gebogenen Ast auf raffinierte Art den Knipser herumlegen. Beides war ebenso schwierig wie reizvoll. Wir haben die schönsten Klettertouren gemacht. Klettern verhütet Haltungsfehler, hatte Lotte einmal in einer Illustrierten gelesen. Also schickte sie die Kleinen täglich einmal ins Blaue bzw. Grüne hinauf, um aus- oder einzuknipsen.

So erfüllte diese sinnige und teure Anlage doch einen Zweck. Die Ponys kümmerten sich, wie gesagt, nicht darum, ob der Zaun geladen war oder nicht. Wenigstens die Kleinen. Schecki stand in achtungsvoller Entfernung vor jedem Draht still, nachdem sie einmal einen Schlag gekriegt hatte. Auch Mutter fuhr zu unserer großen Erheiterung immer entsetzlich zusammen, wenn sie versehentlich drankam. Blacky und Schnute aber bewiesen, daß sie ein dickes Fell hatten. Nie waren wir so oft auf Ponyjagd wie nach der Anschaffung dieses teueren Gerätes.

Immer wieder hieß es: „Ihre Pferde gehen stiften!“ Frühmorgens, wenn der Lehrer des Dorfes ins Kloster ging, um Orgel zu spielen, fand er oft zwei schwarze Klümpchen am Eingang der Kapelle. Blacky und Schnute hatten dann die Nacht in einem fremden Garten verbracht und ruhten sich jetzt aus. Arndt behauptete zu unserem Ärger, sie käuten wieder. Im Sommer legten sich die beiden mit Vorliebe in den Kreuzgang des Klosters, wo sie auf den Fliesen Kühlung suchten. Wenn die Nonnen zur Vesper oder Maiandacht gingen, stolperten sie im Halbdunkel über die Ponys.

Der mit uns befreundete Lehrer pflegte Mutter zu benachrichtigen, wenn er solch ein Unheil kommen sah. Er pfiff unter unserem Fenster, wo Mutter an der Schreibmaschine saß. Ärgerlich wegen des abgerissenen roten Fadens ihres Gedankengarnes sauste sie die Treppe hinunter und scheuchte mit Hilfe des gutmütigen Volkserziehers die Ausreißer weidewärts.

Nichts ist ärgerlicher als der Zwang, eine teuere Anlage als nutzlos abschreiben zu müssen. Wir machten uns also an die Ursachenforschung. Als die Ferien anfingen, versprach Mutter dem goldne Berge, der einmal einen ganzen Tag Ponys hüten würde. Ben erbot sich schließlich. Er war damals noch klein und wurde von Mutter liebkosend „Hasenkind“ genannt, was er gar nicht schätzte, aber wie ein Diplomat schweigend duldete. Der Jüngste muß eben etwas länger das Baby spielen als die anderen. Er also sollte so lange aufpassen, bis er beobachtet hatte, an welcher Stelle die Ponys den Zauberbann des elektrischen Zaunes durchbrachen.

Mutter fuhr ihr Hasenkind mit dem Fahrrad hinaus. Es waren etwa zwei Kilometer, schon blöd, denn wozu hält man sich Ponys, wenn sie weit ab von der Wohnung stehen? Ben hatte einen Karl May unter dem Arm und die Hosentaschen voller Frühäpfel. Außerdem nahm Mutter noch eine Zeltbahn mit, die sie raffiniert an einem Holzstoß neben der Koppel befestigte. Sie zog einen Stamm so weit heraus, daß er den Dachfirst bildete, wenn man die Zeltbahn darüber hängte. Unter diesem Dach nahm das Hasenkind Platz und machte es sich, begleitet von Mutters Segenswünschen, für einen ganzen Tag bequem.

Das dachte Mutter und radelte heim. Schon auf dem Weg sah sie besorgt zu den schwarzen Wolken auf, die sich drohend über dem „Blutigen Knochen“ zusammenzogen. Unschlüssig, ob sie nicht lieber umkehren sollte, fuhr sie weiter. Es war inzwischen Mittag geworden, und zu Hause warteten sie mit dem Essen.

Nach Tisch ging das bekannte Geschrei los: „Mutter, du legst dich jetzt hin.“ Wie immer drehte und wand sie sich, gab vor, nichts lieber zu wollen als abzuwaschen, und legte sich, nachdem dieser Ritus überstanden war, zufrieden aufs Ohr. Fünf Minuten später fuhr sie kerzengerade aus dem Bett, wie der Teufel aus dem Kasten.

Ein Donnerschlag hatte sie geweckt. Aber kein gewöhnlicher Donnerschlag, sondern einer, der – sie schwor darauf – deutlich: „Hasenkind!" geschrien hatte. Mit der Geschwindigkeit eines Mannequins war sie angezogen und saß gleich auf dem Rade. Draußen schüttete es wie aus Kannen. Sie strampelte den Tälchenweg entlang und schrie unausgesetzt: „Hasenkind! Ben! Borste! Haaaasenkind!" Ben hat eine gute Lunge. Nach jedem Schrei lauschte sie angstvoll auf Antwort. Es kam keine. Nur der Regen prasselte hernieder.

Mutter hatte eine blühende Phantasie. Sie sah ihren Jüngsten schon vom Blitz erschlagen unter dem Holzstoß liegen, sie sah sein kleines Gesicht blaß und kalt. Jetzt war sie schon so nahe, und er antwortete immer noch nicht. Da mußte etwas passiert sein, lieber Herrgott im Himmel...

Das Hasenkind jedoch saß friedlich unter seiner Zeltbahn, auf die der Regen pladderte, und las Karl May. Es verstand überhaupt nicht, warum Mutter, sonst einigermaßen robust – acht Kinder härten ja jede Mutter ab –, in bedauernswert kindischer Manier ihren großen Jungen in die Arme riß, abküßte und dabei unentwegt „Hasenkind!" stammelte. Sie packte ihn aufs Rad und flüchtete trotz des strömenden Regens mit ihm heimwärts. Als sie im Hof vom Rad stiegen, waren beide naß bis auf die Haut. Im selben Augenblick brach die Sonne durch die zerteilten Wolken. Das Gewitter war vorüber.

Aus diesem Grunde erfuhren wir nie, wo eigentlich

unsere kleinen Schwarzen durch den Zaun krochen. Wir nahmen es als gottgewollt hin, daß wir trotz eines elektrischen Zaunes dauernd Ponys suchen mußten.

Um diese Zeit machte Arndt, der damals in Bonn studierte, eine Bekanntschaft. Mutter hatte immer schon gesagt: „Wenn du mal Gelegenheit hast, die Frau kennenzulernen, die dieses entzückende Buch geschrieben hat –" Sie meinte das mit den zwei kleinen Mädchen und den Ponys; inzwischen wurde es auch verfilmt. Arndt zuckte überlegen die Achseln und tat, als mache er sich schon aus Frauen wenig, aus Autorinnen und Drehbuch-Schreiberinnen aber rein gar nichts.

Manchmal ergibt sich etwas, ohne daß man von selber viel dazu tut. Es war Zufall, daß Arndt dieser Frau begegnete, aber er traf ins Schwarze. Arndt verbrachte mit der jungen Dame einen Tag auf dem Gut am Rhein, wo die Film-Ponys standen, und kehrte wieder mit der Devise: „Isländer forever!" Er war erstmals richtig geritten, und zwar, trotz seiner Länge und seines nicht geringen Gewichtes, auf Ponys: Auf Isländern. Er war hingerissen.

„Das sind Pferde", seufzte er, als er heimkam, „nichts gegen die Schecke, ich habe sie gern. Aber ein echter Isländer, genauso groß..."

Und er erzählte uns von Ritten über Land auf den stämmigen kleinen Gesellen, die über sechzig Kilometer am Tage hinter sich bringen, die Lasten tragen und Holz schleifen, im Freien leben wie unsere Shetländer und doch die Eigenschaften eines großen Pferdes haben, ja diese in vieler Beziehung übertreffen.

„Aber wenn man sie reitet, schleift man mit den Füßen auf dem Boden“, gab Mutter zu bedenken. Sie widersprach aus Diplomatie. Schon lange lechzte ihr Herz nach Isländern. „Und der dicke Hals biegt sich nicht, man bekommt solch ein gedrungenes Tier nie um den Schenkel, und – – –“

„Du solltest mal Gisela sehen!“

„Duzt du dich etwa mit ihr?“ fragte Mutter argwöhnisch. Arndt konnte nur geringschätzig die Schultern zucken. Es wäre bequemer, wenn man nur den Vornamen verwende, aber wenn Mutter Wert darauf lege, werde er von jetzt an alle Titel und Diplome der Dame mit aufsagen.

Große Jungen sind ein Problem. Man weiß nie, ob man es ihnen recht macht oder in ihrem Seelengärtlein herumstampft.

Übrigens wurde Gisela der meistgenannte Name für lange Zeit. Auch Mutter fing, nachdem sie ein einziges Mal in Bonn gewesen war, jeden zweiten Satz an mit „Gisela sagt...“, „Gisela meint...“ und „Ja, aber Gisela...“ Wir haben sie weidlich damit aufgezogen.

Kurz und gut, Mutter sah sich die Isländer an und war rasch entschlossen. Dies ist das Pferd für mich, dachte sie und behielt damit recht. Wenn man acht Kinder zur Welt gebracht und selber genährt hat, ist man nicht mehr ganz so schlank wie vor zwanzig Jahren. Mutter hungerte zwar beharrlich; aber als Leibroß brauchte sie doch ein stämmiges Pferd.

Isländer tragen schwere Männer, sie würden auch unter Mutter nicht zusammenbrechen.

Wir wußten noch nichts von unserem Glück, da hatte Mutter schon eine Stute bestellt, eine tragende, wie Blacky damals. Als Termin gab sie das nächste Frühjahr an. Wohlgemut begab sich Mutter daraufhin auf eine Auslandsreise, auf der sie leider mehr Geld verbrauchte als vorgesehen. Aber das kannten wir schon. Richtig rauschte wieder das gewohnte Telegramm „Sendet bitte umgehend telegrafisch..." durch den Äther, an irgendeinen ihrer bedauernswerten Verleger gerichtet. Die Rückfahrt führte über Bonn, Mutter rief Gisela an.

„Kommen Sie doch mal vorbei", sagte drüben eine leicht belegte Stimme. Mutter, nach längerer Abwesenheit auf Katastrophen gefaßt, fragte vorsichtig: „Ist was passiert?"

„Wie man es nimmt. Ihr Pferd ist da."

Mutter und Gisela haben manchen Abend feuchtfröhlich verklönt, einer der nettesten war dieser. Gisela konnte auch nichts dafür, hatte aber trotzdem ein schlechtes Gewissen. Immerhin, man trug die Überraschung mit Humor. Gisela half aus, und Mutter borgte. Acht Tage später erschien Gloa, direkt aus Hamburg, wo man sie seit einer Woche freundlich mit Hafer fütterte, den sie vorher nie gesehen hatte.

In Island kennen die Ponys nur die Weide, nur in sehr kalten Wintern wirft ihnen der Bauer etwas Fisch vor. Gloa schmeckte der Hafer. Sie durfte auch noch

acht Tage Ferien machen, brauchte keinen Schritt zu gehen und keinen Reiter zu tragen. Ihr Temperament war dementsprechend, als sie bei uns ankam.

Zum Glück fiel ihre Ankunft in den frühen Morgen, so daß die Kleinen trotz der ewig störenden Schule mit auf den Bahnhof konnten. Steffi und Uli ritten Blacky und Schecki. Ben saß auf Mutters Fahrrad-Gepäckträger, damit er zurückradeln konnte, wenn Mutter das neue Pony ritt. Das Halfter hing an der Lenkstange.

Der Waggon stand schon da, als wir ankamen. Gloa hatte die Fahrt darin auf Stroh verbracht, ganz nackt und ohne Halfter. Vor einem halben Jahr war sie noch in Island in der Herde über riesige Weiten gelaufen, frank und frei, ihr Fohlen neben sich, ohne je einen Sattel gesehen zu haben.

Dieses halbe Wildpferd ließ sich von uns anfassen, liebkosen und aufzäumen. Es stand sanft und freundlich still, als wir ihm Scheckis Sattel auflegten. Sobald aber Mutter aufgesessen war, ging es los wie ein D-Zug. Reiten können wir alle nicht. Die Kleinen werden es vielleicht noch lernen. Mutter nicht mehr, das ist kaum zu verlangen.

Also blieb ihr nichts übrig als uns zuzurufen: „Seht zu, wie ihr fertig werdet. Ich kann sie nicht halten!“ Ein paarmal fegte sie die Rampe vor dem Güterbahnhof auf und ab, daß die Funken buchstäblich flogen. Damals war Gloa noch beschlagen. Wir ritten sie später lange Zeit unbeschlagen. Dann lenkte Mutter Richtung Heimat. Wir anderen brausten hinterher, über Schienen und Schwellen, so gut es in der Dunkelheit ging.

Es ging nicht gut. Einmal fanden sich zwei Reiter in einem Lokomotivschuppen wieder. Dann sammelten sich alle Mann vor einer geschlossenen Bahnschranke. Nur Ben, der Radfahrer, fehlte. Schließlich aber fiel Gloa doch in eine zivile Gangart. Das Verteufelte war, daß sie ja kein Deutsch verstand. Weder „Brrr“ noch „Hohohoooo“, womit Steffi alle Pferde beruhigt, wenn sie es tief und langgezogen in die mißtrauisch zurückgelegten Ohren hineinsingt. Und eine Bremse ist beim Pony auch nicht eingebaut.

Ein Stück mußten wir die Bundesstraße entlangreiten, ratternden Lastzügen und flitzenden Personenkraftwagen, deren Scheinwerfer blendeten, entgegen. Gloa, die Autos nicht kannte, scheute kein einziges Mal. Sie ging schnell und drängend, aber ruhig und unerschrocken vorwärts. Mutter lachte schon wieder. Als wir heimkamen, war es hell.

Der Gutsherr stand an der Treppe, als wir einritten. Er sah nicht übermäßig erfreut aus.

„Wissen Sie, daß sie vorn bügelt?“ fragte er hinterhältig. Mutter wußte, daß dies fast alle Isländer tun. Sie sind keine Schönheiten, keine Araberpferde, sie haben abfallende Kruppen, schwere, dicke Köpfe, bügelnde Vorderhaxen und ein zottiges Fell. Ohne Reiter stehen sie da wie alte Kühe und lassen die Köpfe herabhängen, einen Fuß schonend auf die Vorderkante des Hufes gesetzt. Auch Borgmeister äußerte sich spöttisch über unsere Neuerwerbung.

Wir waren empört. Mutter versuchte, sich taub zu stellen.

Eines war weder zu überhören noch zu übersehen. „Lise Gast hat das vierte Pferd. So geht das nicht weiter.“ Das sagte unser Gutsherr unmißverständlich immer häufiger. Wieder tagte der Familienrat, denn hier mußte etwas geschehen.

Und es geschah! Christine, bereits jüngster Lehrling in einer Stuttgarter Buchhandlung, fand eine Anzeige in der dortigen Zeitung und schnitt sie aus.

„Liebliches Waldtal, Behelfsheim mit vier Zimmern, Küche, WC, fließend Wasser und Nebenräumen. Zwei Morgen Land. Billig abzugeben.“

Noch dazu im Remstal. Christine rief den Besitzer dieses Tuskulums an. Ob man dort Ponys halten könnte? Warum nicht, er habe Nutrias gezüchtet. Nutrias wären ja wohl etwas kleiner.

Kurz und gut, diese kleine Bleibe wurde unser Ponyhof oder doch der Anfang davon. Im Frühjahr zogen wir hin. Das aber ist ein Kapitel für sich.

Umzug mit acht Kindern, vier Ponys und einem Hund

Wir trennten uns nicht leicht von Westfalen. Aber wir sahen die Gründe ein. Außerdem wurden wir auf diese Art den unseren Hausfreund spielenden Borgmeister los. Anfangs hatte er, wenn ihm etwas nicht paßte, mit Wegzug gedroht, überzeugt davon, daß er uns damit ins Herz treffen würde. Nachdem Mutter aber einmal geantwortet hatte: „Ach, gehen Sie mir mit Ihren leeren Versprechungen!" drohte er mit anderem. Wir haben wenig üble Zeitgenossen erlebt, dieser Herr war einer von ihnen.

Also auf gen Süden! Den Winter warteten wir noch ab. Mit dem Erfolg, bei den jetzt üblichen Jahreszeitenverschiebungen erst recht in den tiefen Schnee zu kommen. Anfang Januar wären wir bei Frühlingswetter umgezogen, im März blieben die Autos im Schnee stecken.

Lotte hatte soeben das Abitur gemacht. Mutter erschien zur Abschiedsfeier im Internat und verkündete, sie dürfe als Belohnung mit den Ponys im Waggon nach Süddeutschland reisen, wie ein Olympia- oder Turnierteilnehmer. Steffi führe auch mit. Die kleinen Jungen seien untröstlich, weil sie nicht dazu auserkoren wären.

Das war eine Belohnung für sieben arbeitsreiche Jugendjahre! Da Lotte einsah, daß eine Weigerung bei Mutter auf Unverständnis stoßen würde, strahlte sie pflichtschuldigst und fand es „Rasse“. Es war, wie gesagt, wieder tiefster Winter geworden, jedenfalls in Westfalen. Am Tage vor der Abfahrt brachten wir alles Nötige zur Bahn, Stroh, Pferdefutter, Verpflegung für die Begleiter, Schlafsäcke, Taschenlampen, ein paar Bücher und so weiter. Mutter dachte an alles. Wir warfen den ganzen Kram vertrauensvoll in eine Ecke des Güterschuppens. Tags darauf kam erst der Waggon, in den die Ponys hinein sollten. Dann würden wir verladen.

Am anderen Morgen schneite es, was das Zeug hielt. Steffi, die ausgezeichnet fährt, sah ebensowenig von der Straße wie Lotte, jedenfalls nicht mehr als das, was sich weniger als drei Meter vor den Ponyköpfen befand. Drei Autos saßen fest, sie hatten im halbmeterhohen Schnee aufgegeben. Mutter ritt hinter uns, fast blind, die Augen faustdick voll Schnee. Trotzdem erreichten wir den Bahnhof noch vor der Zeit.

Das war aber auch nötig. Wer seinen Geduldsfaden prüfen will, der führe einmal vier Ponys, diese Dackel unter den Pferden, die Rampe hinauf und in den Wagen hinein. Wir versuchten es mit allen Raffinessen, rückwärts und mit verbundenen Augen. Wir zogen und schoben. Wenn man weiß, wann der Waggon spätestens angehängt werden muß, also termingebunden ist, bricht einem auch bei minus zehn Grad Celsius der Schweiß aus. Schließlich war es wieder Blacky, die zuerst Vernunft bewies. Sie machte den Anfang, und die anderen folgten.

Wir richteten uns vergnügt wie puppenspielende Kinder in dem rollenden Häuschen ein: links die Ponys, rechts Wagen. Schlafsäcke, Futterkiste, Seesäcke und alles, was wir sonst brauchten. Es wurde ganz gemütlich. Verpflegung war da, auch für uns. Daß wir welche für die Ponys hatten, verstand sich am Rande. Mutter denkt an alles.

An eine Kleinigkeit dachte sie nicht, nämlich an das Reisegeld. Lotte hatte es am Vortage von der Bank holen müssen. Nun lag es in einer Tasse im Küchenschrank, wo seit alters her die Frauen vom Lande ihr Geld aufzubewahren pflegen. Das fiel uns erst ein, als der Bahnbeamte den Wagen schloß. Und nun geschah, was keiner erwartet hätte: Wir mußten nicht wieder ausladen. Die Deutsche Bundesbahn stundete den Betrag.

Die Fahrt ließ sich nett an. Die Ponys gewöhnten sich so rasch an das Rütteln, daß wir sie gleich hinter Kassel losbanden. Sie gingen umher, fraßen, beschnupperten alles, einschließlich ihrer beiden Reisebegleiter, und waren in bester Stimmung. Wir lagen auf den Schlafsäcken und fanden nichts am Leben auszusetzen. Lotte hatte ihr Abitur in der Tasche; ob Steffi versetzt war, würden wir am neuen Wohnort erfahren. Sie machte sich deswegen keine Sorgen.

In Marburg gab es Aufenthalt. Wir wurden immer wieder an andere Züge angehängt. Hier hatte einst unser Vater studiert, hier besuchte jetzt Arndt die Universität, nur im Augenblick war er nicht da. Das alles lockte uns ins Städtchen hinein. Hier stand die

Elisabethkirche, hier gab es trotz der winterlichen Witterung sicher Eis für Steffis Süßschnabel. Wir tätschelten die Ponys, sagten den Beamten Bescheid und spazierten in die Stadt. Schließlich will man ja auf Reisen auch was sehen.

Wir sahen viel Schönes und kamen auch mit Zeitreserve zurück. Zehn Minuten vor der Zeit, das ist des Deutschen Pünktlichkeit – so haben wir es gelernt. Aber es hätte lieber „zwanzig" heißen sollen. Der Zug war umrangiert, der Waggon verschoben worden. Wir wurden versehentlich falsch geschickt und hatten uns auch die Wagennummer nicht gemerkt. Kurz und gut, der Zug fuhr ohne uns ab.

Du großer Gott, wenn Mutter das wüßte. Wir wußten, was einzig hier half: kaltes Blut und ein guter Anhalter. Vom Marburger Bahnhof bis zur Ausfallstraße ist es nicht weit. Schon der erste Wagen hielt, ein Mercedes 220. Freilich, als wir unser Mißgeschick wahrheitsgemäß berichteten, lächelte der Herr am Steuer ein wenig müde. Sicher ganz originell ausgedacht, aber er führe uns auch ohne dies nach Frankfurt. Steffi sagte tief empört: „Da, riechen Sie doch mal, ob wir nach Ponys stinken oder nicht!" und hielt ihm ihren Pulloverärmel unter die Nase. Ponys haben ja einen noch schärferen Geruch als Pferde, einen noch schlimmeren, sagen manche Leute. Lotte war das peinlich. Geglaubt hat es uns der Fahrer ja doch nicht.

In Frankfurt fuhr er uns bis an den Bahnhof. Ob aus ein klein wenig Neugierde oder nur aus gutem Herzen? Dort fanden wir, dem Himmel und der freundlichen Mitwelt sei Dank, den Waggon wieder. Zärtlichste Begrüßung, uns rutschte ein Felsblock vom Herzen. Steffi weinte vor Freude. Aber sie ist ja mit Ponys alberner noch als Mutter.

Die Weiterfahrt genossen wir von Herzen. Lotte lernte, gefrorene Roßbollen mit der Stiefelspitze durch den zwei Handbreit großen Spalt der Schiebetür zu pfeffern, eine Fertigkeit, um die sie jeder Mittelstürmer beneidet hätte. Steffi hatte die meiste Zeit die Arme um einen Ponyhals geschlungen, sie kraulte und tätschelte, während sie immer neue Koseworte murmelte. Sie hat mit der Zeit das Wiehern so gut gelernt, daß die Ponys ihr antworten, und zwar jeweils das richtige. Wenn Besuch kommt, führt sie das mitunter vor. „Jetzt rufe ich Blacky", sagt sie dann, und wahrhaftig, Blacky antwortet. Auf unseren Schlachtruf hin, ein langgezogenes und hohes „Ooooooh!", bei dem man sich mit der Hand trillernd auf die Lippen schlägt, antworten alle, sogar die Fohlen.

Das ist sehr wirkungsvoll, besonders, wenn man es vorher ankündigt.

In Stuttgart kamen wir früh um drei an und mußten auf den ersten Zug ins Remstal warten. Da haben wir herrlich geschlafen. Die Ponys wedelten uns von Zeit zu Zeit mit den Schwänzen über das Gesicht. Wir fühlten ihr warmes Schnobern, wenn sie sich überzeugen wollten, ob wir noch da wären oder wieder Elisabethschreine besichtigten. O nein, wir blieben. Und früh gegen sieben erreichten wir die neue Heimat, auf die wir schon mächtig gespannt waren.

Jetzt erst fiel uns ein, daß wir ja den Schlüssel für unser Häuschen nicht hatten. Nun, da würde sich schon Rat finden. Wir luden alle Utensilien auf den Wagen, so daß er aussah wie eine Zigeunerfuhre, ganz droben nahm Lotte Platz, und Steffi schwang sich auf Gloa. Schecki durfte mittraben. Wir fuhren möglichst hinten herum ums Städtchen. Trotzdem hatten uns alle gesehen, und unser neuer Name, „de Gäscht mit de Gäule“, lag vom ersten Augenblick an fest. Er ist uns bis heute geblieben.

Wir kannten die neue Villa noch nicht. „Sie kommt dann, wenn man denkt, nun kommt überhaupt nichts mehr, und nur weiterfährt, weil man auf dem schmalen Weg nicht umdrehen kann“, hatte Mutter beschrieben. So fanden wir den Ponyhof anstandslos. Die Tür des Hauses war nicht verschlossen. Erstaunt traten wir ein – und fanden uns umhalst und abgeküßt von Christine, dem Stuttgarter Buchhändlerlehrling.

Sie war im selben Zug herausgefahren, wir hatten uns trotzdem verfehlt.

Einen Zaun hatte Mutter setzen lassen. Nur das Tor fehlte noch. Wir banden den Fahrzügel kreuz und quer von einem Pfosten zum anderen und ließen die Pferdchen laufen. Dann richteten wir uns in der Küche häuslich ein. Es war eine Lust zu leben. Drei Tage hausten wir allein, kochten auf dem vom Vorgänger übernommenen Herd Pellkartoffeln ohne

Salz, suchten Holz und buddelten im Stall nach vergessenen Kohlen.

Einmal kauften wir für fünfzig Pfennig Speck. Als erstes schafften wir einen Besen an, denn die Ponys kamen, sobald wir die Tür offenstehen ließen, zutraulich hereinspaziert. Sie meinten, die im Waggon angebahnte Wohngemeinschaft gehe nun so weiter. Früh wurden wir durch die zum Fenster hereinschauenden Pferdenasen geweckt. Komische Perspektive, wenn man auf der Erde liegt und bärtige Ponyköpfe über einem schweben.

Die Wiese, die etwas tief gelegen und naß ist, hatten die Ponys in kürzester Zeit derart durchwühlt, daß es aussah, als wären Wildschweine am Werk gewesen. Mutter ging der Hut hoch, als sie kam und das sah. „Hier wächst im ganzen Leben nie mehr ein Halm!" jammerte sie. Sie hat zwar nicht recht behalten, aber es sah in der Tat bedrohlich aus.

Die Familienmitglieder trudelten eines nach dem anderen ein, per Bahn oder per Anhalter. Mutter war mit beiden kleinen Jungen und dem Hund Wichtel im Möbelwagen gestartet. Infolge der verrückten Schneeverhältnisse brauchten sie bis Marburg an der Lahn, das sind genau hundert Kilometer, fünf Stunden. Das ist die Geschwindigkeit eines rüstigen Radlers. Mutter überlegte, wie oft sie auf diese Weise samt Kindlein, Hund und Möbelräumern – denn für die fühlte sie sich auch verantwortlich – würde übernachten müssen, und nahm kurz entschlossen den Nachtzug.

Ihre beiden jüngeren Söhne waren noch nie D-Zug gefahren und fanden das bombig. Sie genossen das Vergnügen sehr und schliefen keine Sekunde. Auch Mutter nicht, denn Wichtel quiemte unausgesetzt und brachte alle Mitreisenden zur Verzweiflung. Einige beschwerten sich sogar. Schließlich goß Mutter ihm Schnaps in ein Seifenschälchen. Sie hoffte, daß er nach dem Genuß dieses Getränks in einen für ihn und die Umwelt beruhigenden Schlummer sinken würde. Wichtel aber stieß die Schale verächtlich um und kam nun, als der Schaffner zustieg, in einen dunklen Verdacht.

Jede Fahrt nimmt einmal ein Ende. In Lorch erkundigte sich Mutter beim Aussteigen:„Haben Sie hier vor ein paar Tagen kleine Pferde ausgeladen?“ Begeistert bejahte man die Frage.

„Mir gehet jetzt immer ins Oimersbachtal spaziere“, berichtete der brave Schwabe. Und er hielt Wort. Nicht nur er, sondern ganz Lorch. Namentlich sonntags wälzten sich Völkerwanderungen in unser liebliches Waldtal, und der Koppelzaun lag voller Butterbrot- und Würfelzuckerpapier. Mitunter seufzten wir. Andererseits rührte uns die Tierliebe der neuen Landsleute und machte sie uns, trotz ihrer für uns völlig unverständlichen Sprache, lieb und wert.

Drei Tage, nachdem der letzte der Familie mit zärtlichem Gejohle begrüßt worden war, hatten wir eine Konfirmation. Bis dahin mußte alles soweit wie möglich eingerichtet sein, damit wir Besuch empfangen konnten. Wir schafften wie die Wilden. Die Ponys kamen kaum aus dem Geschirr. Steffi fuhr mit Ben frühmorgens Berge von Laugenbrezeln heran, spannte nicht erst aus und zog mit der Liste, die wir beim Frühstück zusammengestellt hatten, wieder los. Sie besorgte alles, vom Vorhangstoff bis zur Zementröhre.

Arndt hatte seinen ältesten Werkanzug an, die Zigarette schräg im Schnabel. Er tischlerte, legte Leitungen, entwässerte den Keller und baute eine Stalltür. Denn der Stall bestand bis dahin nur aus einem überdachten offenen Schuppen, in den die Ponys aus und ein gehen konnten, wie es ihnen gefiel. Das ist an sich die ideale Art, Ponys zu halten. Eine Tür erwies sich aber doch als nötig, denn unsere kleinen Vierbeiner schienen Heimweh nach Westfalen zu haben und liefen dauernd davon, meistens Richtung Bahnhof.

Tagsüber merkten wir das, nachts aber wollten wir ruhig schlafen.

Am Tage vor der Konfirmation war alles so weit fertig, daß man einigermaßen wohlwollende Gäste erwarten konnte. Nur die Vorhänge in der Wohnstube fehlten noch. Christine saß an der Nähmaschine, da ertönte wieder einmal der Ruf: „Ponys weg!“ Christine nähte noch ein Weilchen weiter, aber als es zu dämmern begann, warf sie alles hin, griff sich Fahrrad und Pferdehalfter und fuhr nach Lorch. Christine kurvte durch das Städtchen und fragte hier und dort, ob man nicht einen Fuchs ohne Halfter gesehen habe. Den beiden kleinen Rappen war sie schon begegnet, Steff hatte sie erwischt. Schecki war zu Hause, also fehlte nur noch Gloa.

An einer Straßenecke rief ein kleines Mädel, als es das Halfter in Christines Hand sah: „Suchen Sie die Floha! Die Floha war eben hier, dort rum ist sie – – –" Der isländische Name Gloa, das heißt Fuchs, ging den Schwaben nicht recht ein. Christine warf ihr Rad hin und rannte einen Fußweg an der Rems entlang. Da spazierte die Gesuchte am Fluß. Christine lief, aber Gloa bog ein, zur Stadt zurück. Ihnen entgegen kamen drei junge Männer.

„Halten Sie sie! Sie ist ganz zahm!" schrie Christine. Gleich darauf waren die Männer verschwunden. Ein lediges Pferd und dahinter eine Verrückte...

Christine lief und lockte. Gloa ließ sich mitten zwischen Autos und Menschen an der Mähne fassen, aufhalftern und nach Hause führen. Vom Bahnübergang ab ritt Christine. Das kleine Mädel, das sie auf die richtige Fährte gesetzt hatte, folgte mit dem Fahrrad, das sie aufgepickt hatte. Hinterdrein kamen noch 41 Kinder. Christine hielt einen Einzug im Ponyhof wie weiland der Rattenfänger von Hameln.

Diese erste Zeit in Lorch war schön. Alles schuftete, an jedem Tage war etwas Neues fertig. Jeder ließ voller Stolz sein Machwerk von den anderen bewundern. Ob nun ein Kuchen im neuen Herd gebacken, im Schlafzimmer ein behelfsmäßiges Regal gebaut oder der Klokasten in Ordnung gebracht worden war, alles erregte Entzücken.

Unser Haus ist einstöckig, hat aber immerhin einen

Dachboden. Der ist so niedrig, daß man dort nur auf allen vieren kriechen kann. Einmal krabbelte Julchen, unser guter Hausgeist, ein Stück zu weit nach hinten und brach durch. Zum Glück landete sie in einem der Etagenbetten, die in der Kinderstube stehen und in deren oberen Liegestätten man sich kaum auf die andere Seite drehen kann, ohne Gefahr zu laufen, daß man mit der Hüfte oben anstößt.

Es war April geworden, und die Tage dehnten sich schon wieder. Jeden Nachmittag verkündete Arndt gegen 17 Uhr Arbeitsschluß. Dann gab es starken Tee und für die Großen Zigaretten. Die Kleinen spannten ein, sofern die Ponys nicht sowieso noch vor dem Wagen standen. Alle Mann drauf und los in den Wald. Arndt trug seinen ältesten Filzhut, den er heiß liebte. Wenn wir sehr wild fuhren, verlor er ihn manchmal. Das galt als Maßstab für eine „schöne" Fahrt. Wir entdeckten zwei Römerkastelle und Überreste des Limes. Damals entstand Angelas Plan, ihre Jahresarbeit in der Unterprima über „Wiege und Grab der Hohenstaufen" zu schreiben.

Einmal fuhren wir einen Weg, den wir noch nicht genau kannten. Am Straßenrand saß auf einem Stein eine kleine Steiff-Katze. „Genau wie meine Mieze", sagte Ben, der die Schecke ritt. Er hatte, als Jüngster der Familie, auf der Reise dieses Spielzeugtier in der Tasche gehabt. Als er vom Ritt heimkam, suchte er vergebens danach.

Heimlich holte er die Blacky aus dem Stall und ritt noch einmal los. Es war Mondschein und ziemlich sichtig. Trotzdem dauerte es lange, bis er die Mieze fand. Natürlich war es seine, er mußte sie hier verloren haben. Zu Hause hatte ihn noch niemand vermißt. Als er heimkam und berichtete, gab es ein großes Hallo. Der Weg aber heißt bei uns seitdem der Miezenweg.

Ein anderes Mal ritten Angela, Ben und Steffi nachmittags weg. Die schlimmste Arbeit war bewältigt, wir schafften nur mit halber Kraft, kamen wieder dazu, Strümpfe und Pullover zu waschen, Schuhe zu putzen und den Tisch zu decken. Mutter saß manchmal schon wieder an der Schreibmaschine. Wenn es ihr gelang, dahin zu entwischen, vergaß sie alles um sich her. Auch wir anderen sind nicht so veranlagt, daß wir uns gegenseitig andauernd durchzählen, ob auch keiner fehlt.

Allmählich merkten wir es doch. Drei Ponys und drei Menschen, also sechs Geschöpfe weniger, das fällt denn doch auf. Zunächst fanden wir es nur frech, so lange und so weit wegzureiten. Dann aber wurde es dunkel, und wir begannen zu horchen, ob der Schlachtruf der Heimkehrenden nicht endlich ertönte. Damals hatten wir noch kein Telefon. Gegen 19 Uhr fanden wir uns zum Familienrat zusammen.

„Wenn sie sich nicht trennen, passiert nichts“, tröstete Christine. „Sie sind drei, wenn da einem was widerfährt, kann der andere nach Hause reiten und Bescheid sagen, und der dritte bleibt bei dem Verunglückten“, sagte Arndt. „Alte Bergsteigerregel: nicht unter drei Mann losgehen.“

Trotzdem beschlossen wir zu suchen. Arndt nahm Wichtel an die Leine und ging mit ihm unter „Such – such!“ den Weg ins liebliche Waldtal hinein. Keiner wußte, wohin sich die drei gewandt hatten.

Am schlauesten war Uli. Er hatte den Start verpaßt, weil er sich mit neuen Freunden irgendwo am Bach herumtrieb. So war auch Schecki daheim. Und die nahm er jetzt, halfterte sie klammheimlich auf und ritt los.

Natürlich war nichts passiert. Die drei Verlorenen hatten sich eben in dem ihnen noch fremden Wald verirrt, waren querfeldein geritten und in ein falsches Tal gelangt.

„Zu einer Gespenstermühle!“ erzählte Käpten mit funkelnden Augen und hatte wieder das Gesicht von damals, als sie noch ein halber Junge war, nur in Hosen herumlief und das wildeste Temperament der Geschwister hatte. Von daher stammt auch ihr Spitzname Käpten.

Uli und Schecki stöberten die Vermißten auf. Er konnte sie mühelos heimführen auf dem Weg, den er eben gekommen war. Um 21 Uhr waren wir alle wieder daheim. Nie werden wir das Licht vergessen, das von unserem kleinen Streichholzschachtelhaus ins Tal fiel, goldenes Licht aus niedrigen Fenstern.

„Hier müßte man wohnen“, sagte Uli verträumt, „das Haus müßte uns gehören, und wir müßten Ponys haben und jeden Tag – – –“

„Reiten können, soviel wir wollen!“ fiel Steff lachend ein.

Vielleicht haben wir da zum ersten Mal gespürt, daß zur Heimat auch Wald und Erde, Bach und Baum gehören. Und für uns in erster Linie das freche und wiehernde, mitunter ausschlagende und aufdringlich zärtliche, geliebte Glück auf vier Beinen.

Sommerreise im Sattel

Wenn jemand ein kleines Haus im Grünen besitzt, so bleibt das in der Verwandtschaft und Bekanntschaft nicht verborgen.

„Nein, welch ein Paradies!“

„Diese Ruhe! Wissen Sie eigentlich, wie gut Sie es haben!“

„Hier ginge ich nicht einen einzigen Tag mehr weg!“ So und ähnlich seufzt es aus den Liegestühlen auf dem Rasen. Wir bestätigen und bekräftigen, daß es wunderschön sei, wären wir sonst hier hergezogen? Für uns Große, die wir sowieso schon auswärts wohnen, ist unser kleiner Ponyhof natürlich das Reiseziel, sobald wir Semesterferien bekommen, und Mutter zieht es auch nicht fort. Wer aber drängelte, zu verreisen? Die Kleinen!

„Andere fahren an den Bodensee oder die Riviera!“

erzählten sie. Mutter fand, daß es damit Zeit hätte. „Aber wir kriegen bestimmt nach den Ferien den Aufsatz auf: Unsere Sommerreise. Und was sollen wir dann schreiben?“

„Möchtet ihr denn von den Ponys fort?“ fragte die Mutter dagegen.

„Natürlich nicht. Aber könnten wir nicht...“

So kam es zum Urlaub im Sattel.

Wir überlegten, wohin wir reiten könnten. Es sollte eine tüchtige Strecke sein, und wir wollten auch ein Ziel haben. Erst dachten wir an den Chiemsee oder an die Bärenhöhle bei Reutlingen. Schließlich wurde es Heilbronn. Dort kennt Mutter einen Arzt, der sogar neun Sprößlinge hat, einen Mann, bei dem man sich nicht entschuldigen muß, weil wir so viele sind. Er wohnt zwar mitten in der Stadt, sagte aber in schönem Gleichmut: „Das macht nichts.“ Ob seine Kinder das auch so wenig hören können wie wir?

Es war mittlerweile September geworden, die schönste Zeit zum Reiten. Da ist es nicht mehr heiß, die Wiesen sind zum zweitenmal geschnitten, man kann darüber und über Stoppelfelder reiten, ohne Schaden zu verursachen. Denn große Straßen sind nichts für weite Ritte. Außerdem ist die Luft nie so hell und kristallen klar wie im Herbst.

Unsere kleinen Pferde waren ausgeruht und ausgefüttert, sie sprangen vor Unternehmungslust. Sie steckte geradezu an.

Damals gehörte Blacky Ben und Schnute Steffi. Die beiden kleinen Schwarzen wechselten ihre Besitzer so oft wie die schon klassisch gewordenen Kühe der Langerudkinder. Außerdem ist Steffi älter und schwerer als Ben, sie gehört also auf das stämmigere Pferd. Manchmal tat sie uns leid, wenn ihr faules Rößlein bedächtig hinter uns herhoppelte. Blacky ist viel ehrgeiziger und hält sich eher neben Gloa.

Wir freuten uns sehr auf die Reise. Schon die Vorbereitungen! Erst wollten wir das Zelt mitnehmen. Nachdem wir aber ausprobiert hatten, was alles nötig ist an Deckenkram, Schlafsäcken und so weiter, sahen wir ein, daß „Zahnbürste hinterm Ohr“ das einzig annehmbare Reitgepäck ist. Und so wurde es denn auch.

Unsere kleinen Ponys gehen ungesattelt. Ein Sattel würde zusätzlich wiegen, und wir geizten von jeher mit dem Gewicht. Also gurteten wir die Kleinen einfach und befestigten an den Gurten unsere Fahrradpacktaschen. Hinein kam nur das Nötigste: Badeanzug, Waschbeutel, Taschenlampe, Fotoapparat, Würfelzucker für die Ponys, die Eiserne Ration für uns.

Isländer reitet man mit Schweifriemen am Sattel. Das sind sie gewöhnt, und man braucht dann nicht so fest zu gurten, was sie nicht gut vertragen. Unter Gloas Schweifriemen wurden unsere drei Windjacken geklemmt. Geld und Ausweis hatte Mutter in der linken, Zigaretten und Talisman in der rechten Hosentasche. Die Wanderkarte trug sie im Gürtel, was sich nicht bewährte. Sie verschwand daher später im Blusenausschnitt. Reiter dürfen nicht eitel sein. Mehr

Gepäck wurde nicht bewilligt. Wir haben aber auch nichts vermißt.

Der Start fand im Morgengrauen statt, denn im September sind die Tage nicht mehr so lang, und wir wollten mittags eine richtige Ruhepause machen, der Ponys wegen. Die Zurückbleibenden winkten stilvoll mit Handtüchern aus den Fenstern und krochen dann behaglich und neidlos ins warme Bett zurück. Sie fanden es nicht übel, einmal eine ruhigere Zeit ohne Ponys, ohne kleine Geschwister und ohne Mutter zu genießen.

Bereits nach fünfhundert Metern flog die erste Packtasche ins Gras. Steffi hatte am Abend vorher mehr Hafer gefüttert, als sie zugab – und Ben heimlich desgleichen. Außerdem war Mutter nachts, als wir schon schliefen, noch einmal bei den Ponys gewesen und hatte die Krippen nachgefüllt.

So war das Temperament entsprechend. Mit Ersatzriemen und Taschenmesser läßt sich so ziemlich alles reparieren, was beim Reiten kaputtgeht. Wir überlegten: Rückt man die Packtaschen etwas weiter vor, dann kann sie der Reiter mit dem wichtigsten Körperteil halten, indem er sich draufsetzt. Die Praxis gab dieser Überlegung recht. Und wir Kinder fanden es herrlich, uns während des Galopps rechts und links auf die Packtaschen zu lümmeln wie auf die Armlehnen eines niedrigen Polstersessels. Nur vor Ortschaften mahnte Mutter immer:

„Setzt euch ordentlich hin und nehmt die Zügel auf! Die Leute halten euch ja für Hunnen!“

Erstes Tagesziel war der Ebnisee, ein beliebter Ausflugs- und Campingort. Zum Glück waren wochentags nur Zünftige auf Fahrt. Lotte, Christine und Käpten hatten kürzlich ein paar Tage dort im Zelt verbracht. Ihre damaligen Nachbarn waren noch da, drei Brüder aus Eßlingen, zwei davon vierzehn Jahre und einer dreizehn, alle drei nicht zu unterscheiden. Diese Drillinge verlebten die ganzen Ferien am See, am Wochenende kamen ihre Eltern, brachten ihnen Verpflegung und blieben auch eine Nacht im Zelt.

Die Jungen empfingen uns mit Begeisterung und hatten schon ein Mittagessen fertig. Aber nicht Erbssuppe aus der Tüte oder fix hineingeschüttete Nudeln, o nein! Rohe geriebene Klöße hatten sie gemacht und eine wundervolle braune Soße dazu. Wir konnten dieses Glück kaum fassen.

Ehe wir uns aber draufstürzten, ritten wir ins Wasser. Ponys schwimmen für ihr Leben gern. Wie wohl tat ihnen das Bad nach der Hitze und dem langen Wege. Reiten ist schön, aber mit dem Pferd in den See, das ist... Dafür reicht der ganze deutsche Wortschatz nicht aus. Wir verbrachten Stunden im und am See. Die Ponys zogen wie kleine Motorboote durchs Wasser, Bugwelle rechts und links, während wir auf ihren Rücken lagen oder an der Mähne hingen. Man darf ihnen nur die Nasen nicht unter Wasser ziehen. Deshalb: Zügel über den Hals und Hand in die Mähne! Manchmal verfilzt man sich allerdings mit den Beinen im Schwanz oder kriegt etwas von den rudernden Hufen ab.

Die kleinen Schwarzen grunzten vor Vergnügen. Gloa, der dekorative Fuchs, wurde von allen Seiten fotografiert. Später besuchte uns einmal ein fremder Mann, ließ sich ein Bettlaken an die Wand hängen und zauberte darauf die schönsten Farbfotos von den Ponys und uns. Wir hatten gar nicht bemerkt, daß er uns damals knipste.

Nach dem Bade lagen wir vor dem Zelt der Eßlinger

Dreieinigkeit, aßen uns toll und voll und faulenzten. Die Ponys grasten. Überall schmeckt es ihnen besser als zu Hause. Aber die Eßlinger Jungen verlangten nun stürmisch, reiten zu dürfen, sie hätten sich schon so drauf gefreut! Übrigens hörten wir diese Bitte, seit wir am See waren, von allen Seiten, von groß und klein.

Es ist nicht leicht, nein sagen zu müssen. Aber wir hatten noch eine tüchtige Strecke vor uns. Ponys brauchen die Ruhepause wie das Auto die Tankstelle. Unsere Gastgeber kamen trotzdem nicht zu kurz. Als wir aufbrachen, durften sie die ersten Kilometer reiten, während wir zu Fuß gingen. Dann verabschiedeten wir uns und legten an Tempo zu, denn wir hatten uns vorgenommen, die größere Hälfte des Weges an diesem Tage zu bewältigen.

Wir ritten auf Wald- und Nebenwegen, richteten uns nach der Karte und nach den Wegmarkierungen. Dabei haben wir uns ein paarmal verirrt. Im Galopp ist es gar nicht so leicht, die roten Kleckse und gelbweißen Striche an den Stämmen rechtzeitig zu erkennen. Da wir Kinder meistens hinter Mutter ritten – ein Isländer hat eben die längeren Beine, und am Pferd ist kein Rückspiegel –, war sie schon der reinste Wendehals geworden. Sie setzte schließlich für die Entdeckung jeder Wegmarkierung fünf Pfennig aus. Da gab es kein Trödeln mehr, und wir schädigten sie um mehr als zwei Mark.

Zu Pferd sieht man mehr Wild als zu Fuß. Wahrscheinlich, weil die Huftritte vertraut und ungefährlich klingen. Wie herrlich, plötzlich auf ganz kurze Entfernung einem Sprung Rehe gegenüberzustehen. Auch Bussarde, Häher, Hasen und einen Iltis sahen wir. Ben begegnete einmal – nicht auf dieser Reise – einem Geweihträger. Nie reitet er an dieser Stelle vorbei, ohne uns davon zu erzählen. Der Hirsch war so nahe, daß Ben die hellen Sprossen am Geweih zählen konnte. Gloa stand ganz still. So etwas widerfährt nur wenigen Menschen.

Auch auf unserer Urlaubsreise war es, als trügen wir eine Tarnkappe. Leider nicht in den Ortschaften. Alles lief zusammen, was Beine hatte, wenn wir geritten kamen, vom Zweijährigen bis zum Großvater. Immer wieder fragte man uns, ob wir einen Zirkus ankündigten. Das war uns peinlich, aber als wir die ständige Erklärung, wir seien privat, satt hatten, antwortete Mutter schließlich: „Ja, wir sind die drei Clowns."

Dagegen war es rührend, zu sehen, wie sich jedermann darum riß, unsere Pferdchen zu halten, zu füttern und zu tränken, wenn wir einmal in ein Haus gingen, um ein Glas Milch zu trinken. Milch ist der klassische Bügeltrunk. Vor einem Rennen gehören noch ein Löffel Honig und ein Schuß Sekt hinein. Aber wir ritten kein Rennen, wir wollten nur auf unseren liebsten Spielgefährten die neue Heimat kennenlernen.

Jeder, der uns traf, war hilfsbereit. Mengen von Brot und Würfelzucker wurden verfüttert. Ja, fremde Menschen schleppten Wasser herbei, ohne zu fragen, ob das nötig sei. Ponys trinken aus jedem Dorfbrunnen, aus jedem Bach, aus jeder tieferen Pfütze. Man kann es ihnen, auch wenn sie naßgeritten sind, unbedenklich erlauben.

Schwierig allerdings wurde das Unterkommen für die Nacht. Wir zogen durch Sulzbach vom „Rößle" zur „Krone", vom „Lamm" zum „Ochsen". Drei Ponys und kein einziger Lederkoffer! Jeder schob uns ab mit der Versicherung, der andere Gasthof, nur drei Häuser weiter, habe einen Stall. Traurig zuckelten wir mit hängenden Köpfen weiter, um an der nächsten Tür dasselbe zu hören.

Einmal hockten wir ziemlich ratlos am Straßenrand. Eine Übernachtung im Freien war auch nicht geraten, dazu fehlten uns Decken und Schlafsäcke. Da hörten wir aus einem offenen Fenster Radiomusik: das Forellenquintett. „In einem Bächlein helle..." Nie zuvor war uns aufgegangen, wie tröstlich, wie kraft- und mutspendend Musik ist. Wir ritten weiter, und siehe da, im lieblichen Lautertal nahm uns ein Bauer auf. Er lachte über unseren Aufzug, räumte einen alten Hühnerstall aus für die Ponys und bot uns Reitern eine Schlafgelegenheit in der Scheune an. Sogar eine Decke pro Mann schaffte er herbei.

Nun hatten wir schon über die Hälfte der Strecke hinter uns, ein gutes Quartier und keine Sorgen. Die freundliche Bauersfrau verpflegte uns auch noch und wollte für alle sechs Seelen, Tiere und Menschen, nichts annehmen. Mutter schob am Morgen das Geld schließlich unter die Kaffeetasse. So was gibt's!

Der Isländer ging übrigens nicht schneller als seine dreißig Zentimeter kleineren Kollegen. Im Galopp war er ihnen überlegen, aber im Klettern auf steilen Strecken, im Traben und beim Bergabsteigen auf sonnenheißen Weinbergstraßen hielten sich die Kleinen genauso wacker. Ja, sie waren sogar artiger. Mutter mußte ihr Leibroß führen, damit es nicht grasend stehenblieb, wenn wir streckenweise abstiegen.

Die Kleinen hingegen trotteten, den Kopf gesenkt, so daß man von hinten nur die kleine wippende Stehmähne sah, mit ihren Packtaschen getreulich dahin wie italienische Eselein. Und sie bogen auch nicht vom Wege ab, während wir selber immer wieder mal einen Sprung in die Brombeeren riskierten. Kurz vor Heilbronn haben wir uns dann – trotz Karte – noch einmal verirrt. Aber wir erreichten unser Ziel vor Dunkelwerden.

Der freundliche Onkel Doktor hatte Hafer besorgt und war, mitten zwischen Häusern und Steinen, glücklicher Besitzer eines kleinen Gartens. Dort ließen wir unsere Ponys. Am anderen Morgen sahen wir vom Balkon aus, wie sie so eifrig die faustgroßen Frühäpfel der Halbstämme ernteten, daß ihnen der Saft aus den Maulwinkeln troff. Wir rannten hinunter und schoben so lange mit Gartentischen und Bänken umher, bis wir glaubten, nun könnten sie nicht mehr heran. Doktors schliefen noch. Wir haben es aber später erzählt. Sie waren gar nicht böse.

Auf dem Rückweg hatten wir es einfacher. Die

Ponys wußten genau, wo wir hergekommen waren, und gingen wie das Donnerwetter. Das ist Ponyart, der Stall zieht. Und um Quartier brauchten wir uns auch keine Sorgen zu machen: Die Bauersleute im Lautertal hatten sich versprechen lassen, daß wir wiederkämen.

Einmal, als wir bergauf abstiegen und einen abkürzenden Fußweg nahmen, zog es Blacky vor, der kurvenreichen Hauptstraße zu folgen. Wir ließen sie, neugierig, was geschehen würde. Als die Wege wieder zusammenführten, war Blacky nirgends zu sehen. Wir riefen und pfiffen. Nichts.

An dieser Stelle befand sich eine Quelle, die klassische Raststätte müder Reiter. Mutter ließ uns dort und sprang den steilen Fußweg wieder hinunter. Nach etwa zweihundert Metern hörte sie ein angstvolles Wiehern. Blacky rief nach ihren Kameraden! Sie hatte, als sie uns nicht mehr sah, kehrtgemacht und lief nun den Weg zurück, um uns zu suchen. Als sie Mutters Stimme hörte, antwortete sie und lief ihr entgegen wie ein Hund, der seinen Herrn wiederfindet.

Wunderschön war der Heimritt. Einsamer Weg durch Felder und sich sanft senkenden Wald. „Immer Richtung Staufen!“ hatte ein freundlicher Bauer gesagt. Das rührte uns an. Richtung Staufen... So sind vor tausend Jahren schon Menschen geritten, so sahen sie vor einer dieser Lichtungen das Kloster Lorch liegen, lieblich eingebettet in das milde Grün der Wälder. Wir ritten schweigend, in Gedanken versunken.

Im Tal, kurz vor unserem Bretterpalast, gaben wir auf dem grasigen Weg, den die Ponys als Heimweg kennen, ihnen die Zügel frei. Wir ließen sie nach Hause toben, daß die Mähnen flatterten. Die Heuraufen hatten wir schon vor unserem Aufbruch gefüllt, da konnte das Schmausen gleich losgehen. Auf uns Reiter aber wartete ein fast zehn Zentimeter dicker Quarkkuchen.

Es war ein herrliches Gefühl, sich zu recken und zu strecken, dann unter der Dusche Schweiß und Staub abzuspülen, zu futtern und den anderen zu erzählen. Muskelkater bekamen wir nicht.

Winter und Wassersnot im Ponyhof

Mit Mutters Geschmack ist nicht viel Staat zu machen. Wenn sie sich etwas zum Anziehen kaufen will, schicken wir vorsichtshalber Katrin oder Christine mit, die ihr sanft, aber nachdrücklich ausreden, einen Pullover in Kanariengelb zu kaufen oder ein Kleid, an dem ihr ein aparter Knopf gefällt, das aber sonst zu kurz, zu eng oder überhaupt unmöglich ist. Ein Klavier hat sie zum Beispiel nur angeschafft, damit ihr die Großen „Du sollst mich lieben für drei tolle Tage“ und die „Petersburger Schlittenfahrt“ vorspielen können. Dieses zweifellos unsterbliche Musikstück besitzen wir auch auf einigen Schallplatten mit und ohne Gesang.

„Kutscher, spann die Pferdchen an,
mit den Schellenglocken dran –"

Dann sitzt Mutter da und verdreht die Augen, vor allem an den Stellen, wo die Peitschen knallen und die Glöckchen klingen.

Und dann schwärmt sie uns von früheren Pferdeschlittenfahrten vor, mit heißen Ziegelsteinen und Stroh im Schlitten und einem Kutscher mit einem langen, langen Bart.

„So 'n Bart", sagte Arndt einmal und erschrak selbst ein bißchen über seine Frechheit. Im Grunde sind wir seiner Meinung. Alles, was früher war – ist es nicht ein bißchen lächerlich? Man braucht nur bei der Mode anzufangen. Wie damals die Frauen herumliefen! Vor allem Katrin will sich immer totlachen, wenn sie Fotos oder eine Modezeitschrift von Anno dazumal anguckt.

Neulich war Mutter früh in der Stadt und schob heimwärts ihr Rad bergauf. In Gedanken versunken betrachtete sie eine Gestalt, die ihr entgegenkam. Blau-rot-grün karierte enge Hose, weißer Pulli, anscheinend zwei Nummern zu klein, gelbe Slippers. Über der Schulter die Schnur eines blauen Seesackes. Haare vorn in der Stirn, hinten halblang als Vorläufer eines sogenannten Pferdeschwanzes. Das Ganze entpuppte sich als Tochter Katrin, die der Stätte ihrer Bildung zustrebte. Mutter hielt an.

„Seit wann gehst du mit dem Seesack zur Schule?" fragte sie erstaunt.

„Ach, jetzt liegen doch hier überall Äpfel herum", meinte Katrin und bückte sich, während sie gleichzeitig in eine Frucht hineinbiß. „Da ist das praktischer als mit der Mappe, die man immerfort auf- und zuschnappen muß."

Mutter schob ihr Rad weiter und dachte an die schlichte Schultracht, die sie in diesem Alter getragen hatte. Nesselkleid oder Rock und Bluse, Windjacke, im Winter einen Mantel, der viele Jahre reichen mußte, also „zeitlos" gekauft oder aus einem getragenen Stück hergestellt worden war. In solch papageienbunter Pracht wie heute wäre man wahrscheinlich nur auf den Karneval gegangen.

Das war im Herbst. Der Herbst dauert im gesegneten Remstal lange, ist golden und klar. Um diese Zeit muß man täglich reiten, denn jeden Tag ist der Wald anders und schöner. Wir lieben vor allem den Morgen. Wer je zu Pferde erlebte, wie der Reiter nach dem Galopp in eine zarte Dampfwolke eingehüllt ist, aus der die Sonne ein Goldbad macht, während er die Zügel langgibt und den warmen Pferdehals tätschelt, oh, er vergißt es nie. Und zu Hause stehen alle Tonkrüge voll buntem Laub, bis es von Tannengrün abgelöst wird, an dem noch die Zapfen hängen. Dann kommt die allerschönste Zeit.

Früher gab es zu Weihnachten angeblich immer Schnee, so erzählt Mutter. Wir halten das, wie vieles, was sie berichtet, für ein Gerücht. Immerhin kann es ja auf Wahrheit beruhen, denn sie wohnte damals mit Vater im Gebirge. Jetzt ist es hier warm und freundlich. Der Nikolaus kommt im Badeanzug mit Gummistiefeln. Wir brauchen auch die Ponys nicht einzusperren und reiten oft bis Jahresschluß ohne Handschuhe und in Söckchen. Dann aber kommt die Kälte, der berühmte Februarschnee. Wir haben ihn kennengelernt.

Im Januar entschlossen wir uns, anzubauen. Um diese Zeit haben die Zimmerleute wenig zu tun, so dachten wir scharfsinnig. Da geht es schnell. Damals lernten wir ein Pferd kennen, das wir als einziges auf der Welt nicht schätzen, den Amtsschimmel. Er wieherte so lange, bis nicht nur der warme, für einen Holzbau außerordentlich geeignete Januar einem bitterkalten Februar wich, sondern auch noch der nächste Sommer verging.

Als der Frost einsetzte, saßen wir noch mit halb abgebauten Wänden im Zimmer, durch die die Nachtkälte kroch. Mutter vor allem bibberte, denn sie arbeitete nachts. Aber der Februar, jener besagte, fast immer um 20 Grad kalte und schneereiche kürzeste Monat des Jahres, war einer der schönsten. Wir hatten eine Schlittenbahn, wie sie unsere Urgroßeltern nicht herrlicher gehabt haben können. Und dazu die Ponys!

Da wir aus dem Gebirge stammen, sind wir Schiläufer. Diesmal aber kamen manche von uns nicht auf die Bretter. Denn es gibt Dinge, die noch schöner sind als Schilaufen. Unsere kleinen Schwarzen waren tragend und sollten nicht mehr geritten werden. Es war ein schwerer Abschied vom Pferderücken, denn wir werden ja, Gott sei's geklagt, alle 52 Wochen um ein Jahr älter, größer und schwerer.

Steffi sah auf Schnute sowieso schon aus wie Abdullah auf seinem Esel. Sie mußte viele Hänseleien einstecken. Nun durfte auch Ben nicht mehr auf Blacky. Allein auf Gloa auszureiten war zur Abwechslung ganz nett, aber lange nicht so schön wie bisher, als wir uns zu Pferde neckten und jagten. Außerdem, unter uns gesagt, geht das Biest einzeln auch nur unwillig. Man muß sie zwingen (wenn man kann!), aber das ist kein sorgloses Dahintrollen im Rudel der anderen.

Unser geselliges Zusammensein findet zumeist auf dem Ponyrücken statt. Zu Hause hat jeder seinen eigenen Kram im Kopf, und wenn man was zu Mutter sagt, bekommt man die stereotype Antwort: „Laß mich in Ruhe, ich muß nachdenken." Dann hört man ihr Gehirn knirschen und hält sich lieber an Julchen. Aus all diesen Gründen bedauerten wir, daß die Toberei im Walde aufhören sollte.

Sie hörte nicht auf. Petrus hatte ein Einsehen. Es schneite wie in Sibirien, unser Haus verschwand in Zucker oder Watte. Der Schneepflug kam jeden Tag. Es fror Stein und Bein. Wir mußten täglich tränken, was wir sonst nie tun, tränkten sogar etwas warm, damit das Wasser nicht auf der Stelle im Eimer gefror. Die Ponys zogen einen dicken Pelz an. Sie haben es doch gut. Winters dick und sommers dünn angezogen, reißfest und immer modern. Wenn das bei uns

ähnlich wäre, brauchten wir nicht alle naselang zu sagen: „Mutter, ich habe keine…“, „Mutter, mir fehlt wirklich, aber wirklich…“, „Mutter, mein Pullover hält keinen Winter mehr!“

Zum Schlittenfahren haben wir freilich genug anzuziehen, da kommt es nur auf Wärme und nicht auf Eleganz an. Wir zogen drüber und drunter, was greifbar war, egal wie wir aussahen. Nach dem alten Kommißgrundsatz: „Wer friert, ist dumm und wird nicht bedauert.“ So schreckten wir weder vor pelzgefütterten Ohrenmützen noch plumpen Überhosen zurück.

Wenn wir durch den Wald ritten, banden wir uns bei grimmiger Kälte bunte Tücher vor das Gesicht, ließen nur für die Augen einen kleinen Schlitz zwischen Mütze und Tuch. Dann wuchs uns durch den Atem ein dicker Maulkorb aus Eis. Leute, die uns begegneten – es waren wenige, denn so verrückt, bei 20 Grad minus spazierenzugehen, sind nicht viele –, nannten uns die Waldgespenster.

Unsere Ponys gehen unbeschlagen. Sie rutschen also auch im Schnee nicht. Man kann traben und galoppieren, ohne besorgt sein zu müssen. Das sollte man mal mit einem richtigen Pferd versuchen! Außerdem tat es den kleinen Gesellen gut, täglich einmal richtig bewegt zu werden. Sie gingen wie die Feuerwehr.

Einen Rodelschlitten besaßen wir und pumpten uns den zweiten dazu. Zwei lederne Geschirre hatte das Christkind gebracht. Wir spannten die kleinen

Schwarzen ein, das erstemal bei mindestens 15 Grad unter Null an einem goldenen Sonnentag, an dem Julchen verreist und der Besuch eines Verlegers angekündigt war. Steffi und Ben aber hatten Halsschmerzen.

„Ich brauche euch, wenn dieser Herr kommt. Verleger sind zu melkende Kühe, die man gut behandeln muß. Während ihr ihn abholt, koche ich das Mittagessen und stelle es warm. Wir haben dann Geschäftliches zu besprechen, da muß alles fertig sein."

Nun ist es ja ein bißchen merkwürdig, wegen Halsschmerzen die Schule zu versäumen und dann per Rodelschlitten und Pony Besuch abzuholen. Wir vertrauten aber darauf, daß wir keinem Lehrer begegnen würden, wenn wir „hintenrum", also durch den Wald, führen. Da kann man direkt am Bahnhof herauskommen und spart den Weg durch die Stadt. Außerdem schrieben wir gerade um diese Zeit andauernd Klassenarbeiten, die zu versäumen weder Steffi noch Ben bedauerten. Februar ist in der Schule ein ausgesprochen miserabler Monat.

So standen früh um acht zwei Miniaturpferdeschlitten, mit dampfenden, kleinen schwarzen Ungeheuern davor, am Bahnhof. Der Verleger, der in grauer Vorzeit auch einmal sein Glück in der Landwirtschaft versucht hatte, nahm vergnügt auf dem einen Platz. Auf dem anderen mußten sich Steffi und Ben zu zweit vertragen. Es ging nicht ab ohne Geschubse, Gequetsche und Proteste auf beiden Seiten.

„Ihre Mappe müssen Sie aber selber nehmen. Und

Sie möchten frische Brötchen kaufen, hat Mutter gesagt“, richtete Ben aus. Das stimmte nicht genau, die Semmeln hatten er und Steff besorgen sollen. Aber durch den Umweg war viel Zeit verlorengegangen. Der Verleger tat, wie ihm geheißen, nahm außer Semmeln auch noch eine Dose von dem Pulverkaffee mit, der so schnell aufgebrüht ist, vermutlich in der berechtigten Annahme, daß seine Autorin darüber entzückt sein würde.

Nie sieht unser Haus so spielzeug-klitzeklein aus wie in Sonnenschein und Schnee. Wir haben es schokoladenfarben angemalt, mit grüner Dachrinne, grünen Fensterläden und ebensolchen Blumenkästen, in denen winters Tannenzweige stecken. Um den Giebel über Mutters Arbeitszimmer tobte der Kampf. Mutter wollte ihn gern grün streichen, Uli braun. Eines Tages, als Uli in der Schule war, verstrich Mutter die angeblich letzte Farbe, und da sie mit dem Rest sonst nichts anfangen konnte, malte sie – den Giebel grün. Vorsichtig verzog sie sich, als die Jungen aus der Schule kamen.

Es geschah nichts. Erst am Abend sagte Uli: „Wahrhaftig, wenn die Mäuse nicht da sind, tanzt die Katze!“

In der Wohnstube war es schon warm, als wir mit dem Verleger anrückten. Der Küchenherd heizt beide Räume, Küche und Wohnraum, wir haben einfach eine Wand herausgesägt. Die Sonne schien herein, und der Kakao duftete. „Nein, Sie haben ja hier ein Paradies!“ seufzte der Verleger.

Zu „Geschäftlichem“ kamen er und Mutter kaum oder doch recht wenig. Zwar sprachen sie beim Essen ein bißchen von einem Manuskript und über Auflageziffern. Wenn das geschäftliche Besprechungen sind, dann ist unsere Schule eine Fremdenlegion. Wir mutmaßten, daß es ähnlich zugeht, wenn Mutter „geschäftlich“ nach Stuttgart fährt. Da ist sie hinterher immer todmüde und muß fürchterlich lange nachschlafen. Bisher sind wir immer darauf reingefallen.

Bis zum Mittagessen tobten wir durch den Wald. Den kennen wir allmählich wie unsere Tasche. Wir wissen, wo die steilen Abfahrten sind und die zugewehten Hohlwege. Durch einen solchen ruderte Steffi auf Gloa, bis an die Brust im Schnee. Den Isländern macht das genausoviel Spaß wie uns. Zu Hause hatten wir einen tüchtigen Wurzelstock aufs Feuer gelegt, damit es warm bliebe, bis wir heimkamen.

Der Verleger bestellte sofort ein Ponybuch. Mutter hatte es schon fertig. Sie arbeitet sehr schnell, das dürfen aber die Verleger nicht wissen. Sie meinen dann, es wäre geschludert. Bei uns geht alles schnell, das Essen und seine Zubereitung, die Schularbeiten und das Reiten.

Abends brachte Mutter den Verleger mit dem Zweispännerschlitten zur Bahn. Nach etwa zweihundert Metern merkte er, daß er etwas vergessen hatte.

„Drehen Sie nicht um, ich spring zurück!“ sagte er eifrig und schwang seine langen Beine aus dem Schlitten.

Die Handschuhe, die er vermißt hatte, lagen im Wohnzimmer. Die Kinder saßen in der Küche. Er verstand, ohne es zu beabsichtigen, jedes Wort, das drüben gesprochen wurde.

„Du meinst, eine zu melkende Kuh?"

„Na ja, das sage ich doch."

„Sei mal leise, für jeden eine Tafel Schokolade. Finde ich sehr anständig. Und die Brötchen und den Kaffee für Mutter –"

„Na eben. Rechne mal um, das gäbe bestimmt einen Viertelzentner Hafer. Aber an die Ponys denkt ja nie einer..."

Am übernächsten Tag kam bei uns ein Karton an, aus dem es an einer Ecke leise rieselte: Hafer. Absender – der Verleger. Wir haben ihm alles abgebeten. Nun hoffen wir nur noch, die vielen Besucher, die kommen, gewöhnen sich daran, Mohrrüben statt Zucker mitzubringen. Mohrrüben kann ein Pferd nie genug bekommen.

Im Frankfurter Zoo ist mal ein Elefant an Würfelzucker gestorben, an Übersäuerung des Magens, so paradox das klingt. Auch altes Brot fressen sie immer und immer wieder gern, und es ist besser für die Zähne. Als die Isländer kamen, nahmen sie weder Zucker noch Brot. Sie kannten so etwas nicht. Irgendeinen Leckerbissen aber soll man ihnen ruhig anschmeicheln, damit man sie für eine gute Leistung auch belohnen kann. Zuviel Zucker – um des Himmels willen, nein!

Genau einen Monat lang hielt der herrliche Schnee

an. Tag für Tag leuchtete es blau-weiß-golden um unser Haus. Es war windstill, der Boden tief und verläßlich gefroren. Die Schularbeiten kamen zu kurz, wir waren wie berauscht von diesem märchenhaften Winter. Freilich, Mutter fror in ihrem elektrisch beheizten Arbeitszimmer fast am Stuhl fest. Am 29. Februar endlich schaffte sie sich einen jener modernen, überall angepriesenen Heizöfen an, die die Luft quirlen – „Wirbelwilli" hieß unserer. An diesem Tage begann es zu tauen, und wie.

Wir hatten gehofft, die Kälte würde langsam aus dem Boden weichen. Das war ein ausgesprochener Fall von denkste. Von einem Tag zum anderen, vom letzten Februar zum ersten März, wich der Frost einer Temperatur von plus fünfzehn Grad. Die Folge war ein Hochwasser, von dem wir noch unseren Enkeln erzählen werden.

Das Haus liegt in einem Tal, durch das malerisch ein mäßig breiter Bach fließt. Er heißt Aimersbach, das hat aber mit Eimer nichts zu tun, denn der Name kommt von Amor. Hier sind überall römische Siedlungen gewesen, man findet noch Spuren von Wachtürmen und vom Limes. Jeder Gast wird dort hingeschleppt. Wir nennen das Bärenführung. Dieser Aimersbach ist gewöhnlich so flach, daß man an vielen Stellen trockenen Fußes von Stein zu Stein hindurchspazieren kann. Jetzt aber wollte er hinter der Rems nicht zurückstehen und schwoll binnen vierundzwanzig Stunden zu einem reißenden Strom an.

Nun hat unser Vorgänger das Haus vorsichtshalber nicht in den schönsten Wiesengrund gebaut, sondern etwas weiter oben an den Hang. Das war wohlgetan. Am ersten März erwachten wir von einem heftigen Rauschen. Wir stürzten ans Fenster und sahen die Ponys nicht wie sonst vor dem Stall stehen, sondern etwas oberhalb des Hauses am Hang. Nanu?

Wir hatten gerade Besuch und erwarteten noch einen zweiten Gast dazu, eine Dame aus der Stadt, vor der unser Tuskulum in Ehren bestehen sollte. Tagelang hatten wir putzen und staubwischen müssen, was sonst nur einmal in der Woche geschieht. Mutter lief aufgeregt umher und versteckte alles, was nicht dekorativ war, im abseits gelegenen Jungenzimmer. Dort stolperten wir, früh aus den Betten taumelnd, über Scheuereimer und alte Sättel, Gummistiefel und Kartons mit unnötigem, aber dennoch gehortetem Krimskrams. Wir litten stumm, denn wir wissen, wenn Mutter prominenten Besuch erwartet, dann rutscht ihr bei einer frechen Bemerkung leicht die Hand aus.

In Ernstfällen übrigens nicht. Alle Katastrophen, die nicht gerade Leib und Leben – von uns oder den Ponys – bedrohen, genießt sie, so behaupten wir, aus vollem Herzen. Wir gönnen ihr das. Und auch wir fanden es großartig und spannend, als sie am Morgen, die Trainingshose über dem Schlafanzug, an unseren Betten stand:

„Wir haben Hochwasser. Die Quelle ist überschwemmt, alles voller Sand und Steine. Die Leitung lief nicht mehr, aber wir haben es wieder hingekriegt, Julchen und ich.“

Wir bekommen unser Wasser nicht von der Stadt, sondern direkt ab Natur. Eine Quelle liefert es uns, freilich nur so lange, als sie Platz findet, durch besagtes Rohr zu rinnen. Wenn die Flut mit solcher Wucht kommt, wie es in dem Jahre geschah, dann haut sie eben Kies und Sand hinein, und unsere Wasserleitung versiegt, während ringsum die Flut steigt. Paradox, aber Tatsache.

Das war glücklicherweise vermieden. „Aber das Wasser geht schon bis zum zehnten Koppelpfahl“, verkündete Mutter, und Uli, der bei uns am leichtesten aus dem Bett findet, wenn was los ist, ergänzte vom Fenster her: „Bis zum elften! Es steigt noch immer!“

„Da können wir doch nicht in die Schule!“ ertönte es sofort aus allen Betten. Mutter mußte zugeben, daß das ein Ansinnen wäre.

„Wie sollen wir denn ruhig auf der Schulbank sitzen, während ihr hier ertrinkt!“ sagte Katrin und drehte sich genüßlich auf die andere Seite. „Nein, solche Unmenschen sind wir nicht.“

Auch wir anderen empfanden es als ein Vergnügen eigner Art, im Bett zu liegen, während draußen das Hochwasser schäumte. Halb geborgen und halb gruselig angerührt, sahen wir zu, wie die Großen mit der Kognakflasche vom Fenster zum Schrank hin- und hergingen. Zum Glück war Feuerwasser im Hause.

„Auch Zigaretten. Wir gehen die Eiserne Ration an.

Hochwasser ist ein Grund“, fand Lotte, die der fürchterlichen Kälte wegen früher aus dem Semester zurückgekommen war. Übrigens nicht allein. Mit ihr angeschwirrt kam Fliege, Schulbankgenossin durch sieben mühevolle Jahre und jetzt Studienkollegin von der anderen Fakultät. Diese wiederum hatte Brummer mitgebracht, ihren Spezi. Den beiden waren auch die Kohlen ausgegangen.

„Fein, daß Brummer da ist“, meinte Mutter und goß Fliege einen Kognak ein, „so haben wir bei dieser Katastrophe doch einen Mann im Hause.“

Der „Mann“ kampierte im Wohnzimmer und ahnte nichts von seiner Wichtigkeit. Er schlief bis in den Nachmittag hinein, übermüdet vom Semester, wie die meisten Studenten heutzutage, und hatte vom Hochwasser keine blasse Ahnung.

„Bei solchen Anlässen muß man Kognak aus Tassen trinken, am besten aus solchen, denen der Henkel fehlt“, sagte Lotte und kramte im Küchenschrank. „Haben wir keine ohne Henkel? Das ist ein Stilfehler.“

„Wir schlagen welche ab“, erboten sich die Kleinen. Sie sind mitunter so selbstlos, daß es einem das Herz rühren kann.

„Zwölfter Koppelpfahl!“ meldete Uli. Wir zogen die Bettdecke noch höher. Die Großen horchten nach draußen und rauchten. Es roch wunderbar nach Feiertag.

Vorräte hatten wir im Hause. Wer abseits wohnt, muß immer eine Reserve haben. Das elektrische Licht funktionierte noch. Als es später für Stunden aussetzte, machte das nichts, denn wir hatten nun Feuer im Herd und Kerzen zur Hand. So war eigentlich für alles gesorgt. Nur Mutter kratzte sich bedenklich am Kopf.

„Der Besuch, Kinder, der Besuch!"

„Lad ihn doch aus!"

Wir waren nicht scharf darauf, uns in unserer Schimmelreiterromantik stören zu lassen. „Das Telefon funktioniert ja noch!"

Nun handelte es sich weniger darum, daß besagte Dame uns aus purer Anhänglichkeit besuchte. Sie wollte sich nur überzeugen, ob Mutter zu Hause sei. Ihr Mann war nämlich an diesem Tag verreist, und sie witterte Zusammenhänge, die nicht bestanden. Es gibt schon mißtrauische Charaktere.

„Ruf doch an. Dann merkt sie, daß du hier bist", rieten wir. Mutter winkte resigniert ab.

„Das könnte doch auch Christine sein."

Mutter und Christine haben in der Tat am Telefon so ähnliche Stimmen, daß oft die eine für die andere gehalten wird. Sie haben das schon ausgenützt und tolle Verwechslungsspiele getrieben, also ihre lieben Mitmenschen gründlich auf den Arm genommen. Jetzt rächte sich das.

„Versuchen würde ich es aber", meinte Lotte und schubste Mutter in Richtung Fernsprecher, „mach los, vielleicht geht das Telefon bald auch nicht mehr. Dann bereust du dein Zaudern."

„Ich weiß nicht, kann man sie denn zu so unchristlicher Morgenstunde stören?" Es war halb zehn. Aber

Stadtleute, die keine Ponys füttern und keine Einkäufe über weite Strecken zu machen haben?

Wir hockten in unseren Betten und grinsten, als wir Mutter stottern hörten. Es sei ihr sehr peinlich, und sie wolle nicht gerade absagen, aber hier...

Nun, was es denn dort gäbe?

„Ach, Hochwasser“, sagte Mutter. Das klang ungefähr wie: Bei uns ist die Milch übergelaufen.

„Hochwasser?“ fragte man befremdet zurück. „Das kann ich mir gar nicht vorstellen. Hier regnet es zwar ein bißchen, aber von Überschwemmung habe ich noch nichts gesehen.“

Kunststück, der Neckar fließt durch Cannstatt und nicht durch Stuttgart, wo die Dame lebt. Und sie wohnt obendrein noch auf einer der lieblichen Höhen, die diese Stadt umgeben.

„Vielleicht sind Sie noch nicht draußen gewesen?“ fragte Mutter zögernd.

„Natürlich nicht. Was hätte ich denn da zu suchen?“ fragte es von drüben. Und dann, ein wenig spitz:

„Ich soll wohl lieber nicht kommen?“

Das war genau das, was Mutters Anruf bezweckte und was wir uns alle wünschten. Aber nun gab es natürlich nichts als heftigen Widerspruch. Wir sind aus dem Osten, dort wird Gastfreundschaft ganz groß geschrieben. Einen Besuch ausladen, bedeutet eine Kränkung ohnegleichen.

„Um Gottes willen, ich bitte Sie!“ ereiferte sich Mutter, „Sie sind uns herzlich willkommen! Wirklich! Ich dachte nur...“

Das übliche Hin und Her. Als Mutter auflegte, wußten wir, daß es mit der behaglichen Unwetterstimmung vorbei war.

„Warum hast du eigentlich angerufen?“ fragte Lotte anzüglich. „Um sie noch einmal einzuladen?“

„Um ihr Gelegenheit zur Absage zu geben“, erwiderte Mutter giftig.

„Die hätte sie auch so gehabt“, sagte Katrin. Sie schlief also gar nicht, diese Kanaille.

Nun, besagte Dame kam. Bis sie aber da war, geschah verschiedenes. Die Kleinen fielen ins Wasser, alle vier. Nicht gleichzeitig, sondern hübsch hintereinander. Sogar Katrin, die damals schon sechzehn war. Sie hatte extra viel angezogen. Warum war sie überhaupt an den Bach gegangen?

„Ich wollte Holz fischen, zum Heizen. Und warm angezogen hab' ich mich, weil ich dachte, dann ist es vielleicht nicht so kalt im Wasser!“

Holz fischen! Gewiß, es kam allerlei geschwommen, aber als Feuerung war es zunächst nicht zu verwenden. Die einzige Folge dieser Aktion war, daß über dem Herd so viele Sachen zum Trocknen hingen, daß man nicht mehr an die Kochtöpfe kam. Julchen schimpfte. Die Kleinen liefen in den lächerlichsten Verkleidungen herum. Auch im Wohnzimmer hingen um den Ofen klatschnasse und schlammige Kleidungsstücke.

„Wärt ihr doch lieber in die Schule gegangen!“ räsonierte Mutter und erschöpfte sich in einem nutzlosen Kampf gegen Dreck und Nässe. Den Besuch würde sie nun auch selber abholen müssen. Wir anderen waren nicht dekorativ genug, wie wir schadenfroh feststellten.

Mutter legte sich zum Glück mittags hin. Wir Kinder setzten uns mit Rommékarten in die Küche und stellten das Radio an. Die Nachrichten jagten uns einen größeren Schreck ein als die steigende Flut.

„Das Remstal steht von Schwäbisch Gmünd bis Cannstatt unter Wasser. Überall ist die Feuerwehr eingesetzt. Wohnungen müssen geräumt werden, das Vieh wird abgetrieben. Der Schaden ist nicht abzuschätzen, vielfach sind Menschenleben in Gefahr!"

Du lieber Gott, so ernst hatten wir das Ganze gar nicht genommen. Was würden unsere Auswärtigen sagen, wenn sie das hörten? Wir starrten einander in die erblaßten Gesichter.

Christine riefen wir an. Käpten, Arndt und der Großmutter schrieben wir, auch an einige Schul- und Studienfreunde. „Hoppla, wir leben", „Es behielt uns nicht" oder „Sorgt euch nicht, halb so schlimm". Weil es so viele Karten waren, beschränkten wir uns auf diese kurzen Beruhigungsformeln.

Die Reaktion war verschieden. Manche antworteten gleich und sehr erleichtert, andere überhaupt nicht. Großmutters Erwiderung war die schönste.

„Ich danke Euch sehr für Eure Karte. Verstanden habe ich sie nicht. Es freut mich aber, daß Ihr lebt und vergnügt seid. Uns geht es gut, viel zu tun. Aber das sind wir ja gewohnt." Folgen einige Einzelheiten. Dann, beinahe am Schluß die Frage: „Habt Ihr

Hochwasser gehabt? Mit den herzlichsten Grüßen …"

Wir brüllten vor Lachen. Freilich, nicht immer kommt eine ausgelastete Großmutter in einem Arzthaus dazu, Zeitungen zu lesen oder Nachrichten zu hören. Diese Karte hätten wir uns sparen können und die Sorge dazu.

Übrigens wurden wir hämisch um die schönste Schadenfreude betrogen. Als am späten Nachmittag jene Stuttgarter Dame ankam, ging es in unserem kleinen Ort schon wieder normal zu. Die Remsbrücke war zwar noch gesperrt. Aber vom Bahnhof aus brauchte man nicht darüber zu gehen. In solchen Fällen aber ist Anschaulichkeit fast so wichtig wie im Unterricht. Was schert es einen, wenn man so etwas lediglich hört? Man sagt oder denkt: „Na, wennschon!" Mutter hatte Gummistiefel und Umhang mitgebracht. Die Straßen waren jedoch wieder passierbar.

„So schlimm war es also gar nicht?" fragte die Angekommene und umging eine Pfütze, um in den Ponywagen zu steigen. Mutter war zu höflich, um zu widersprechen. Allerdings gab die Besucherin zu, daß ihr in Schorndorf, einem Ort im breiteren Remstal, wo eigentlich die Gefahr nicht so groß war, der Hut hochgegangen sei. Schorndorf war stundenlang vom Verkehr abgeschnitten, wie die Bahnbeamten erzählten. Autos kamen nicht mehr durch. Lebenswichtige Passanten, wie Ärzte, Hebammen und Gerichtsvollzieher, wurden per Boot befördert.

Auf unserer Koppel war das Wasser leider schon

gefallen. Zum Glück sah man noch, wie hoch es gestanden hatte. Alles lag voller Schwemmsand. Der Keller aber blieb leer. Es war kaum zu fassen. Und den Ponys machte es nichts aus, bis an den Bauch im Wasser herumzuspazieren. Hauptsache, das Heu lag hoch genug.

Trotzdem fanden wir, daß eine Nachtwache angebracht sei. So vertrieben wir uns die Zeit mit Karten- und Schreibspielen. Der Besuch mußte mitmachen. Es wurde sehr nett. Wir versuchten sogar, die Dame zum Übernachten zu überreden, aber sie wollte den letzten, den allerletzten Zug nehmen. Ehe sie ging, sagte sie:

„Ich möchte den Kleinen noch gute Nacht sagen."

Wir hatten es taktvoll und gut erzogen gefunden von Steffi, Uli und Ben, daß sie von selber ohne Fisimatenten schlafen gegangen waren. Freilich, im Jungenzimmer hatten wir „abgestellt". Aber vielleicht fiel es nicht so auf, wenn man die Leselämpchen am Kopfende der Betten anknipste. Lotte wollte vorausstürzen und das tun. Frau Argwohn aber war schneller.

Schon hatte sie die Deckenbeleuchtung angeknipst. Und da standen in dem schmalen Zwischenraum zwischen den Etagenbetten drei Ponys, die schon normalerweise rund sind, jetzt aber ausgesprochen kugelbäuchig waren. Außerdem triefte ihr Pelz von Wasser. Wie es ringsum aussah, läßt sich einfach nicht beschreiben.

Vielleicht hat die Dame aus der Stadt bei diesem

Schreck die umherliegenden Gegenstände gar nicht wahrgenommen.

Am nächsten Morgen, als Mutter die Kleinen ins Gebet nahm, antworteten sie:

„Zu werdenden Müttern soll man freundlich sein, das hast du oft gesagt. Und bei dem schrecklichen Rauschen vom Aimersbach hätten sie vielleicht vor Schreck eine Fehlgeburt gekriegt.“ Und Ben maulte:

„Außerdem kommt eine Dame nicht unangemeldet in ein Herrenschlafzimmer. Das war bei uns noch nie üblich und wird hoffentlich auch nicht eingeführt.“

Bäh, da hatten wir es.

Unser neuntes Kind

Das glücklich überstandene Hochwasser hatte ein Nachspiel, das leicht böse hätte ausgehen können. Julchen war beim Kampf mit der Quelle, den sie wacker an Mutters Seite durchgestanden hatte, einmal ausgerutscht und setzte sich auf den Hosenboden. Sie ist stabil und wertbeständig, aber um diese Zeit bekam ihr das plötzliche Platznehmen nicht. Sie erwartete nämlich unser neuntes Kind.

Da ihr Mann als Vertreter viel unterwegs ist, blieb sie uns treu. Wir Großen freuten uns auf den Ankömmling, die Kleinen ahnten nichts. Das Baby sollte Ende April kommen.

Das Hochwasser kam am 1. März. Eine Woche lang quälte sich Julchen so hin, schließlich vertraute sie sich Mutter an. Dies geschah an einem Morgen, als die Kleinen schon zur Schule gegangen waren. Stud. med. Lotte, Mutter und Julchen hielten einen Kriegsrat ab. Fliege und Brummer waren inzwischen wieder abgeschwirrt.

Schließlich sattelte Mutter und ritt zur weisen Frau, die man in Hessen die „Amme“ nennt. Ganz glaubte sie noch nicht dran. Gespannt warteten wir auf das Urteil der Storchentante, und das lautete: „Zu früh, aber heftig auf dem Wege.“

So, da hatten wir es. Mutter machte Feuer und setzte Wasser auf. Das tut man auf dem Lande, wenn ein Kind im Anzuge ist. Julchen wurde in den Liegestuhl gepackt, vielleicht beruhigte sich das Ganze noch einmal. Als die Kleinen aus der Schule kamen, wunderten sie sich über Julchens Hinfälligkeit. „Was hat sie denn?“ fragten sie.

„Hexenschuß“, erklärte Mutter.

„Tut Hexenschuß sehr weh?“ fragte Uli mitleidig.

„Sehr“, bestätigte Mutter.

Gegen Abend rüsteten wir zum Aufbruch, es war nicht mehr hinauszuzögern. Lotte weigerte sich rundheraus, den Ponywagen einzuspannen.

„Wozu gibt es Taxen?“ forderte sie kategorisch. Also entschwebte Julchen per Auto-PS und Mutter mit ihr. Uns blieb nichts übrig als entsetzlich tüchtig zu sein, damit die Zeit verginge. Nach einer Stunde rief Mutter an, daß man die Klinik mit knapper Not erreicht habe. Sie selber aber sei hinausgeworfen worden. Nun taumele sie durch Schwäbisch Gmünd und würde sich dem Alkohol ergeben müssen.

Sobald die Kleinen im Bett waren, hatten wir den Korb mit der Bügelwäsche in die Küche geschleppt und schufteten. Arbeit ist das einzige, was über Wartestunden hinwegbringt. Gottlob blieben wir zu zweit wach, Katrin und Lotte. Alle Uhren im Haus waren einmütig stehengeblieben. Es war scheußlich.

Lotte, durch ihr Studium vorgebildet, ahnte bereits, was es bedeuten kann, wenn ein kleiner Mensch sechs Wochen zu früh auf der schönsten aller Welten erscheint. Und wir hatten uns schon so gefreut! Das Telefon schwieg. Vielleicht war es kaputt?

Alle fünf Minuten hoben wir den Hörer ab und horchten, ob es noch tutete. Es tat: aber warum rief Mutter nicht an?

Sie konnte nicht, denn sie wußte ja selber nichts. Schließlich landete sie, nicht beim Alkohol, aber bei mitleidigen Reitbekannten, deren Wohnung sie erst mühsam erfragen mußte. Von dort aus rief sie die Klinik an und durfte schließlich sogar noch einmal hinein.

Da sich gerade eine Gelegenheit ergab, mit einem Auto Richtung Heimat zu fahren, erschien sie ohne Vorwarnung bei uns.

„Na?" fragten wir beide kreideblaß.

„Ein Junge", sagte Mutter und setzte sich.

Er wäre sehr, sehr klein, aber Julchen ginge es einigermaßen. Der Arzt meinte, der Kleine würde wohl am Leben bleiben.

„Ich habe ihn schon gesehen, er ist süß", erzählte Mutter. Wir sahen ihr an, daß sie noch in großer Sorge war. Darum wagten wir uns noch nicht so recht zu freuen.

Der kleine Ronny indes erwies sich zum Glück als ebenso gesund wie seine Königin-Mutter. Schon am nächsten Tage konnte man das feststellen. Eine Bergeslast fiel uns von der Seele. Wir holten die Kleinen aus den Betten und verkündeten ihnen das frohe Ereignis. Sie waren stumm vor Überraschung.

Sie erzählten, daß sie wirklich nichts geahnt hatten. Später jedoch sagte Uli, als wir ihn einmal in die Gärtnerei geschickt hatten, so nebenbei: „Mutter, die

Frau Maier hat, glaub' ich, auch Hexenschuß." Es stimmte.

Natürlich besuchten wir Julchen jeden Tag. Wir wechselten uns ab. Mehrmals fuhren wir auch mit dem Dogcart hin, der damals nagelneu war und den wir sehr elegant fanden. Er ist federleicht und aus lackiertem Naturholz. Man kann prominenten Besuch damit abholen, ohne sich entschuldigen zu müssen. Manchmal fuhren wir damit Tandem, beide Schwarze voreinander gespannt. Da muß man höllisch aufpassen, denn das erste Pferd geht ja ohne Deichsel. Steffi kann das wunderbar. Einer von uns ritt mit dem Isländer vorneweg oder hinterher.

Vor der Klinik strängten wir die Ponys aus, lockerten Gloa den Gurt und ließen sie stehen. Es schloß sich sogleich ein Bienenschwarm von Menschen um sie. Sie wurden gefüttert und verwöhnt, während wir bei Julchen saßen und Ronny bewunderten. Einmal hatten wir uns auch über eine Stunde so vergnügt, als plötzlich ein Uniformierter in der Wöchnerinnenstube erschien. Polizei, nanu?

„Gehört jemand von hier zu der Menagerie da unten?" Wir hatten damals schon unseren neuen Hund Olli, einen Schnauzer, dem die Ohren ein wenig zu kurz kupiert waren, und der deshalb aussah wie ein kleiner Affe, besonders wenn er saß oder auf zwei Beinen lief. Er hockte angebunden auf dem Bänkchen des Dogcarts. Heraufbringen durften wir leider weder ihn noch die Ponys.

„Ja, wir", sagte Mutter sorglos. Der Polizist hatte

schon sein Notizbuch gezückt und leckte am Bleistift.

Blacky war die Schuldige, jedenfalls die Anstifterin. Sie hatte sich mit energischen Püffen ihres dickbebuschten Kopfes durch die Menschenmenge gearbeitet und war zielbewußt auf den Blumenstand zugegangen, an dem die Väter Blumen für die jungen Mütter kaufen. Dort hatte sie gewütet. Die anderen wollten auch nicht zurückstehen. Die Verkäuferin versuchte zwar, sich der frechen Angreifer zu erwehren, aber wenn sie rechts schubste oder schlug, fraß und schnorpelte es links. Sie weinte vor Zorn. Mutter versprach, den Schaden zu bezahlen. Wochenbettblumen sind teuer. Man sollte Ponys mit anderen Dingen füttern. –

Pfingsten war Taufe. Wir feierten mit Pomp und Trara und achtzehn Mann Besuch. In die Kirche fuhren wir Mutter und Kind mit dem blumengeschmückten Dogcart und besetzten zwei Bänke.

Nach der Kirche sollte es zu Hause nur einen kleinen Imbiß geben, damit alle gleich danach mit gewohnter Energie zur großen Kaffeeschlacht antreten könnten. Da brach fast eine Palastrevolution aus. Wir fanden die Streichung eines Mittagessens schäbig, uneingedenk dessen, daß wir alle acht bei unserer Taufe auch so und nicht anders „gefeiert“ worden waren.

„Mittagessen ist nicht nötig, das macht nur müde“, behauptete Mutter. Wir protestierten wütend. Sie verteidigte sich mit ungewohnter Mattigkeit und schien abgelenkt.

„Habe ich einem von euch fünfzig Mark gegeben? Zum Auslegen? Es ist gar nichts mehr in meinem Portemonnaie.“ An diesem wildbewegten Tage wurde ständig jemand fortgeschickt: „Hier, lauf um Zigaretten!“ „Arndt, der Sekt reicht nicht. Du könntest mal schnell –“ und so weiter. Es war viel mehr Besuch gekommen als erwartet. Er hatte sich zum Teil selber eingeladen und auf unsere Warnung hin, wir hätten nicht so viel Gedeck und Besteck, Tassen, Teller und Löffel mitgebracht. Keiner meldete sich auf Mutters Frage. Die Gäste saßen und standen herum, ein Weinglas in der Hand, und wagten kaum, an den Brötchen zu knabbern.

Da wurde Mutter nach draußen gerufen.

Der Herr Pastor. Mein Gott, hatte sie in der Kirche etwas falsch gemacht? Heiß und rot, von dem langen Weg am hellen Mittag, stand er im Flur. Er schien verlegen zu sein.

„Ich habe beim Einschreiben der Paten gesehen, daß Ihre beiden Ältesten studieren“, begann er verlegen, „Jura und Medizin. Das kostet doch eine Menge. Deshalb …“

„Na und?“ fragte Mutter verwundert. Dafür hatte sich noch nie jemand interessiert.

„Neben dem Opferstock lag ein Fünfzigmarkschein. Da dachte ich, vielleicht ist das ein Irrtum.“

Mutter hatte, schusselig, wie sie ist, all ihr Hartgeld in die Büchse gesteckt und dabei diesen Schein liegenlassen. Damit kam der Gute nun zu uns heraus.

„Wollen Sie uns nicht die Freude machen –“

stammelte Mutter und dachte an die Appetitshäppchen, die inzwischen sicher bis auf den letzten Krümel vertilgt worden waren. Aber der Herr Pastor mußte heim. Zum Glück erwischte Mutter Steffi, die wieder einmal im Stall gewesen war. „Schnell, hast du schon ausgespannt? Nein? Dann fahre noch mal vor und bringe den Herrn Pastor nach Hause."

So kam es, daß der Pastor von Lorch am hellen Pfingstsonntage mit dem geschmückten Dogcart durch das Städtchen brauste. Blacky wollte dauernd umdrehen, weil sie schon einmal in Lorch gewesen war. Nur Steffis Fahrkunst war es zu danken, daß man schließlich heil ankam.

Zu diesem Fest war auch unser heißgeliebter Onkel Hannes gekommen, der Mann von Mutters jüngerer Schwester, der Klavier spielt und schöne Gelegenheitsgedichte macht. Gegen Mitternacht rückte er mit der „Aimersbach-Ballade" heraus, die er auch selber als Melodram am Klavier vortrug. Hier ist sie.

Wer reitet so spät durch Nacht und Wind?
Es ist Frau Lise, das ewige Kind.
Das Julchen liegt kreißend in höchster Not,
auf denn nach Lorch im Abendrot!

„In Lorch wohnt die Amme", ruft Mutter,
„geschwind!
Ich reite für Deutschland, für Mutter und Kind.
Bringt Sattel mir drum und Zaumzeug her,
frisch auf denn geritten, viel Zeit ist nicht mehr."

Das Island-Pony gesattelt schon ist,
die Wöchnerin wimmert, nur kurz ist die Frist.
Die Reiterin schwingt sich aufs hohe Roß,
dumpf knarrt der Stalltür rostiges Schloß.

Der Aimersbach donnert, der Aimersbach schäumt,
die Feuerwehr hat schon die Häuser geräumt.
Die Straße nach Lorch ist nicht mehr zu sehn,
weil die Wogen des Aimersbachs über sie gehn.

Doch die mutige Reiterin kennt kein Bangen,
zur Amme nach Lorch muß sie heut noch gelangen.
Die Fluten steigen, es heult und zischt,
die Gloa springt in die brausende Gischt.

Verschwunden das Pony. Verschwunden Frau Lise.
Wo sie versanken, war früher 'ne Wiese.
Es rauschen die Wellen, es heult der Sturm.
Dumpf tönt die Glocke vom Klosterturm.

Der Aimersbach wälzt seine trüben Fluten,
doch da, nach schrecklichen Minuten
taucht auf der Reiterin stolzes Haupt
und das Pony, das schon verloren geglaubt.

Vom hehren Ziele angezogen
zerteilen schwimmend sie die Wogen,
erreichen Lorch, gottlob, da drüben
das Haus der Amme ist übriggeblieben.

Sie winkt schon grüßend von Daches Rand,
den gepackten Koffer in ihrer Hand.
Frau Lise schwimmt an das Häuschen heran:
„Stürzt euch zu mir in die Fluten wohlan!

Es gilt zu schwimmen durch Nacht und Wind
zu meinem Julchen und ihrem Kind.
Den Weg zurück wird das Roß schon finden,
noch heute müßt ihr mein Julchen entbinden."

Es zaudert die Amme, dann springt sie herab.
Sie schwimmen, sie tauchen, Galopp und Trab,
Frau Lise samt Amme auf Gloas Rücken
versuchen vergeblich das Haus zu erblicken.

„Verdammt", knirscht Frau Lise und denkt
beklommen,
„mein Haus ist doch nicht etwa fortgeschwommen?
Ich sehe weder Rauch noch Licht!"
Doch Gott verläßt einen Reiter nicht.

Ein Wandersmann, von der Flut überrascht,
hat einen Fichtenast schwimmend erhascht,
mit letzter Kraft noch erstiegen den Wipfel
und nun von der schwankenden Tanne Gipfel

gleich einem Matrosen auf Schiffes Mast
die Lage der schwimmenden Frauen erfaßt.
„Links müßt ihr steuern!" hallt sein Schrei,
„sonst schwimmt ihr an dem Haus vorbei!

Ich seh es noch im Wasser stehn!"
„Habt Dank!" ruft Frau Lise. „Auf Wiedersehn!"
Man hört Julchens Ächzen von weitem schon,
doch da entsteigt, als der Tapferkeit Lohn,

die Amme triefend des Aimersbachs Fluten.
Es wird auch Zeit, man muß sich sputen.
Sie macht sich ans Werk, und schon ist es da,
das Kind, und dazu noch ein Knabe, hurra!

Dieses Gedicht entspricht, wie man sieht, nicht ganz den Tatsachen. Aber sei es drum, dichterische Freiheit ist erlaubt.

Die Ponys feierten übrigens mit. Es war so schönes Wetter, daß wir im Garten Kaffee trinken konnten. Und da kommen sie immer heran, machen so lange sehnsüchtige Kamel-Lippen, daß sie von allen Seiten mit Kuchen und Brötchen gefüttert werden. Ein Hund, der bei Tisch bettelt, ist unerzogen, ein Pony süß. Vielleicht sind wir voreingenommen, aber dies ist nun einmal unsere Ansicht.

Junges Leben

Der kleine Ronny sollte nicht lange unser Jüngster bleiben. Voriges Jahr hatten wir unsere kleinen Rappen zu Bekannten über Land gebracht, die einen entzückenden kleinen Scheckhengst haben. Mit dem waren sie sechs Wochen auf der Weide gelaufen. Und nun hofften wir auf Zuwachs.

Am gespanntesten war natürlich Steffi. Sie lebte nur noch in der Erwartung, träumte jede Nacht von den Fohlen und entdeckte täglich neue, untrügliche Anzeichen, daß es nun bald soweit wäre. Bald baute Blacky angeblich Nester im Stall, bald schlug sie auffällig mit dem Schwanz, dann wieder schwitzte sie... Kurzum, es mußte nun endlich wahr werden. Da nur wenige Pferdezüchter das Glück haben, bei einer Geburt dabeizusein – schon gar bei Ponys –, schlief sie mehrere Nächte im Stall. Wir haben ihn durch einen Flankierbaum unterteilt, so daß die unangebundenen Tiere umhergehen können, der Stärkere die Schwächeren aber nicht völlig von der Heuraufe verdrängen kann. Das versuchte Gloa mitunter doch.

Steffi legte also unter diesen Flankierbaum der Länge nach zwei Säcke und sich darauf, darüber ein kariertes Bett. Es waren noch kalte Nächte, und im Stall herrscht im Sommer und Winter Außentemperatur. Sie hatte gut geschlafen, das große Ereignis aber doch nicht erwischt. Getreten hatten die Ponys sie nicht. Aber sie beschnupperten alle nasenlang ihr Gesicht. Der Bettüberzug sah am anderen Morgen auch nicht mehr so frisch aus wie am Abend zuvor. Wir haben ihn heimlich gewaschen, um Julchen nicht zu erbittern.

Blacky war zuerst „dran". Wir wollten es ja alle miterleben und paßten genau auf. Mutter hatte uns erzählt, daß ein Bekannter von ihr, der selber Pferde gezüchtet hat, unbedingt bei einer Geburt dabeisein wollte und sich den Lehnstuhl in den Stall tragen ließ. Der kam hinter den Stand der fälligen Stute, und darin nahm der Herr Platz. „Das wäre gelacht!" sagte er, „einmal werde ich doch dabeisein." Er erwachte am Morgen von dem Schnuppern des Fohlens, das ihm seine feuchte Nase zutraulich ins Gesicht stieß.

Ob es uns auch so gehen würde? Jeden Morgen rannte der, der zuerst aufwachte, in den Stall. Die Pfingstferien vergingen. Murrend zogen die Kleinen wieder zur Schule. „Ekelhaft, wenn mal was los ist, muß man in die Schule."

„Mal ist gut", sagte Mutter, „bei uns ist immer was los."

Eines Morgens, Mutter saß an der Schreibmaschine und Lotte schlief noch, kam Julchen hereingestürzt.

„Ich wollte Rinde holen, die Blacky ist so komisch. Vielleicht..."

Lotte studiert Medizin. Aber auch sonst hätte Mutter sie geweckt, schon durch ihren blitzartigen, donnernden Aufbruch. Mutter pflegt zu schleichen, daß die Wände wackeln. Alle drei sausten in Schlafanzügen in den Stall. Tatsächlich!

Viel konnten wir nicht tun. Wir hakten den Flankierbaum aus und rückten die kleine Stute vorsichtig zurecht, damit sich das Fohlen nicht stoßen konnte, wenn es ins Leben glitt. Die anderen Vierbeiner scheuchten wir aus dem Stall. Dann knieten wir neben Blacky nieder und schwätzten den Unsinn, den man in Minuten des Bangens zu reden pflegt. Mutter ist groß in so was. Diesmal aber übertraf Julchen sie noch.

„Nein, die arme Schnute! Nein, wie mir die Schnute leid tut!“ jammerte sie unaufhörlich. Ihr stand wohl die Geburt des kleinen Ronny noch lebhaft vor Augen, vor wenigen Wochen war ja sie selber in dieser Lage gewesen. „Ach Schnute, jetzt bist du bald dran!“

„Ich finde, jetzt tut mir die Blacky leid und nicht die Schnute“, sagte Mutter. Gerechtigkeit muß sein. „Jetzt – jetzt, jetzt –“

Ein dunkles, feuchtes Mäulchen schob sich ins Leben, darunter zwei Hufe, unwahrscheinlich klein. Sie lagen richtig! Talergroß in der Grundfläche, gehörten sie an zwei lange, stakige Beine, die sich voranarbeiteten.

Kopf und Vorderbeine – weiter ging es nicht. Sollte man helfen? Bei Kühen hilft der Mensch, aber bei einem Pony?

Blacky stöhnte nicht. Sie lag ergeben still, Lotte hatte die Arme um ihren Hals geschlungen. „Gleich, gleich ist es vorbei ...“

Aber es ging nicht vorwärts. Was tun?

„Vielleicht will sie allein sein“, sagte Lotte schließlich.

Wir haben einmal gelesen, Shetlandponys und Isländer fohlen auf der Weide oder im Stall am liebsten allein und ohne jede Hilfe.

„Gut, versuchen wir es mal!“

Wir verließen den Stall, sausten lautlos barfuß die Heubodentreppe hinauf. Von dort aus kann man durch die Luke in den Stall gucken. Das merkte Blacky sicher nicht und fühlte sich dann nicht gestört.

So dachten wir. Aber die drei Sekunden, die es dauerte, hatten ihr genügt. Oben angelangt, sahen wir das Fohlen schon auf dem Stroh liegen. Tiefschwarz war es, das feuchte Fell noch gelockt, mit dickem Kopf, an dem die vorgewölbte Stirn, das Zeichen echten Ponytums, besonders auffiel. Wie der Kopf eines Ziegenbocks sah er aus, und eine krause kleine Mähne zierte schon den Hals und leitete über zum Rücken, an dessen Ende ein winziger, kecker kleiner Wedel saß, knapp spannenlang, der sich schon bewegte.

Wir stürzten die Treppe hinunter und knieten zu dritt um das Wunder. Ja, ein Wunder, jedesmal ist es eines! Mutter stammelte, während sie das Köpfchen auf die flachen Hände hob und das Mäulchen vom Schleim säuberte: „Ich glaube, es ist lebensfähig.“

Wir glaubten es auch. Es war, wie es so dalag, etwa so groß wie ein ausgewachsener Jagdhund. Und jetzt hob es auch schon den Kopf und wieherte leise dem

Leben entgegen. Bei Kindern nennt man das den ersten Schrei.

Uns dreien waren die Augen feucht, wenn wir auch lachten und durcheinander sprachen. Mutter rannte davon und holte ein Stück Brot, das erste heilige Brot, das einer jungen Mutter nach der schweren Stunde zusteht. Blacky nahm es im Liegen, ebenso den Mehltrunk, den wir ihr dann brachten, zufrieden wie eine kleine Kuh.

Wir hatten das Kleine auf frischem Stroh zurechtgerückt, bestreuten es mit Mehl und einer Prise Salz. Man soll kein Salz nehmen, heißt es in allen Zuchtbüchern, aber die erfahrenen Stallburschen und Pferdepfleger tun es doch.

Blacky begann zu lecken. Langsam und systematisch fuhr ihre Zunge über das Fell des Fohlens, strichweise, gleichzeitig säubernd und massierend. Sie hatte einen Ausdruck in ihrem kleinen schwarzen Gesicht, den wir nie vergessen werden.

Alles verlief großartig. Julchen flitzte zwar doch noch, eine Trainingshose über dem Schlafanzug, zum Tierarzt, aber eigentlich nur, um bestätigt zu bekommen, daß man, wenn man nichts tat, manchmal das Richtige getan hat. „Ich komme nachmittags vorbei", versprach er. Als Julchen zurückkam, war Blacky schon aufgestanden. Auch das Kleine bemühte sich, setzte seine Stakelbeine an und warf den Kopf zurück.

„Es wird doch nicht schon", aber siehe da. Erst mit den Vorderhaxen – der Kopf wackelte und war so schrecklich schwer – dann mit den Hinterbeinen mühte es sich empor. Wir halfen. Wahrhaftig, da stand es, schwankend, mit gespreizten und viel zu langen Beinen, aber es stand. Nun hob es das feuchte Schnäuzchen und stieß es gen Himmel, der warmen Quelle zu, die nur darauf wartete, Milch zu spenden.

„Du, mit Ronny sind wir angeschmiert", sagte Lotte tief überzeugt, als das Kleine auf der Wiese in goldner Maiensonne die ersten Galoppsprünge machte. Genau anderthalb Stunden nach seiner

Geburt! „So was gibts! Und Ronny kann noch nicht mal sitzen, geschweige denn laufen. Und wie alt ist er schon im Vergleich zu Morchen!“

Daß Ronny ein Langsamer sei, hatte schon Ben festgestellt. Ben ist das Kind unter unserer Schar, das am häufigsten und längsten Krankenhäuser zu bewohnen pflegt. Er fühlt sich dort völlig zu Hause, wird von Schwestern und Mitpatienten verwöhnt, nimmt alle Huldigungen der Besucher wie ein Fürst entgegen. Beinahe ungern scheidet er aus dem Krankenhaus, sagt betont herzlich: „Auf Wiedersehen.“

In Westfalen hatte er einmal eine Gehirnerschütterung, eine unter vielen, die er auf der „Chaise“ in der Küche auskurierte. Das gefiel ihm, in der Küche war viel Leben, aller Besuch kam dorthin, die Großmutter saß bei ihm und strickte. Als Mutter nach drei Wochen meinte, er könne nun aufstehen, tat er das für eine halbe Stunde. Dann schlüpfte er zurück unter seine Decke und sagte: „Ich bin lieber wieder krank.“

Ronny kam mit zehn Tagen aus der Klinik. Wir mußten ihn damals noch viel umsorgen, weil er zu früh erschienen war. Einmal – er mochte vielleicht drei Wochen alt sein – stand Ben nachdenklich vor dem Wäschekorb und sagte: „Wann steht der denn nun auf?“ Drei Wochen Nachkur fand er etwas happig.

Morchen sprang also mit anderthalb Stunden schon über die Wiese. Es war rührend anzusehen. Blacky war unvermindert rund. Unvorstellbar, daß dies schwarze Stückchen Leben in ihr gesteckt haben sollte. Sie graste schon wieder, den Schweif hin und her bewegend, weil die Fliegen sie plagten. Und daneben stand Morchen, in gleicher Haltung, graste oder tat doch so und bewegte ebenfalls den kleinen Stummelschwanz.

Morchen sollte das Fohlen heißen, eigentlich Amore. Es mußte ja, wie Adele, mit A anfangen. Alle Leute denken natürlich, es wäre ein Mohrchen mit h, weil es so schwarz ist. Das ist egal. Im Stutbuch steht Amore.

Nun warteten wir auf unsere Schulgänger. Was würden sie sagen?

Lotte und Mutter saßen auf der Verandatreppe vor dem Haus und schälten Kartoffeln, als Steffi heimkam. Bei uns geht man den Weg oben am Hang entlang, ums Haus herum und von der Nordseite zur Tür herein. Das Haus verdeckt von dort aus ein Stück der unterhalb liegenden Weide, auf der Blacky und Morchen standen. Steffi rief schon von weitem:

„Ihr brütet wohl das Fohlen aus?“

„Wieso?“ fragte Lotte, sich dumm stellend. „Komm“, meinte sie dann halblaut zu Mutter, „mal sehen, was jetzt passiert.

Beide warfen die Messer in den Kartoffeleimer und liefen in den hinteren Garten. Sie kamen genau im richtigen Moment an. Steffi hatte mit einem Blick die Situation erfaßt.

„Ihr seid gemein...“, mit diesen Worten pfefferte sie ihre Schulmappe auf die Erde, wo sie noch zwei Stunden lang lag, und setzte mit Riesensprüngen den

Hang hinab. Wir lachten. Gemein? Warum denn?

Am Abend feierten wir. Arndt und Katrin hatten sich eingefunden. An Käpten und Christine hatten wir telegrafiert. An unzählige andere Leute auch, die zum Teil mit dieser Geburtsanzeige zunächst nichts anzufangen wußten. Am gerührtesten war Arndt. Er, der immer überlegen und gelassen tut, wenn wir übrigen uns vor Enthusiasmus überschlagen, griff jede halbe Stunde zur Taschenlampe und ging hinaus. „Ich muß mal nachsehen."

Dann stand er im Stall, den Strahl der Lampe seitlich abgeblendet, und bestaunte unser Jüngstes. Es war rührend und ein wenig komisch, wie er so dastand, der große junge Mensch andächtig vor dem winzigen Tier. Aber wir fanden das ganz in Ordnung.

Nun warteten wir auf Schnute.

Steff hatte prophezeit: „Schnute kriegt einen Sohn. Das weiß ich." Wir waren überzeugt, daß sie recht behalten würde.

Bei Schnute war Katrin die erste. Sie schlief damals im Wohnzimmer im Klappbett, weil sie früh gerne Waldläufe macht und dann die anderen vorzeitig wecken würde.

Gegen vier Uhr schlich sie hinaus. Wenn man bei uns aufsteht, geht man zu den Pferden, das ist nicht weiter erstaunlich. Sie guckte über die halbhohe Tür des Stalles und stand dann minutenlang still. Morchen war schon ganz zu Hause in dieser Welt, lag neben der Mutter und kaute an einem Heuhalm. Neben Schnute aber stand, frech aufgerichtet und mit dickem, dunkelbraunem Kopf, jemand neues, sah zu Katrin empor und begrüßte sie mit einem tiefen, ein wenig rostigen Wiehern.

Tatsächlich, Steff hatte richtig prophezeit. Es war ein kleiner Hengst, das sah Katrin sofort. Schön war er nicht, aber warum muß ein kleiner Hengst auch schön sein? Katrin kniete sich ins Stroh und drückte seinen Kopf an sich, dann sprang sie auf und rief durchs Schlafzimmerfenster: „Aufwachen, aufwachen! Alibaba ist da!“

Hopp-hopp ging es gleich über das Fensterbrett in den Garten hinaus. Dann hockten wir alle im Stall und bewunderten Ali. Sogar den kleinen Ronny hatte Lotte mitgebracht. Er schlief damals noch im Flur, weil er mitunter maunzte. Sie hielt ihn in die Zudecke gewickelt auf dem Arm und zeigte ihm den kleinen Sohn des Stalles. „Da, guck mal, Ronny! So klein warst du auch!“

Der kleine Ali erwies sich als rechter Tölpel. Morchen, nur sechs Tage älter, war ihm weit überlegen. Die kleine Schönheit wird einmal eine Zuchtstute von Format. Sie war von Anfang an gewandt, kokett und zierlich, sah mehr nach Pferd als nach Pony aus. Ali war sehr lange trottelig und ungeschickt, eher eine komische Nummer als ein Filmstar. Sein künftiger Besitzer, der Reitlehrer aus der Kreisstadt, kam auf die Geburtsanzeige sofort angefahren, mit ihm erschienen neun Mitglieder des Reitvereins.

„Warum ich nicht schon gestern oder vorgestern gekommen bin?“ Heute war Alis dritter Lebenstag.

„Einen Hengst soll man mit drei Tagen ansehen und dann nicht mehr. Wie er mit drei Tagen wirkt, so wird er später sein. Das ist eine alte Züchterweisheit.“ Wir guckten gespannt, was er nun sagen würde. Er sagte nicht viel, schien aber sehr zufrieden zu sein.

Nun sprangen zwei Pferdekinder über die Koppel. Da Schnute nicht viel Milch hatte, versuchten wir mit der Flasche nachzuhelfen, aber die mochte Ali nicht. Hingegen begann er allmählich auch bei der Großmutter zu saugen. Blacky stand, gutmütig das eine Hinterbein ein wenig zurückgesetzt, und ließ ihn schmatzen, wenn Morchen satt war. Man muß dabei von der anderen Seite her zusehen. Dann sieht man an dem schwarzen kleinen Euter das blanke Fohlenmaul suchen und sich festsaugen. Und aus dem Schnäuzchen guckt eine dunkelrote Zunge heraus.

Stutenmilch macht stark.

„Abgetrocknet mit der Mähne und entwöhnt am Stutenbauch – – –“, heißt es bei Münchhausen. Mutter redete unseren Kleinen immer zu, bei Blacky zu trinken. Sie taten es, melkten sich etwas in die Blechbüchse ab, mit der wir den Hafer zuteilen, und kosteten.

Am Tage nach Alis Geburt mußten wir die Ponys für das Stutbuch brennen lassen. Es war krachend heiß. Zu uns heraus würden die Männer bei dem weiten Weg nicht kommen. Also mußten wir zu ihnen in die Stadt.

Mit einem noch nicht zwei Tage alten Fohlen? Steffi wußte Rat. Ronnys Kinderwagen! Julchen protestierte. Wir schmeichelten und versprachen, ihn auch schön auszuwaschen, füllten ihn mit Stroh und hoben Ali hinein. Wir hatten aber nicht mit dem Stolz eines heranwachsenden Mannes gerechnet. Er strampelte und zappelte. Wir lachten so, daß es uns unmöglich war, ihn darin festzuhalten. Also blieb nur noch der Dogcart.

Die Stuten mußten sowieso mit. Wir spannten Blacky ein, banden Schnute seitlich fest, ließen Morchen nebenher laufen und setzten Steffi, die Ali auf den Schoß nahm, in den Wagen. So würde es wohl gehen. Ein Glück nur, daß Arndt nicht zu Hause war. Er hätte uns verleugnet, wenn er das gesehen hätte.

Am Lorcher Kirchplatz stieg Ali im Schatten alter Linden aus dem Wagen wie die Königin Elisabeth aus der Glaskutsche. Wir bestritten den gesamten Stutenbestand von Lorch. Eine einzige „richtige" war noch zum Brennen da, und die gehörte in ein Nachbardorf. Was wäre Lorch ohne uns!

Ali war doch etwas angegriffen von seiner ersten Reise. Während wir warteten, legte er sich mitten auf die Straße. Der Asphalt war von der Hitze ganz weich. Und Ali klebte an...

Die freundlichen Herren vom Stutbuch waren begeistert über diese winzigen Pferde. Wir hatten Angst vor dem Brennen. Aber der Schmied versicherte uns, das täte gar nicht weh. Die große Stute zuckte auch kaum. Nachher stellten wir fest, daß er recht hatte. Das dicke Fell unserer Zottelbären, damals noch nicht völlig gelichtet – im Sommer sind sie ja kurzhaarig und blank –, schützt die Haut. Kein Tier legte die Ohren ernstlich zurück. Die Herren forderten uns zu einem Umtrunk auf, wir aber dankten. Heiß genug war es, jedoch die Pferde mußten nach Hause.

Heimwärts lief Ali zu Fuß. Er hatte auch seinen Stolz. Den dicken Kopf gesenkt, stakelte er neben der Mutter her. Seine Hinterbeinchen knickten noch bei jedem Schritt nach außen, weich und biegsam, wie sie damals waren. Es war ein ebenso erbarmungswürdiges wie rührendes Bild. Von Zeit zu Zeit hielten wir an.

„Jetzt muß er wieder einsteigen, das geht ja nicht!"

Aber sobald Steffi ihn umfaßte und hochheben wollte, strampelte er und befreite sich.

„Er sagt, er kann noch", meldete Steffi, die ja die Ponysprache beherrscht. Langsam und in Etappen, von der glühenden Hitze ganz dösig im Kopfe, legten wir den Heimweg zurück. Tier und Mensch kühlten sich die Füße im Bach.

Morchen und Ali wurden der neue Anziehungspunkt des Städtchens, der näheren und weiteren Umgebung. Sie wurden so oft geknipst, daß wir anfingen, für ihren Charakter zu fürchten. So was muß ja eitel machen! Morchen stellte sich schon in Positur, wenn jemand mit dem schwarzen Kasten ankam. Es fehlte nur noch, daß sie dem Fotografierenden Blende und Belichtungszeit souffliert hätte.

Und wie viele wollten sie kaufen! Wir können das ja verstehen, aber es war oft ein Kampf Mann gegen Mann. Ja, mitunter artete er fast zum Handgemenge aus, wenn uns jemand die Anzahlung für Morchen gewaltsam aufdrängen wollte.

„Hier, nehmen Sie! Wann ich sie bekomme ist gleichgültig, aber kein anderer soll sie haben!"

Davon später. Wir schlugen zunächst alle Interessenten siegreich aus dem Felde. Man kann Fohlen nicht so zeitig absetzen. Wochentags, vor allem vormittags, wenn niemand kam, war es wirklich idyllisch auf unserer Weide. Gloa zeigte sich dem Nachwuchs gegenüber friedlich. Einmal kam Christine herbeigestürzt.

„Ali ist weg!“

Wir rannten los, entsetzt und erschreckt. Wirklich, nur drei Schwarze, kein Ali weit und breit! Mutter lief zum Bach, obwohl Fohlen natürlich nicht ertrinken.

Schließlich entdeckte ihn Christine. Ali lag, genüßlich ausgestreckt, im Gras in der Sonne, zwischen goldenem Hahnenfuß und dickem Löwenzahn. So winzig klein war er. Wenn er den Kopf hob, sah man zwar einen dicken, schwarzen Punkt, aber die Blumen waren höher als unser Pferdekind.

Das war ein schöner Mai im Aimersbachtal.

Abschied von Schecki – neue Ponys

Einmal mußten wir Schecki weggeben. Wir wollen doch reinrassige Ponys züchten. Mutter hatte anfangs gesagt: „Wer Pferde hält, muß sich auch von dem einen oder anderen trennen können. Das gehört dazu.“

Wir sahen das ein. Schecki und Gloa hatten sich

langsam, aber gründlich auseinandergelebt. Gloa will herrschen. Sie stammt von einer Insel mit weiten Weideflächen, mit freien, stolzen Bauern, und dort bestimmt, wer stark ist. Gloa ließ Schecki gelten, solange die ihr einigermaßen aus dem Wege ging. Sie verfolgte sie nicht mit Haß. Schecki aber wurde giftig.

Nun kann man Ponys ja trennen, wenn sie sich nicht vertragen. Wir hatten inzwischen zwei anliegende Wiesen gepachtet und eingezäunt. Aber dazu hält man sich nicht diese bequemen Pferdchen, daß man alle nasenlang hinausstürzt und zwei vierbeinige Amazonen trennt, von denen eine über oder durch den Zaun gegangen ist, um der anderen eins auszuwischen. Eine Zeitlang macht man das vielleicht mit. Dann wurde Mutter energisch.

„An wen willst du sie denn verkaufen?" fragten wir. Damals besuchte uns Gisela. Sie machte einen brauchbaren Vorschlag.

„Annoncieren Sie: Herzenswunsch, Scheckpony, bildschön, lammfromm, von Kindern zugeritten, in liebevolle Hände abzugeben."

Schön. Damals erlebten wir das erste Mal, daß der Briefträger, der ohnehin nicht sehr gerne bis zu uns herausspaziert, fast zusammenbrach unter der Ponypost. Nein, Deutschland ist noch nicht restlos motorisiert, die Liebe zum Hafer-PS lebt noch. Es kamen die rührendsten Zuschriften. Omas wollten ihre Enkelkinder überraschen und Kinder ihre Eltern. Schecki sollte es gut haben, wenn sie schon nicht bei uns bleiben konnte.

Manche Interessenten kamen gleich selber angefahren. Am lustigsten war die Geschichte mit dem Zahnarzt aus dem Rheinland. Er hatte seine beiden Kinder im Wagen und wollte sie gleich probeweise reiten lassen. Uns gefiel weder er noch die etwas hochnäsig wirkende Nachkommenschaft.

Unsere Wiese ist leider naß. Doch kann man sich an wirklich heißen Tagen drauflegen, um sich bräunen zu lassen. Wenn es jedoch ein paar Regentage gegeben hat, kann sie grundlos sein, zumal im Herbst. Wir führten die Stadtleute mit verstecktem Grinsen auf die Koppel. Schecki schien genau verstanden zu haben, um was es ging, denn sie hatte sich gerade gründlich gewälzt.

Manche Tiere sind sauber und manche ausgesprochene Ferkel. Schecki gehört zu den ersteren. Vermutlich, weil sie so viel Weiß im Fell hat. Schimmel sind nämlich eitel. Jetzt aber sah sie aus wie ein Dreckschwein. Man erkannte nicht einmal ihre Zeichnung.

„Welches ist es denn?“ fragte der Zahnarzt. Wir deuteten auf Schecki. Er zog ein Stück Zucker aus der Tasche und näherte sich vorsichtig dem Tier. Schecki machte gierig den Hals lang, kam zwei Schritte näher und schnupperte mit zurückgelegten Ohren. Den Zucker nahm sie nicht. Vielleicht roch die Hand des Zahnarztes nach Medikamenten oder Desinfektionsmitteln. Er machte ein paar Schritte dem zurückweichenden Pferd nach.

Da, wir trauten unseren Augen nicht, sprang die sanftmütige kleine Stute herum – Ohren angelegt.

Lippe zurückgezogen – und biß mit ihren langen, gelblichen Zähnen nach ihm. Sie sah aus wie Sensenmanns Gaul. Und dann drehte sie sich abermals und haute unmißverständlich mit beiden Hinterbeinen aus, daß der Schlamm nur so flog. Der Herr im grauen Anzug parierte wie ein Torero, schnell und geschickt, das muß man ihm lassen. Sie traf ihn nicht. Er hatte trotzdem genug.

Seine Kinder weinten vor Schreck, als er sie mit sich fortriß. Wir verstanden das, und es tat uns leid. Das Bild dieses wütenden, mit verkrustetem Schlamm überzogenen Pferdes, sonst lammfromm und bildschön, konnte einen bis in den Traum verfolgen. Wir stammelten etwas von „noch nie dagewesen“ und „wohl sehr erschrocken“; der Herr antwortete überhaupt nicht. Nach zwei Minuten knallte die Autotür, und der Motor jaulte auf.

Wir waren nicht betrübt. Es kamen noch viele. Manchen hing das Plakat der Pferdeliebe um den Hals, sie fanden Reiten „schick“ und erschienen in beigefarbenen Knöchelhosen, denen man ansah, daß sie noch nie mit einem Sattel, geschweige denn mit einem nackten Pferderücken in Berührung gekommen waren.

Entschieden haben wir uns zuletzt für eine kinderreiche Familie, die etwa hundertfünfzig Kilometer von uns entfernt siedelt. Der Vater war früher Sportlehrer, die Mutter Masseuse. Uns gefielen die Schrift und die Art, in der sie schrieben. Wir riefen an und sagten zu.

Eines Tages erschien Siegfried, der Vierzehnjährige, um Schecki „nach Hause zu reiten“.

Der Junge machte einen netten Eindruck. Trotzdem hatten wir Bedenken. Die unbeschlagene Schecke und dieser lange Weg? Wo wollte er denn übernachten? Bei Bauern. Das hatte seine Haken, wie wir ausprobiert hatten. Und Schecki klebte, wenn man sie allein ritt, wie Pech, drehte um, so oft es ging, und strebte zu den anderen zurück.

Weil Siegfried uns gefiel, zögerten wir, ihm das alles zu erzählen. Ein Pferdehändler muß an der richtigen Stelle schweigen können. Mutter schlug vor, einen Waggon zu bestellen, das Pony und den Jungen darin zu verladen. Kosten geteilt, verstanden? Sie rief an. Na schön, die dortige Frauenstimme klang erleichtert. Mütter verstehen einander immer.

Das Geld hatte der Junge natürlich nicht mit. So bezahlten wir auch die Fracht vorläufig ganz. Als wir nach einem schweren Abschied vom Güterbahnhof nach Hause kamen, war Arndt überraschend aus dem Semester nach Hause gekommen. Wir erzählten ihm von Scheckis Abfahrt, erwähnten auch, daß sie noch nicht bezahlt sei.

„Etwas Schriftliches habt ihr nicht?“ fragte er nur. Arndt studiert Jura.

Natürlich nicht. Aber Siegfried wäre so nett gewesen, und seine Mutter am Telefon auch... Wir wollen es nicht so spannend machen. Am nächsten Tage war das Geld da. Es gibt doch noch ehrliche Leute. Und wir triumphierten.

Nun war Gloa Alleinherrscherin, denn die kleinen Schwarzen rechnete sie nicht. Sie sollte es nicht lange bleiben. Gisela schrieb, sie hätte eine Islandstute geschenkt bekommen, ein Reklamepferd, noch nicht zugeritten, aber ungewöhnlich schön. Der Oberlandesstallmeister von Island, der auch Gloa ausgesucht hatte, hatte sie verehrt. Ob wir sie für eine Weile haben wollten?

Wir wollten! Nur mit Mühe hielten wir Mutter von einem ihrer verrückten Telegramme zurück und erreichten, daß sie vernünftig schrieb. Zwei Isländer? Zusammen schnell und weit reiten können! Uns lachte das Herz.

Eyglo enttäuschte uns nicht. Schon ihre Farbe ist bestechend, ein fahles Hellgold, ins Honigfarbene spielend, mit dunklem Strich den Rücken entlang, der sich im Schweif verliert. Wir liebten sie gleich. Sie kam am Abend an, und wir führten sie nach Hause, ohne daß jemand drauf durfte. Erst früh am anderen Morgen, noch vor unseren Schulzügen, ritten wir aus.

Gloa hatte sich in den Jahren, in denen die Kleinen ihre Schrittmacher waren, eine etwas behagliche Gangart angewöhnt. Sie mußte ja doch warten, bis die kleinen Schwarzen nachgehoppelt kamen. Als sie aber die Konkurrenz bemerkte, besann sie sich auf ihr altes Feuer. Eyglo wollte sich auch nicht lumpen lassen. Von Zeit zu Zeit mußten Steff und Mutter anhalten, um Schnute mit Ben nicht ganz aus den Augen zu verlieren.

Der Tag schlief noch im dünnen Morgennebel. Uns

hingen die Tropfen an den Jackenaufschlägen. Die Ponys gingen lautlos über Wiesenwege am Bach entlang. Von Zeit zu Zeit wechselten wir die Pferde, damit ein jeder das neue ausprobieren konnte. Einmal setzte sich Mutter auf einen Baumstamm und ließ Schnute am Zügel grasen, während Steffi und Ben auf den beiden Isländern in den silbernen Dunst hineinritten. Glück kann vielerlei Gesichter haben. Für uns hat es dies: Reiten und reiten lassen.

Wir schlossen eine tüchtige Tour an. Hinauf auf die Hochebene, wo der Nebel schon verschwunden war, von wo man den Rechberg und den Staufen sah. Immer weiter ging es. Auf diesem Wege muß man später ein Stück ziemlich steil bergab reiten, um wieder in unser Tal zu kommen. Mutter ritt ohne Sattel, und wir grinsten. Immerhin, sie blieb auf dem Pferd.

Wir kamen glücklich nach Hause. In ein paar Tagen war die Hubertusjagd. Steffi und Ben wollten sie mitreiten, jeder auf einem Isländer. Es sollte anders kommen.

Kaum waren wir abgestiegen, da gab es eine grandiose Keilerei. Gloa und Eyglo, sonst friedlich und brav beim Reiten, gingen wie zwei Furien aufeinander los. Steffi sprang, unerschrocken wie immer, mit einer Stange dazwischen. Aber es war schon zu spät. Das schöne, hellgoldne neue Pferd, die Prachtstute aus Island, war lahmgeschlagen.

Wir trennten die Kampfhähne und sortierten sie nach alt und neu auf den Koppeln. Eyglo bewegte sich nicht, sie stand stundenlang auf einem Fleck auf der Wiese. Wir tasteten den kranken Fuß ab. Er war weder heiß noch dick, ohne Wunde und ohne Schwellung.

Mittags kam der Tierarzt. Er meinte, es handele sich um eine Sehnenzerrung, die Monate dauern könne. Wir rieben den Fuß mit einer jodhaltigen Flüssigkeit ein. Am anderen Tag ließ es uns keine Ruhe, wir fuhren in die Kreisstadt und holten einen anderen Tierarzt, einen alten Kavalleristen. Er untersuchte, drehte den Huf, daß es knackste. O dieses vertrackte Geräusch, nie werden wir es vergessen. Der Veterinär verordnete essigsaure Tonerde, alle Stunden zu erneuern. Lotte kroch den ganzen Tag im Stall oder auf den Koppeln herum und dokterte mit Erfolg. Schon nach drei Tagen begann Eyglo sich zu bewegen. Wir waren überglücklich.

Nur schonen mußten wir sie noch. Und gut aufpassen, daß die beiden Tierärzte sich nicht begegneten. Wir stellten Späher aus und verabredeten Zeichen: Wenn der eine am Horizont auftauchte, gab der Wachhabende Laut. Lotte raste auf die Koppel, um den vom anderen verordneten Verband abzureißen. Einreibungen machten wir auf alle Fälle weiter. Denn viel hilft viel, heißt es bekanntlich. Die beiden Veterinäre wurden erfolgreich herumjongliert. Sie saßen nach der Behandlung jeweils mit uns in der warmen Küche, rauchten und tranken mit Mutter auf das Wohl der Patientin Kognak – jetzt der eine, dann der andere –, meist aber aus demselben Glase. Es war schon wieder das Wetter für die wärmsten Jäckchen, die Kognäkchen.

Die Hubertusjagd aber fand ohne uns statt...

Im Winter verkauften wir Morchen und Ali. Das gab viele Tränen. Zum Trost ließ sich Mutter abringen, daß wir vielleicht einen Hengst für die kleinen Schwarzen kaufen würden. Es war so unbequem, mit den Stuten über Land zu fahren. Wir konnten es auch nur alle zwei Jahre tun. Wenn wir einen eigenen Hengst hätten, bekämen wir jedes Jahr unsere Fohlen. So rechneten wir.

Eine Zucht ohne Hengst ist wie eine Suppe ohne Salz.

Zunächst borgten wir uns einen Hengst. Jedermann hatte uns gewarnt, Hengsthaltung sei kein Kinderspiel. Wenn wir uns zerbollerte Boxen und kaputte Zäune, zerkrachte Wagendeichseln und in den Graben fliegende Reiter wünschten, dann los. Sonst aber – Hände weg.

Na schön, wir hatten gehört, daß sechzehn Kilometer von uns entfernt ein Sohn von Hakim stünde, zweijährig, schwarz und sehr munter. Wir verhandelten mit dem Besitzer, einem vierzehnjährigen Jungen. Er war einverstanden, ihn uns für ein paar Tage zu den Stuten auf die Weide zu geben.

Er brachte ihn selber, fuhr mit dem selbstgezimmerten Wägelchen die ganze Strecke Trab. Ein ohrenbetäubendes Trompeten kündigte den Besuch an. Harry, der kleine Hengst, ist etwa einen Meter hoch. Zu fünft hielten wir ihn oder – besser – hielten ihn nicht. Samt Wagen ging er halb über, halb durch den Zaun, als er die Stuten witterte.

Es war gerade Pfingsten und viel Besuch im Haus. Nachts gab es krachende Eifersuchtstragödien im Stall, die Tür flog raus. Käpten und Katrin, die herzuliefen, stellten schließlich die Wohnzimmertür breitseits hinein, um die Wütenden zu trennen. Uns wankten die Knie. Wir waren froh, als Harry wieder abgeholt wurde.

Unseren Plan, selber einen eigenen kleinen Hengst zu halten, wollten wir aber doch nicht aufgeben. Vielleicht wurde alles besser, wenn die Tiere immer zusammen waren. Probieren geht über studieren. Durch Zufall wurde uns ein entzückender kleiner Schimmel angeboten. Der Besitzer schickte uns Bilder und schrieb sehr komisch dazu.

„Ein selden schönes tier hat auch Pappiere und gar keine Hengstmanieren." Papiere – nun, die erwartet man, wenn man einen Zuchthengst kauft. Er war auch gebrannt, wie das Bild auswies. Gar keine Hengstmanieren – aber vererben würde er doch? Prompt kam ein Bild seiner Tochter, einer schönen dreijährigen Schimmelstute. Wir beschlossen, einen Versuch zu wagen.

Es war tropisch heiß, als nach langem, spannungsvollem Warten der Anruf vom Bahnhof – „Ihr Pferdchen ist da!" – einen allgemeinen Eilstart veranlaßte. Wir rasten los, obwohl man schon beim Langsamgehen schwitzte. Fünfundzwanzig Stunden stand das arme, kleine Pferd im Bahnkäfig!

Ach, wie hübsch sah der Hengst aus! Schneeweiß, gedrungen, mit breiter Brust, einer riesigen und einseitigen Mähne, mit dem sanftesten Ausdruck der Welt in den Augen und entzückenden, gespitzten weißen Mauseöhrchen. Wer jahrelang nur farbige, schwarze oder braune Pferde besaß, kann es kaum fassen, daß solch ein Traumpferdchen ihm gehören soll.

Wir öffneten den Käfig und hielten dem kleinen Herrn sofort einen Wassereimer vor. Er mußte doch fast ausgedörrt sein. Und er trank in langen, durstigen Zügen, hingegeben und glücklich. Dann hob er freundlich den Kopf, um uns anzusehen. Brav trampelte er neben uns nach Hause, interessierte sich zwar sofort für seine zwei neuen Frauen, war aber nicht halb so verrückt wie Harry. Zuerst wälzte er sich geschlagene anderthalb Stunden auf der Wiese, so juckte ihn das Fell nach der heißen Reise.

Winnetou ist, obwohl er noch unzugeritten kam, ein gutes Reitpferd geworden. Er läßt zwar nicht sehr gern aufsitzen, bockt und hopst hin und her. Ben muß geduldig, vorsichtig und ganz, ganz langsam in den Sattel rutschen. Dann aber geht der Hengst jede Gangart und springt jeden Graben und jedes Hindernis. Er springt merkwürdig, fast aus dem Stand, steil und sehr drollig. Im Geschirr ist er ausgezeichnet, fleißig und unermüdlich. Die vielen düsteren Prophezeiungen sind noch nicht eingetroffen, toi toi toi ...

'Winnetou kam nicht allein. Die Schwester des Züchters, ein junges Mädel, brachte es nicht fertig, den kleinen Schimmel in die Welt ziehen zu lassen, ohne zu sehen, wohin er kam. Wir fanden das nett. Aus ihrem Besuch wurde schließlich eine Familienzugehörigkeit. Sie reitet und fährt mit uns, mistet aus, repariert Zäune, hilft Julchen und diktiert Mutter. Weil sie mit Winnetou kam, nennen wir sie Squaw. Sie hört schon auf diesen Namen.

Wir werden berühmt

Eines Tages waren sie da, die Reporter von der Illustrierten. Es war ein Ehepaar aus München, jung und smart, vor allem die kleine Frau. Nicht viel älter als Lotte, mit einer hübschen Ponyfrisur und trotz allem bescheiden und nett. Vor allem aber imponierte uns ihre Schlankheit.

Wir wollten doch alle schlank sein. Arndt tröstete uns zwar in seiner brüderlich rauhen Art: „Wenn eine dicke Kuh dünn wird, ist sie noch lange kein Reh." Ein schwacher Trost!

Es war Hochsommer, so richtig krachend heiß. Wir liefen normalerweise nur in Badeanzügen oder Shorts herum, und die Ponys verkrochen sich im Stall, wenn sie nicht im Bach standen. Von Zeit zu Zeit brausten wir sie mit der Gießkanne ab, was sie sich unter Wonneschauern gefallen ließen.

Sonst aber litten sie unter der Hitze und unter den Schnaken.

Das sind Dinge, die sie von Island her nicht kennen. Christine brachte eines Tages ein Mittel zum Einreiben mit, das Mücken und Bremsen abschrecken soll. Wir rieben die Ponys damit ein. Der Erfolg war durchschlagend. Das Ungeziefer ließ ein wenig nach, die Ponys zu plagen, der Gestank aber war so penetrant, daß jeder, der nur in flüchtige Berührung mit ihnen kam, sich tagelang nicht unter Menschen wagen konnte. Auch von den Händen kriegte man den Geruch kaum weg.

Dies geschah zum Glück nicht gerade zur Zeit des Reporterbesuchs. Wir ließen die Ponys bei der Hitze einfach im Stall und ritten erst abends. Nachts weideten sie auf der Koppel. Auf diese Weise überstanden sie die Glut. Wir aber, an kalte und nasse Sommer gewöhnt, genossen die Hitze und wetteiferten miteinander im Bräunen.

Das Ehepaar aus München hatte sich kurz vorher angesagt. Nun lief bei uns alles emsig umher, um ihm behilflich zu sein. Während Mutter mit den Zeitungsleuten im Garten saß, wurde in Windeseile das Haus in Ordnung gebracht, denn es sollten auch Innenaufnahmen gemacht werden.

Julchen entfloh mit dem geraspelten Rettichsalat – er roch beinahe so wie das Anti-Schnaken-Mittel – ins Kinderschlafzimmer, als die Fotoleute erschienen. Die aber fragten unbefangen, ob sie nicht das Schlafzimmer der Buben ansehen dürften, und Ben führte sie hinein. Julchen stand vor der Wahl, sich samt der Salatschüssel aus dem Fenster zu stürzen oder diese hinauszupfeffern. Sie entschied sich vernünftigerweise für die ungefährlichere Lösung. Der Salat lag kaum zwei Minuten draußen, dann war er von Ponymäulern aufgeschleckt. Ein Glück.

Erst kamen die Außenaufnahmen dran. Die Kleinen trugen nur Badehosen. Trotzdem haben sie weidlich geschwitzt. Wir anderen taten das nicht minder. Wir brauchten Sprungbilder, dazu mußten wir

Großen die Hindernisse heranschleppen, aufbauen und immer wieder erhöhen, an günstigere Stellen rücken und neu auflegen, wenn sie gerissen waren.

Die Kleinen hatten ihre Pferde immer wieder herüberzubringen. Unsere Ponys, die gewöhnt sind, im Gelände jeden Baumstamm oder Graben ein einziges Mal zu springen und dann hinter sich zu haben, wunderten sich und hatten wenig Gefallen an diesem neuen Spiel.

Ähnlich war es bei den Porträtaufnahmen – von den Ponys selbstverständlich. Ali, der sonst so zärtlich ist, daß man sich seiner kaum erwehren kann, bezeugte nicht die geringste Lust, Steffi auf Kommando zu umarmen. Und Katrin ärgerte sich, daß Gloa lieber die Bremsen abwehren, als ein Umschlagbild für eine Illustrierte abgeben wollte.

Am Abend berieten wir erschöpft am Lagerfeuer. Das junge Paar beschloß, am anderen Morgen weiterzuknipsen. Den Ponys verrieten wir vorsichtshalber nichts davon. Sie sollten ungestört und ohne böse Träume schlafen. Tags darauf ging es an die Innenaufnahmen.

Wir wissen schon, daß allerhand los ist, wenn alle Ponys im Zimmer sind. Gloa blieb zunächst im Garten und äugte mißtrauisch zum Fenster herein. Blacky, Schnute und ihre Kinder nützten die Gelegenheit, ohne Rücksicht auf Verluste in den Zimmern hausen zu dürfen.

Bei der Aufnahme am Kaffeetisch haben sie uns den ganzen Kuchen aufgefressen. Wir hatten einen Teekuchen und einen Gerührten gebacken. Auf dem einen Bild sieht man ihn noch in voller Pracht. Gleich danach war er der gierigen Schnute zum Opfer gefallen, und zwar so ziemlich auf einen Happs.

Dann sollte sich Morchen auf Mutters Couch legen. Das tat es mit Vorliebe, wenn es nicht sollte. Jetzt wollte es nicht. Wir versuchten es erst mit Schmeicheleien und Versprechungen, legten es schließlich mit sanfter Gewalt nieder. Da Steffi ihm Beschwörungen ins Ohr wisperte, blieb es auch liegen. Ben konnte sich dazulegen und mit ihm schäkern.

Wir bauten Bücher, Zigaretten und Zeitschriften um Morchen und deckten es mit Mutters bestem Stück zu, der schottisch karierten Wolldecke mit dem Königinnenmuster, die Lotte ihr aus England mitbrachte. Unter dieser Decke guckten Morchens Hufe possierlich hervor. Nachdem es einiges vom Rauchtisch gestoßen hatte, Streichhölzer, Tabakpfeife, Tränengaspistole und Lippenstift, schlief Morchen ein. Als Mutter später schlafen gehen wollte, mußte es mit viel Nachsicht geweckt werden.

Der Fotograf tanzte auf und ab vor Aufregung und knipste ein halbes dutzendmal. Die grelle Lampe störte Morchen nicht, es hatte die Augen zu und prunkte mit seinen langen, gebogenen Wimpern. Es war schon eine Schönheit, und wir haben es uns nie ganz verziehen, daß wir es verkauften.

Kaum waren wir in einer Illustrierten erschienen, als wieder ein Ferngespräch aus München angemeldet wurde. München? Lotte war am Apparat, Katrin versuchte mitzuhören. Gleich darauf schrie sie laut auf, Lotte hatte sie in den Oberschenkel gekniffen, daß sie blau anlief.

„Die Wochenschau!"

Wahrhaftig, die Ufa-Wochenschau rief an, ob wir einverstanden wären, wenn sie käme, uns zu filmen. Lotte konnte nur stöhnen.

„Selbstverständlich...", und dann hauchte sie noch „Ja – nein – ganz bestimmt", so daß Katrin, die die Stimme aus der großen Welt nicht genau hatte verstehen können, nur den Kopf schüttelte.

„Was hat er denn zuletzt noch gewollt?“ fragte sie. „Nun sag doch schon, Otto!“

„Ich sollte versprechen, daß wir es keiner anderen Wochenschau erlauben, uns zu filmen“, seufzte Lotte erschöpft. Gerade kamen die Kleinen aus der Schule.

„Wochenschau? Was wird das denn? Ein Kulturfilm?“

Angela, die sonst im Internat ist, hatte gerade Ferien. Arndt und Christine fehlten. Dafür verbrachte ein Berliner Junge und unser Beinahe-Bruder Hannes den Sommer bei uns, sie gingen auf Ferienweide im Aimersbachtal. Kinder hatten wir also genug. Und ein bißchen Schmuh schadet ja nichts. Bei dem Wort „Kulturfilm“ aber schrie sogar Angela, der sonst so gestrenge Käpten, vor Lachen. „Wir und Kultur – ich glaube, bei dir rappelt's!“

Trotzdem wurden die Vorbereitungen diesmal entnervend intensiv betrieben. Rettichsalat hatte Mutter für ein paar Wochen verboten, und sie ließ uns schon um halb zehn aufstehen, obwohl doch die Filmleute sich erst für 11 Uhr angesagt hatten. Wir waren wütend. Immer werden wir in den Ferien kurz nach Mitternacht aus dem Bett gejagt.

Mutter behielt recht, so daß wir klein beigeben mußten. Die Männer kamen zeitiger. Das Wetter ist ja in Deutschland seit ein paar Jahrzehnten so unsicher, daß man täglich mit Eintrübung rechnen muß, auch an einem zunächst strahlend hellen Tage. Wer wußte das besser als der Kurbler an der Kamera? Auch unsere Ablenkmanöver mit „erst Kaffeetrinken“

und „sich vielleicht ein bißchen erfrischen“ halfen nicht. Es ging ohne Umschweife los.

Zunächst sollten die Kleinen in Schlafanzügen aus dem Hause kommen und über den Zaun springen, um die Ponys zu versorgen. Sie liefen so exakt und militärisch, daß es sofort hieß: „Noch mal, aber lebendiger!“

„Ben, du mußt dich mal kratzen“, flüsterte Käpten. Worauf unser Jüngster die Schlafanzugjacke hochschob und sich schabte wie ein Affe im Zoo. Die Berliner Rübe, die wir alle gern haben, fiel geschickt und glaubhaft in den Dreck vor dem Stall. Julchen grollte. „Der Schlafanzug war frisch, mein Lieber!“

Dann mußten die Kleinen ein paar Sprünge vorreiten. Wir legten das Rick so auf, daß die Ponys in Richtung Heimat sprangen, und hatten vorsorglich Sand auf eine meist schlüpfrige Stelle in der Koppel gekarrt. Gloa sprang großartig. Wenn man sie dabei von unten aufnimmt, sieht jeder Sprung aus wie 1,80 Meter.

Wir stellten fest, daß es viel leichter ist, eine gute Folge von Bildern zu drehen, als eine Reihe ausgezeichneter Standfotos zu machen. Immer, wenn wir dachten, das sei die Hauptprobe, sagte der Kameramann:

„Danke, das hab’ ich.“

Die Kleinen wurden munterer und unbefangener. Während wir aßen, Operateur und Beleuchter natürlich mit, diesmal aber ohne Ponys, trübte sich der Himmel ein. Gleich darauf goß es wie aus Kannen.

Wie gut, daß wir die Außenaufnahmen hinter uns hatten.

Wir haben noch lange zusammengesessen und uns erzählen lassen. Ein Kameramann kommt viel herum. Ob es der Fang von Pythonschlangen war oder der Empfang beim König von Äthiopien, alles war uns gleich interessant. Alle saßen und horchten, betrachteten ehrfurchtsvoll die Fotos, die von weitentfernten Ländern berichteten. Uli schleppte sogar den Atlas herbei, um die Entfernungen zu schätzen, von denen der weitgereiste Mann sprach.

Schließlich mußten wir wieder an die Arbeit. Es stellte sich heraus, daß unser Haus für die riesigen Jupiterlampen zu klein ist. Daher machten wir die Innenaufnahmen durch die offenen Fenster, während einer von uns draußen den einzigen Schirm des Hauses, der Julchen gehört, über die Kameramänner hielt.

Katrin hatte schon immer einmal nach München fahren wollen. Jetzt war die Gelegenheit da. Vergnügt schlüpfte sie in ihr gutes Kleid, während die Männer schwitzend Apparate und Zubehör im Auto verstauten. Es war fast unmöglich, einen Platz zu schaffen zwischen den vielen Kabeln, Lampen, Blenden und Kameras, die wir zum Teil gar nicht gebraucht hatten. Schließlich ging es, wenn sich Katrin mit eingezogenem Kopf halb neben, halb hinter den Fahrer hockte.

„Wenn wir den Elfuhrzug in München noch bekommen, um die Filmrollen aufzuliefern, dann läuft Ihre Story schon nächste Woche“, versprach der Fachmann. Das war wichtig, da Mutter ausgerechnet in der übernächsten Woche ins Ausland fahren wollte und sie sie dann verpassen würde.

„Aber bitte, deshalb nicht wie verrückt rasen, ich habe sowieso immer Angst, wenn Katrin einmal wegfährt." Mutter sah düster drein. Sie kennt ihre Pappenheimer. „Wenn das nur gutgeht."

Es ging gut. Unsere Bekannten, zu denen Katrin fuhr, riefen am nächsten Morgen an, Katrin wäre wohlbehalten eingetrudelt, nachts gegen ein Uhr. Jetzt schliefe sie noch.

Gegen eins? Und der Elfuhrzug?

„Den haben wir nicht bekommen, wir machten in Göppingen und später im Rasthaus Leipheim Pause. Es war so schön!"

Die Wochenschau lief also erst in der übernächsten Woche. Mutter kam deshalb eher aus Ascona zurück. „Ascona", sagte sie, „läuft mir nicht weg, das liegt in hundert Jahren auch noch dort, genauso lieblich. Wir aber zappeln nur diese eine Woche über die Leinwand."

Dabei dauerte das Ganze nur zwei Minuten. Lotte erkannte sich überhaupt nicht, wie sie behauptete. Wir fanden sie wunderschön. Katrin ärgerte sich, daß sie der Umwelt in den Buntkarierten präsentiert wurde – beim Schlafengehen, als die Ponys gute Nacht sagen kamen. Am schönsten machte sich Morchen auf der Couch. Wir merkten es an den Zuschauern, die ihr „Ach, wie süß!" programmgemäß seufzten.

Überhaupt kam die Geschichte beim Publikum toll

an. Viele Freunde von früher haben uns gesehen und die Verbindung mit dem Ponyhof aufgenommen, sogar ein Ehepaar, das schon siebzehn Jahre in England wohnt. Unsere Ponys liefen nämlich auch in der englischen Wochenschau. Lohnt das nicht den ganzen Aufwand, die Hetze und die Hitze?

Hilfe, Ponybesuch!

Wie sehr die Geschichte ankam, sollten wir bald erfahren. Als wir unsere kleine Bretterbude kauften, waren wir uns über den Namen nicht einig, den wir ihr geben sollten. Autos, Öfen, Wärmflaschen und Mäntel haben bei uns Namen, nicht alle, aber die meisten. Es mutet mitunter einen Besuch merkwürdig an, wenn einer von uns in Lautstärke zehn fragt – wir schreien alle, weil wir so viele sind und man sonst nicht durchdringt: „Julchen, gehst du mit Oliver ins Bett, oder krieg ich ihn?" Der Gast kann ja nicht wissen, daß Oliver unsere größte, einen Meter im Quadrat messende Gummiwärmflasche ist.

Christine, die eine Schwäche für Lyrik hat, wollte das Häuschen „Im schönsten Wiesengrunde" nennen. Wir fanden, das sei kein Name. Eher könnte schon „Das stille Tal" auf dem Briefkopf stehen. Inzwischen hatten wir alle so oft „Ponyhof“ gesagt, daß dieser Name sich durchsetzte. Still blieb unser Tal zudem nicht.

Bereits nach der Illustrierten-Reportage begann eine Sternfahrt tierliebender Bundesrepublikaner, wie wir sie nie erwartet hatten. Wer denkt schon, daß heutzutage kleine Pferde noch so ziehen! Die erste Nachricht, daß wir im Lichte der Öffentlichkeit erstrahlten, erreichte uns aus Italien. Eine kinderreiche Familie zeltete dort und bekam die Zeitschrift, ehe sie in Deutschland ausgeliefert wurde.

Sofort in die Stadt! Lotte kaufte alle Exemplare bis auf eins, das aufgeschlagen in das einzige Schaufenster der einzigen Buchhandlung unseres Städtchens gelegt wurde. Außerdem bestellte sie noch einen Stoß nach. Sie sah voraus, daß sich jeder Besucher fortan eine Nummer dieser Zeitschrift erbitten würde.

Die Hefte unter den Arm geklemmt, setzte sie sich auf Gloa und galoppierte im strömenden Regen unserer Hütte zu. Dort herrschte in der nächsten halben Stunde eine bemerkenswerte Stille. Jeder saß, die Finger in den Ohren, und las. Was darin stand, stimmte nur zu fünfzig Prozent. Die Bilder aber waren gut.

Das fanden andere auch. Es wurde ein unruhiger Sommer. Bekannte und Unbekannte kamen. Wir freuten uns, da wir gern Besuch haben, bekamen langsam genug und schließlich zuviel. Jeder, der kommt, meint, er sei ja nur einmal da, und deshalb müßten wir Zeit haben. Da einer dem anderen die

Klinke in die Hand gibt, ist das eine Schraube ohne Ende.

Wir zählten allmählich, wer noch nicht dagewesen war. Schließlich winkten wir ab, wir wären im Umbau. Erfolg: Nun kamen liebe Menschen, „um uns zu helfen". Wir wurden massiv, aber die Ponys und ihre Anziehungskraft erwiesen sich als stärker.

Mutter besuchte einmal einen Kollegen am Chiemsee, dem es ähnlich geht. Dort lockt die herrliche Umgebung. Mutter kam erst in der Nacht dort an und sagte gleich bei der Begrüßung:

„Ich bin eigentlich schon wieder fort. Morgen mit dem Frühzug fahre ich."

Es wurde ein netter Nachtschwatz mit unzähligen Weißt-du-nochs. Der Kollege äußerte sich anerkennend:

„Bei dir ist es der Idealfall. Du kommst spät und fährst zeitig." Welch verwandte Seele!

Einen unbürgerlichen Beruf nimmt niemand ernst. Als Schriftsteller hat man keine Bürozeit und keine Tür, die man hinter sich zumachen kann. „Arbeit hast du? Natürlich, haben wir alle. Aber du kannst sie ja morgen tun, heute bin ich da." Wann aber ist „morgen" in solch einem Besuchssommer? Mutter hat die Gewohnheit, frühmorgens zu arbeiten. Da ist es noch still, das Radio schweigt, und die Kinder schlafen. Wenn die anderen aufstehen, muß sie ihr Soll erfüllt haben.

Das geht nur, wenn man mit den Hühnern, mindestens aber mit den Kindern schlafen geht. Besuch jedoch lebt abends auf. Man kann nicht um vier Uhr taufrisch und ausgeschlafen aufstehen, wenn man um zwei erst schlafen ging.

Aber auch der Besuch am Tage – vor allem am Sonntag – erwies sich als eine Belastung, die allmählich kaum noch tragbar war. Familien ergossen sich auf unser Grundstück. Jedes Kind wollte „nur einmal ganz kurz reiten“, Väter und Mütter mitunter auch. Wir stellten die Bänke aus der Küche auf dem Rasen auf und ließen die Leute Schlange sitzen. Einer von uns war laufend damit beschäftigt, die Heruntergefallenen zu trösten, abzuputzen und erneut aufs Pony zu heben, damit kein Schock nachbliebe. Es ist ja die beste Methode, einen Gestürzten sofort wieder aufs Pferd zu setzen, wir haben es oft ausprobiert. Freilich verzögerte das die „Abfertigung“ der Wartenden noch mehr.

Manche Gäste kamen schon früh um sechs. Eines Sonntags – Mutter hatte früh gearbeitet, war glücklich und dankbar darüber – reckte sie sich genießerisch in der Badewanne. Die anderen schliefen noch. Da hörte sie draußen Schritte. Es wird doch nicht...

Doch! Ein Arzt aus Mergentheim streckte seinen Kopf zutraulich durchs Fenster, durch das einzige, das nach dem Hof führt. „Ach Verzeihung, Sie haben doch sicher nichts dagegen, wenn ich Ihre reizenden Ponys ansehe.“

Zum Glück ist unser Badezimmer klein und demzufolge schnell mit Dampf gefüllt, wenn man heiß badet. Trotzdem schrie Mutter vor Wut. Er nahm es für

Begeisterung und blieb so lange, bis wir ihn, um selber etwas essen zu können, zum Frühstück einluden.

Eine Einladung an den Familientisch erfreut die meisten. Wir hätten Kaskaden von Kaffee, Stangen von Zigaretten und Eimer von Kognak gebraucht, um einigermaßen der Gastfreundschaft gerecht zu werden, die man von uns erwartete.

Manche kamen abends nach 21 Uhr. Wir ließen Licht in den Stall legen. Das klingt vielleicht dumm, aber wenn wir gesagt hätten: „Es ist zu dunkel, wir können nicht mehr zu den Ponys“, dann hätten sich die Leute einfach für die Nacht eingeladen. Einige taten es auch unbefangen, trotz des Lichts. Andere zelteten auf der Wiese. Manche wollten, wenn wir beteuerten, alle Betten wären schon doppelt besetzt, im Heu schlafen und taten es auch. Anderen bezahlten wir das Hotel.

„Robinson hat es gut gehabt“, sagte Lotte einmal, als sie vom Sonntagsdienst kam. Der bestand bei ihr darin, kleine Kinder reiten zu lassen. „Nicht so schnell, Frollein!“ riefen die dazugehörigen Mütter, und die Väter versicherten, sie wären in dem Alter schon viel mutiger gewesen.

„Wenn ich wenigstens ein Trinkgeld bekäme“, seufzte Lotte, die viel lieber über ihren medizinischen Wälzern gesessen und gebüffelt hätte, „aber mir gibt keiner was. Ich wirke zu distinguiert. Die Kleinen, ja, die kriegen Schokolade oder sogar Geld...“

Die Kleinen müssen vorreiten. „Ben, hol doch mal den Winnetou“, heißt es dann. Auf den kann man natürlich kein fremdes Kind setzen. „Spring doch mal das Hindernis dort – nur damit man sieht…“

Meist sperren sich die Kleinen zunächst. Dann aber kommen sie in Feuer. Und uns geht das Herz auf, wenn wir sehen, was sie aus den kleinen Pferden herausholen. Und wie sie voltigieren!

Eyglo wird ausgebunden und an die Leine genommen. Dann treibt man sie mit Zuruf im Kreis herum. Sie eignet sich sehr gut dazu, da sie die Ruhe selber ist, gleichmäßig trabt und nie ausbricht. Breit in der Kruppe ist sie auch. Das ist gut.

Ben und Uli und Steff laufen neben ihr her, springen im Trab und Galopp auf und ab, machen die Schere auf Eyglos Rücken, stellen sich und springen wieder ab. Mitunter sitzt ein Kind darauf und gibt dem nächsten die rechte Hand hinter dem Rücken herum, zählt „eins – zwei – drei – hopp!“ und zieht es herauf. Das zweite zieht das dritte nach. Und nun sitzen sie da oben wie die Haimonskinder auf dem Bayard, das letzte steht auf, springt seitlich ab, das zweite ebenso – und das dritte rutscht nach hinten und läßt sich über den Schweif heruntergleiten. Manchmal lassen sie hinter Eyglo die Blacky laufen, das tut sie auch ohne Leine. Steffi und Uli voltigieren am „großen“ Pony, Ben und sein kleiner Freund machen an der Blacky alles nach. Das verfehlt nie seine Wirkung.

Auch beim Ausreiten voltigieren sie. Als Ben zum Geburtstag einen richtigen Voltigiergurt bekam, war er tagelang beim Ausritt mehr in der Luft oder neben dem Pony als darauf. Jetzt kommt er – und die anderen ebenso – auch ohne Gurt im Trab und Galopp auf einen ungesattelten, nicht allzuhohen Isländer. Das Pony muß nur gleichmäßig laufen, das kann man ihm aber beibringen.

Isländer haben die an sich löbliche Eigenschaft, anzuhalten, wenn der Reiter den Sattel räumt. Sie können enorm abstoppen, was besonders reizvoll vor Hindernissen ist. Man ist darauf gefaßt, jetzt über das Rick oder den Graben zu gehen, das Pony aber bremst. Auf diese Weise kommt man mitunter doch hinüber, nur ohne Pferd.

Aber bleiben wir beim Vorreiten. Wir großen Geschwister, die wir erst widerwillig und „Schon wieder!" murrend auf die Koppel gezottelt sind, werden warm und fangen an, die kleinen Reiter anzufeuern.

„Jetzt noch mal – Achtung, Ben, hopp und hoch!" Wir satteln auf und ab. Wir spannen den Dogcart ein und, wenn Schnee liegt, den Schlitten. Wir lassen Steffi Troika oder Tandem vorfahren. Das Herz lacht uns, wenn wir sehen, wie mutig und geschickt sich die Kleinen benehmen.

Manche Eltern wollen ihren Kindern unbedingt ein Pony schenken, weil sie sich selber eines wünschen. Kürzlich war ein Apotheker zum zweitenmal bei uns. Beim ersten Besuch hatte er nur Steffi und Ben angetroffen. Wir anderen waren, um endlich einen friedlichen Sonntag zu haben, ins Kino entflohen.

Damals passierte es, daß Schnute, des ewigen Vorgeführtwerdens müde, den kleinen Sohn des Apothekers in den Bauch biß. So was ist wenig schön, und Jung-Volker vergaß es nicht. Als seine Eltern ihre PS wieder ins Aimersbachtal lenkten, fing er an zu brüllen und brüllte die ganze Zeit über. In die Koppel herein kam er nicht für alles Gold der Welt. Sobald es ging, entschlüpfte er den elterlichen Armen und rettete sich ins Auto. Und Vater und Mutter wollten „ihm" doch so gern ein Pony kaufen.

Sie taten es auch. Vielleicht verliert dieser kleine Junge einmal seine Angst. Bernd Rosemeyer, der berühmte Rennfahrer, soll wie ein Löwe gebrüllt haben, als man ihn als dreijähriges Kind in ein Auto setzte. Später gab sich das.

Eines Sonntags erschien ein Mercedes 220 an unserem Tor. Wir hatten gerade die Kommode ausgeräumt. Sie hat acht Schubfächer, für jedes Kind eines, in der es sammeln darf, was es will. Alles, was in einem halben Jahrzehnt anfiel, von Schneckenhäusern über Filmfotos mit Autogrammen bis zu Bierdeckeln, lag, hübsch zu acht Häufchen geordnet, auf Tisch und Eckbank des Wohnzimmers. Im Klappbett daneben schlief Arndt. Er schläft fest, auch wenn man drei dutzendmal am Morgen durchs Zimmer läuft. Und nun ein Mercedes 220! Julchen, in ihrer Ehre als Hausfrau bedroht, wußte wirklich nicht, was tun.

Nun braucht man ja nicht jeden Besuch ins Wohnzimmer zu führen. Mutter war jedoch nicht da, und wir dachten, sie würde gleich mit einem ihrer Verleger anrauschen. Der Wagen deutete auf einen solchen, denn wer fährt wohl in diesem Beruf einen Goggo oder eine Isetta? Um aber in Mutters Zimmer zu gelangen, muß man durchs Wohnzimmer.

Was tun? Arndt, aus seinem Klappbett aufgescheucht, stand im Schlafanzug mit wirren Haaren da und knurrte wütend: „Schmeiß doch den Krempel auf mein Bett und klapp es hoch. Vorhang davor und fertig!"

„Das bring ich nicht fertig – alles durcheinander – das dauert ein Jahr, bis wir es wieder auseinandergesucht haben!" jammerte Julchen.

„Hier muß gehandelt werden." Käpten fegte herein, schob alles, was dalag, auf die Eckbank – Häufchen für Häufchen nebeneinander – und rannte nach Mutters karierter England-Decke. „So, fertig, da sieht es keiner." Sie breitete sie darüber. Es sah aus, als läge da ein Toter aufgebahrt.

Es war kein Verleger, sondern ein junges Paar aus Cannstatt. Außer dem Mercedes besaß es, glaubhafter Versicherung nach, noch zwei Reitpferde.

„Wir wollen Morchen kaufen, als Talisman."

Lotte, die diesmal mit dem Gästeempfangen dran war, beteuerte, wir verkauften Morchen nicht.

„Doch, uns schon", sagte der junge Mann siegesgewiß. „Hier, die Anzahlung!" Er zückte einen Hundertmarkschein, so wie wir nach zwei Zehnpfennigen fischen, wenn wir in der Zelle telefonieren wollen. Lottes Gesicht wurde starr. Sie ist unbestechlich, in jeder Beziehung. Er war sozusagen an die Richtige gekommen.

„Bedauere, ich nehme kein Geld."

Er versuchte es auf jede Weise, mit Charme und Überredung, schließlich mit der Drohung, nicht vom Grundstück zu weichen.

„Dieses Geld soll für Sie sein, ich überweise Ihrer Mutter dann den vollen Preis." Damit hatte er endgültig verloren. Und das wäre doch einmal eine Gelegenheit gewesen, ein großes Trinkgeld einzustreichen.

Wer nicht kam, der schrieb. Es kamen die merkwürdigsten Briefe. „Frau Lorch, Aimersbach bei Stuttgart" oder „Königlich Württembergische Kinder- und Kleinpferdezucht" oder „An die Besitzerin des Ponyhofs, im Nebenberuf Fließband-Poetin" – das war ein Kollege, na warte, mein Lieber! Manche Leute schrieben so oft, wieder und wieder, und so nett, daß wir schließlich darauf eingingen, ihre Kinder für die Ferien zu nehmen, jedenfalls das eine oder andere. Es ergaben sich reizende Familienfreundschaften. Ponybesuch hat auch seine guten Seiten.

Lohnt es sich?

Ob es sich lohnt, Ponys zu halten? Vorläufig natürlich nicht. Noch ist es Liebhaberei, und keine Liebhaberei lohnt sich finanziell. Ob es Bienen oder Cockerspaniels, Briefmarken oder hochstämmige Rosen sind – jede Liebhaberei kostet. Wer das bestreitet, belügt sich und die anderen dazu. Und Ponys, die bestenfalls ein Fohlen im Jahr bringen, tragen sich auch nur dann selbst, wenn man viel Weide, billiges Zufutter und einen Hengst hat.

Für die Isländer haben wir keinen. Wir schrieben uns die Finger wund, denn wir wollten gern ein Fohlen von Gloa aufziehen, später auch eins von Eyglo, die sehr viel verspricht. Schließlich bekamen wir die Anschrift von Sleipnir. Käpten schwang sich auf den Anhalter und fuhr nach Horb, wo er steht. Seine Besitzerin ist eine Baltin und war uns deshalb von vornherein sympathisch.

Und auch der Hengst gefiel uns. Schwarz, gedrungen, etwas kleiner als Gloa, hätten wir ihn wahrhaftig nicht Sleipnir genannt, denn das ist ja der Name für einen Schimmel. Aber man sieht bei einem neugeborenen Fohlen mitunter nicht, was es wird. Sleipnir hat den starken Hals und das dicke Mähnen- und Stirnhaar, das Ponyköpfe so unverwechselbar macht. Kein Pferd hat diesen gleichzeitig treuherzigen und pfiffigen Ausdruck wie das Pony.

Ein hilfreicher Bekannter, Ungar und Pferdemann, borgte sich einen Anhänger und fuhr Gloa zum Hengst. Mutter war nicht da, also mußten Katrin und Steffi mit. Es wurde sehr lustig. Steffi plauderte aus der Schule, daß der Ungar sie beide verschwenderisch mit Bier und Wurst traktiert habe. „Und er hat Katrin sogar die Krümel aus den Mundwinkeln gewischt", worauf diese halb wütend, halb lachend drohte: „Wenn du petzt, schwatz ich auch!"

Nein, Katrin petzt nicht. Erst viele Wochen später erfuhren wir durch Zufall, daß Steff zuviel des Guten getan hatte mit Wurst und Bier, und das Ganze wieder von sich gab, als sie ein Stück weitergefahren waren.

„Im Auto?" fragte Lotte entsetzt.

„Nein, an der Cannstatter Brücke", berichtete Steffi präzise.

Gloas Besuch bei Sleipnir hatte ein Nachspiel. Die baltische Dame bekam eine Polizeistrafe wegen Gefährdung der Sittlichkeit, obwohl ihr Hof sehr einsam liegt, allerdings bei einem Bahnhof mit Wirtschaft. Dieser Bahnhof wird so selten von einem Zug erreicht, daß die Beamten, die man dort nach der nächsten Zugverbindung nach Horb oder Freudenstadt fragt, zögernd meinen:

„Es kommt schon noch ein Zug heute. Aber besser wäre es, Sie gingen die halbe Stunde bis zur Autostraße und winkten einem Laster."

So einsam wohnt Sleipnir. Trotzdem verstieß es gegen die Sittlichkeit, daß er und Gloa ein paar Tage gemeinsam auf eingezäunter Weide liefen. Wir haben die Strafe bezahlt, nicht ohne Kopfschütteln über so viel Unnatur und Engstirnigkeit. Damit keiner meint, hier mischten sich Dichtung und Wahrheit, sei auf die Fotokopie verwiesen, die wir aufbewahrt haben. Frau Seeger schrieb damals, als sie uns bat, Gloa schleunigst zu holen: „Selig sind die geistig Armen." Wir können ihr nur beipflichten.

Dies nebenbei. Lohnt es sich, Ponys zu halten? Finanziell also nicht, man verdient nicht daran, sondern muß froh sein, wenn man nicht allzuviel zuschießt. Nie geht die Haltung von Tieren durch Jahre hindurch ohne Rückschläge vonstatten. Unfälle, Krankheiten, zerrissene Zäune, Flurschaden – mit alldem muß man rechnen. Neulich kam eine Frau, der Blacky angeblich achtzehn Köpfe Salat aufgefressen hatte. Und das in zwei Minuten. Mutter bezahlte den Salat. Am anderen Tag erschien die Frau und verlangte die Vergütung von fünfzig weiteren Salatköpfen. Dabei war schon Frost. Die hatte gemerkt, wie sie ihren Salat am günstigsten zu Geld machte.

Am besten geht man in eine Haftpflicht. Natürlich kostet auch das, aber größere Schäden können einen dann nicht umwerfen.

Und das Ponysuchen! Sobald die Biester das Wandern bekommen, hat man keinen Augenblick Ruhe mehr. Freilich kommen sie wieder, sie wissen genau, wohin sie gehören. Indessen, man schläft nicht gut, wenn man weiß, daß eines oder mehrere abgängig sind. Einmal wurden wir früh um halb fünf von zwei nicht ganz alkoholfreien, dafür aber um so lustigeren

Männern aus dem Bett geklopft. Die Ponys wären auf dem Wege nach Stuttgart.

Mutter holte Steff aus der Kinderstube und wollte sich, wie gewöhnlich das Halfter über die Schulter gehängt, aufs Rad schwingen, als die Jünglinge abwinkten. O nein, sie hätten doch den Wagen da. Mutter und Steffi stiegen ein, und fort ging es mit hundert Sachen.

„Wenn Sie so schnell fahren, sehen wir ja die Ausreißer nicht", mahnte Mutter.

„Mir schon! Mir finde se", verhießen die braven Schwaben und hielten auch schon vor einem Bahnwärterhaus. Dort standen Blacky und Schnute im Hühnerstall. Es war ein rührendes Wiedersehen. Der eine der beiden hilfreichen Männer schrieb später noch aus Amerika und schickte Steffi Grüße.

Man hat auch Sorgen, sie bleiben nicht aus. Manchmal ist ein Pony krank. Wir haben angstvolle Nächte erlebt, in denen wir neben solch einem kleinen Patienten knieten, der sich wälzte oder ergeben im Stroh lag, alle viere von sich gestreckt. Wir haben ihn nachts ins Haus geholt, jede Stunde Umschläge und Wärmflaschen erneuert, Medikamente eingegeben und gespritzt. Oh, es muß schrecklich schwer sein, ein guter Tierarzt zu werden! Weil der Kranke doch nicht sagen kann, wo es fehlt.

Putzen und Füttern machen keine oder wenig Mühe, damit hat man es viel leichter als bei den Pferden. Wenn man den Heuboden über dem Stall hat und das Futter durch eine Luke hinunterwerfen kann, ist es ein Kinderspiel. Es gibt aber außerdem genug zu tun. Geschirr zerreißt, man muß es flicken. Handwerker tun das nicht gern. Ketten und Bügelriemen sind „weg“. Bei so vielen Kindern ist leider sehr oft etwas weg, und keiner hat es gehabt.

Dazu kommen die laufenden Ausgaben. Wenn man nicht viel Land hat, muß man Heu zukaufen. Der Schmied, der Sattler und der Fahrradmechaniker kriegen Geld. Man kauft hier einen flotten Dogcart, dort einen federleichten Zweispänner, meistens, ehe man es recht verantworten kann.

Nein, Ponys kosten natürlich, zumal es nie bei einem bleibt. Ein einziges Pony auf einem großen Grundstück mit einem ordentlichen, hohen Zaun ringsherum, am besten eine Mauer, wie sie früher üblich waren, das wäre wirklich billig und bequem. Aber ach, sooo langweilig.

Ärgerlich ist auch, wenn die Wäsche, die eben noch schneeweiß auf der Leine flatterte, grün durchgekaut auf der Erde liegt. Man kann weder Mitleid noch nachträgliche Angst von den Geschwistern einkassieren, wenn man einmal etwas wirklich Tolles erlebte, wie Christine, der neulich die Quadriga mit dem Pferdeschlitten durchging.

Allein und vierspännig – die Fohlen waren rechts und links angehängt, zogen aber nicht mit – fuhr sie ohne Deichsel mit dem Pferdeschlitten zur Bahn. Die alte Deichsel war verschwunden, die neue noch nicht fertig. Wenn man ohne Deichsel fährt, kann man durchgehende Ponys nicht halten. Und sie gehen todsicher durch, sobald sie den Schlitten in die Hinterhanken geschlenkert bekommen.

Christine war noch schneeweiß und wacklig in den Knien, als sie nach dieser Höllenfahrt heimkam. Sie hatte die Ponys schließlich einen steilen Hang hinaufgelenkt, auf Gedeih und Verderb. Nach solch einem Abenteuer hat man das Recht, bewundert zu werden. Wird einem das nicht gegönnt, dann macht die ganze Fahrerei keinen Spaß.

Immer wieder also Ärger, mal diesen, mal jenen. Einmal kam Elly Ney. Wir hörten sie oft spielen und verehren sie sehr. Plötzlich war sie da. Man geniert sich dann doch, in Reithosen dazustehen, deren Grundfarbe nicht mehr zu erkennen ist, oder in einem alten Amipullover in Grau. Da kann einem noch so liebenswürdig gesagt werden: „Aber das macht doch gar nichts."

Es macht eben doch was. Dem anderen nicht, aber einem selber. Fingernägel hat man auch keine, wenn man im Stall schuftet, und die Frisur! Es ist unvergleichlich schön, im Nebel zu reiten, wenn die Welt sanft und geheimnisvoll in silberne Watte gehüllt ist. Hinterher aber sieht man aus wie eine Eskimofrau, und gerade dann kommt Besuch, an dem einem etwas liegt.

Aber – es ist auch schön. Es ist wunderbar, den Stall neben dem Haus zu haben und alle fünf Minuten hinlaufen zu können, sich auf den Flankierbaum zu setzen und – den Arm um einen Ponyhals geschlungen – dem schnurrenden Kauen der kleinen Mäuler zuzuhören. Oder einmal in die strähnige Mähne hineinzuheulen, weil man sonst keinen Platz dazu findet in der wilden, spöttisch-kritischen Schar der Geschwister. Ponys haben immer Zeit für ein schweres Herz, das ist wunderbar.

Dazu die Fahrten und die Ritte, vor allem abends oder nachts! Münchhausen sagt

Der hat nicht gelebt,
der nicht in blauer Mondnacht mitten
durch die starrenden Felder geritten,
wenn der Weizen wie ein wellendes Meer
drängt über die Raine her
und die gelbe Gottesflut stand
hoch, daß der Schaum ihrer Ähren bebt
tautropfend an lässiger Zügelhand –
nein, der hat nicht gelebt!

Oh, er hat es gewußt und erlebt wie wir. Oder eine Hubertusjagd, das Anreiten im Feld. Rote Röcke, gelbe, braune und leuchtend purpurne Herbstfarben, blauer Himmel, so blau, wie er im Sommer nie ist. Und wir dabei, auf unseren kleinen, dicken, von den anderen ein wenig belächelten Ponys, die nicht zu halten sind, wenn es losgeht, die über Hindernisse fegen, die sie nie zuvor sahen und die sie mit solchem Elan angehen, daß die großen Pferde ganz nervös werden.

Freilich, wir größeren Geschwister stehen, solange die Kleinen reiten, auf einem Bein, die Fäuste an die

Zähne gedrückt, und geloben heimlich, vier Wochen nicht mehr zu rauchen oder von nun an immer beim ersten Ton des Weckers aufzustehen, wenn alles gutgeht, wenn jetzt, dort um die Waldecke, Ben oder Steff oder Uli herumgeflitzt kommen, auf dem Pony...

Und wir haben Tränen in den Augen, jawohl! Auch wenn wir lachen und schwätzen und tun, als wäre gar nichts dabei, daß unsere unmanierlichen, verdreckten, vorlauten und schulfaulen Jüngsten im Sattel neben den anderen Reitern halten. Die Schaumflokken an der Brust der Ponys und das Leuchten in den Augen der Reiter sind ein Widerschein der Herbstwelt ringsum und mehr zugleich, das man nie vergißt.

Und das lachende Wissen,
daß Gott uns liebt,
solange es auf Erden
die Pferde gibt.

Wenn sie den Bügeltrunk nehmen, der ihnen in den Sattel hinaufgereicht wird, Kognak in den Farben des Herbstes, rot-gold-braun, rauchig im Geschmack und so alt und klar wie die gütigen Augen des ersten Reitlehrers, der da sagte: „Lieben muß man das Pferd, lieben..."

Schön ist es auch, wenn man ganz allein reitet. Erst sperrt sich das Pony, weil die anderen zurückbleiben dürfen. Dann geht es, man trabt an. Leicht reiten kann man nicht auf allen Ponys, manche haben einen gar zu kurzen Schritt. Auf manchen aber kann man es, da wiegt es einen vorwärts. Und schließlich der Galopp!

Der Ponygalopp ist anders als jener der Pferde. Man stellt sich ganz leicht in die Bügel, Hosenboden aus dem Sattel, Knie ganz dicht dran, und legt sich nach vorn. So entlastet man den Rücken. Die Hände greifen am Zügel entlang nach vorn, bis etwa 20 Zentimeter hinter das Ponymaul, der Kopf liegt beinahe auf der Mähne.

Wer diesen Ponygalopp beherrscht, wird „ganz Knie", wie Steffi einmal sagte. Der Ausdruck ist gut und treffend. Das Knie bleibt am Pferd, die Füße spielen nur mit den Bügeln, gleichermaßen leicht und fest, rechts und links. Käpten faßte dieses Galoppgefühl des Reiters einmal zusammen in dem Satz: „Jetzt hab' ich vier Beine!" Sie war in diesem Augenblick eins mit dem Pferd, verschmolzen und verwachsen, ein Zentaur.

Ob es sich lohnt? Jeder Sommergast sagt: „Ich beneide Sie!" Jeder, der bei Regen und Schlamm kommt, meint mitleidig: „Oh, Sie Armen! Mit Ihnen möchte ich nicht tauschen."

Danach kann man also nicht gehen. Ein kluger alter Freund, ein Pferdemann, der nachdenklicher ist als die anderen, sagte einmal zu Mutter:

„Du hast eine gute Idee wahrgemacht. Glücklich die Kinder, die so aufwachsen wie deine. Nahe an den Quellen des Lebens, von erster Jugend an gewöhnt, Verantwortung zu tragen für Lebewesen, die, obwohl

stärker als sie, sich ihnen vertrauensvoll unterordnen. Wenn deine Kinder wagemutige und rücksichtsvolle, sich auch in schwierigen Situationen zurechtfindende, fröhliche Menschen werden, dann verdanken sie das diesem Leben mit der Kreatur. Wer mit Pferden umgeht, kann kein selbstischer und unbeherrschter, aber auch kein träger und feiger Mensch werden. Wer als Kind gut zu Pferden ist, wird es ein Leben lang auch zu Menschen sein.“

So was ist natürlich Wasser auf Mutters Mühle. Aber in diesen Worten steckt sicher viel Wahres. Freilich braucht man sich nicht unbedingt acht Kinder und acht Ponys anzuschaffen, um glücklich zu sein und etwas vom Leben zu haben. Wir möchten später einmal keine acht haben, sondern werden froh sein, wenn wir es auf vier bringen.

Ponys aber wollen wir bestimmt alle! Wir ärgern uns oft, wenn Mutter wie ein Stallbursche herumläuft und Besuch in Stiefeln empfängt, wenn kein Geld da ist, um Uli ein paar ordentliche Schuhe zu kaufen, die Ponys jedoch einen Dogcart bekommen, der das Zehnfache kostet.

Freilich ist es dann auch wieder vergnüglich, unsere Schul- oder Tanzstundenfreunde mit diesem Dogcart abzuholen.

Wir können uns ein Leben ohne Ponys nicht mehr vorstellen, keiner von uns. Und so machen wir eben den Stall sauber, gehen auf Ponysuche und flicken Zäune, selbst wenn es gießt. Das muß eben sein. Dafür können wir reiten.

Unseren Vorfahren waren die Pferde heilig. Ein bißchen sind sie das auch uns noch, uns und allen Pferdenarren. Pferde sind noch etwas anderes, etwas mehr als andere Tiere, sie haben etwas Edles, Sanftes und Stolzes, etwas Gerechtes und Dankbares, was man sonst nicht auf der Welt findet. Auch die Ponys! Sie sind auch noch originell, frech, einfallsreich, bockig, verschmitzt, schlau wie die Dackel und zärtlich. Deshalb ist es schön, nicht nur zu reiten, sondern mit Ponys zu leben. O ja, es lohnt.

Steffi stellt vielleicht sogar ihre ganze Zukunft auf Ponybeine. Sie möchte wahrmachen, was Mutter wohl nicht mehr erreichen wird, was sie jedoch anfing, klein, aber entschlossen: eine richtige Ponyzucht aufzubauen, mit genug Land, festen Koppelzäunen, ein oder zwei Hengsten und mehreren Stuten. Darunter Ponys in allen Größen und Farben, stämmige Isländer und dralle kleine Shetties, Porzellanschecken mit weichem Maul und winzigen Kindern, Falben mit Aalstrich und schöne, kleine, tintenschwarze Rappen.

Wir alle wollen ihr dabei helfen. Und so ist es also doch gut, daß wir so viele sind. Unsere Kinder lernen dann bei ihr reiten, so zeitig wie der kleine Ronny, der jetzt schon öfter vor ihr im Sattel oder neben ihr im Dogcart sitzt. Denn wir sind nun einmal nicht ohne einander zu denken, unsere Ponys und wir.

Ponyglück bei Lise Gast

Kaum ein Vorwort

Ein Vorwort liest niemand gern, wir auch nicht. Höchstens am Schluß. Wenn man das Buch mehr oder weniger befriedigt zuklappt, erinnert man sich: Da war doch vorn noch etwas, das ich überschlagen habe. Mal sehen...

Trotzdem schreiben wir eins, wenn auch nur ein ganz, ganz kurzes. Also „Wir", das ist unsere Familie, Mutter mit acht Kindern, die nun schon nicht mehr *ganz* klein sind, sondern zum Teil schon studieren oder gar im Beruf stehen, mit einem Bein aber immer noch im Ponyhof, wo Mutter mit den Jüngsten und ihren Ponys haust. Die Ponys, ja, die muß ich einzeln vorstellen:

Eyglo und Gloa, unsere Islandstuten, einsdreiunddreißig hoch, daß also auch ein Erwachsener darauf reiten kann, eine kastanienbraun mit winzigem Stern auf der Stirn, eine hellgolden mit dunklem Aalstrich den Rücken entlang. Beide sind sehr schön, wahre Reklamepferde, man schickte sie mit den allerersten Transporten aus Island, damit wir Deutschen Appetit auf Islandponys bekämen. So geschah es auch.

Und dann die kleineren, die Shetties, ungefähr einen Meter groß: Appelschnut, genannt Schnute, schwarz, Winnetou weiß. Er ist unser stolzer Herdenhengst und hat eine einseitige Mähne, die bis zur Erde geht. Dazu kauften wir Nikolette, als Blacky, unser allererstes Pferdchen, in den Ponyhimmel einging, und zogen deren letzte Tochter Aki auf, so daß Winnetou nun drei kleine und zwei größere Damen um sich versammelt hält. Sechs Ponys also, und im Sommer noch mehr, denn da gibt es Fohlen. Davon erzählen wir ein andermal, jetzt ist nur wichtig, daß der Leser sich erst einmal zurechtfindet. Eine ponynärrische Familie von Mutter und acht Kindern und dieser Stamm von sechs Ponys. Einverstanden?

„Wir“, das heißt irgendwelche von uns. Da wir alles gemeinsam erleben, gibt es keinen besonderen Erzähler.

Freuden im Advent

Der Ponyhof, unser Zuhause, liegt mitten im grünen Herzen Württembergs. Seine zweibeinigen Bewohner stammen aus Schlesien, die vierbeinigen, also die Hauptpersonen, die Ponys, aus Island und von den Shetlandinseln.

Der Ponyhof ist kein großes Gestüt, sondern ein ganz, ganz kleines, viel kleiner, als bei uns in Schlesien ein „Hof" war. Auch das paßt sehr gut, die Ponys sind ja auch klein.

Groß ist bei uns nur eins: die Geschwisterschar. Wir sind drei Brüder und fünf Schwestern, und da wir viel Besuch bekommen und immer Freunde und Freundinnen mitbringen dürfen, sind wir meist noch viel mehr.

Besonders im Sommer. Da kommen von allen Seiten und aus allen Ländern Gäste, manche für kurz, manche für länger, und beinahe jeder sagt: „Ach, haben Sie es aber schön hier! Und so einsam..."

Unser Häuschen liegt in einem Nebental der Rems, und man sieht ringsum nichts als Wiesen und Wald, „...nur müßte nicht so viel Besuch kommen". Denn meistens trifft ja eine Familie, eine Schulklasse, eine Verwandteninvasion auf die andere.

Aber wir haben gern Besuch. In einer Etagenwohnung in der Großstadt, wo man rechts und links und drunter und drüber Nachbarn hat, kann man viel einsamer sein. Da kommt einen niemand besuchen.

Außerdem hat man dort keine Ponys. Mit Ponys ist man nie einsam.

Im Ponyhof sind alle Jahreszeiten schön. Der Frühling, wenn die Abende sich dehnen, der Himmel messinggelb und die Luft, die am Tage schmeichelnd weich war, wieder herb wird und einem die Hände klamm macht, wenn man endlich, endlich wieder Zäune repariert, Mist auflädt und den Ponywagen einspannt, um noch ein Stück in den Wald zu fahren. Oder der Herbst. Da reiten wir morgens, in silberner Frühe, und der Wald ist jeden Tag anders gefärbt. Dann klecksen Hagebutten und Ebereschen ihr Siegellackrot gegen den funkelnd blauen Himmel, und es gibt Pilze und Schlehen, und wir zünden auf der Koppel Kartoffelfeuer an, zu dem die Ponys herankommen und die Nasen in die Glut stecken wollen. Und wir machen den Stall noch einmal richtig sauber vor dem Winter, stapeln Heu und fahren Stroh in die Ecke der Wiese unter die großen Bäume, dorthin, wo im Winter die Ponys schlafen. Denn unsere kleinen Pferdchen sind Tag und Nacht, Winter und Sommer, draußen, nur vor der größten Hitze müssen sie sich im Stall schützen können. Deshalb lieben wir den heißen Sommer eigentlich am wenigsten. Bremsen und Schnaken setzen ihnen so zu, daß wir mitunter ganz verzagt sind: Was hat man eigentlich von seinen Rössern, wenn sie den ganzen Tag im Stall stehen müssen und nur nachts auf die Waldwiese dürfen? Nachts können wir nicht reiten.

Aber der Winter! Der entschädigt uns für alles.

Eigentlich ist der Winter die schönste Jahreszeit im Ponyhof, und das ist ganz natürlich, denn da ist Weihnachten. Weihnachten ist der Höhepunkt des Jahres.

Mutter denkt das ganze Jahr über an Weihnachten. Immer, wenn sie im Juni den großen Kalender umdreht, sagt sie: „Jetzt kommt das schönste halbe Jahr, jetzt sind es nur noch fünf Monate.“

Denn die Adventszeit beginnt bei uns schon eher als anderswo, nämlich am 11. November. Da hat unser Jüngster Geburtstag, Ben, und das war schon immer ein großer Feiertag, als wir noch in Westfalen wohnten. Dort wird der Martinstag mit einem Laternenzug gefeiert, und die Kinder singen das Martinslied: „Sankt Martin, Sankt Martin, Sankt Martin ritt durch Schnee und Wind ...“, die Geschichte von dem Reiter, der einem armen, frierenden Mann im Schnee seinen halben Mantel gab. Vor dem Laternenzug ritt ein größerer Junge als Sankt Martin verkleidet, einmal war es Uli, unser Zweitjüngster, und er saß auf einem unserer Ponys.

Am Martinstag fällt der erste Schnee, denn Sankt Martin kommt auf einem Schimmel geritten. Ach, unser Ponyhof im Schnee! Nie ist er so winzig, so lustig bunt – wir haben das Haus schokoladenbraun gestrichen mit grünen Fensterläden und bunten Blumenkästen, in denen winters Tannengrün steckt –, so warm und heimlich wie im Schnee. Und die Ponys sind auch froh, wenn der Boden fest und nicht mehr schlammig ist, wenn der Schnee früh wie ein dickes Federkissen auf ihrem Rücken liegt – ihr Fell

ist so dick, daß kein bißchen Nässe oder Kälte bis zur Haut vordringt –, wenn sie unterm Reiter oder vor dem Rodelschlitten durch den Wald toben dürfen, oder früh, ganz zeitig, wenn es noch dunkel ist, eingespannt werden, damit sie die Schulkinder im Pferdeschlitten zur Bahn fahren können. Mutter kauft dann auf dem Rückweg ein und lädt alles auf den Schlitten. Niemals vergißt sie dabei, gelbe Rüben mitzubringen und sie den Ponys zu geben, damit sie geduldig vor den Läden stehen und nicht, heidi!, mit dem Schlitten hinter sich, der keine Bremse hat, absausen, Richtung Heimat.

Unsere Adventskinder, Ben, der eigentlich Martin hätte heißen müssen, und Steffi, die in der Woche vor dem ersten Adventssonntag Geburtstag hat, dürfen sich zu ihren Ehrentagen etwas Besonderes wünschen. Sie meinen, sie könnten sonst womöglich zu kurz kommen, weil Mutter dann schon die Geschenkschublade sichtet und sagt: „Ach, das lassen wir für Weihnachten – und das bekommen sie jetzt schon..."

Die beiden haben also jedes Jahr einen Extrawunsch frei. Einen, der „nichts kostet und den man nicht sieht". Als Ben noch kleiner war, wurde ihm das einmal zugesagt, und er wünschte sich prompt, sich acht Tage nicht waschen zu müssen. „Na, denkst du, das würde man nicht sehen?" fragte Lotte entrüstet. Sie ist die älteste von uns – nur Arndt ist noch älter – und studiert Medizin. Deshalb ist sie natürlich sehr für die Sauberkeit, genau wie unsere Arzttante Titine,

Mutters jüngere Schwester. Und die anderen Geschwister behaupteten, man würde das nicht nur sehen, sondern auch riechen. Nein, diesen Extrawunsch bekam Ben nicht erfüllt.

So dachte er sich einen andern aus. Im Herbst verkaufen wir die Fohlen, die jedes Frühjahr geboren werden. Das ist immer traurig, sich von ihnen zu trennen, und Mutter überlegt den ganzen Sommer, wie sie es uns versüßen kann. Ein halbes Jahr springen unsere winzigen Ponykinder ums Haus, kommen neugierig ans Fenster oder auf den Sitzplatz, betteln um Brot und toben hinter uns her, wenn wir durch den Wald reiten. Nun sollen wir sie hergeben, an fremde Leute...

Wir richten es immer so ein, daß sie zu möglichst netten Leuten kommen, die uns gefallen. Nicht als Spielzeug, sondern zu Kindern, die sie vernünftig behandeln und später reiten und fahren wie wir, oder zu anderen Ponys. Ponys sollte man immer in der Mehrzahl haben, sie werden, allein gehalten, leicht schwermütig, und wir können ihnen das gut nachfühlen. Wir sind auch an die Herde gewöhnt, die uns umgibt, die uns wärmt und schützt.

In jener Adventszeit also sollte Hanko verkauft werden, ein süßer kleiner Rapphengst, Sohn von unserer Appelschnut, die wir auch schon als Fohlen besaßen. Hanko, ein Shetlandpony, etwa einen Meter hoch, kam glücklicherweise nach Murrhardt zu einem Arzt, der auch Isländer besitzt. Wir hatten ihn vorher besucht und uns alles genau angesehen, Stall und

Weide, und vor allem die zukünftigen Gefährten unseres kleinen Hengstes. Murrhardt liegt zweiunddreißig Kilometer vom Ponyhof entfernt. Ben überlegte sich dies alles, und dann rückte er an seinem Geburtstag mit dem diesjährigen Sonderwunsch heraus:

Wir sollten Hanko erst am ersten Weihnachtsferientag, also kurz vor dem Heiligen Abend, verkaufen, und er wollte im Transporter mit ihm mitfahren, um ihn sicher hinzubringen. Nicht nur er, sondern auch Winnetou, sein kleiner weißer Hengst, *sein* Pony, auf dem kein anderer reiten kann, weil wir alle schon zu groß sind, so jedenfalls sagen wir. *Er* sagt, weil er keinen anderen auf seinem Rücken dulden würde, denn Winnetou ist ein Übermut und schmeißt mitunter auch Ben ab, so bockelt und hopst und tobt er. Winnetou also sollte auch mitfahren, und am nächsten Tag sollten die beiden, Ben und Winnetou, allein zurückreiten. Ben war damals zwölf Jahre alt und fand einen solchen einsamen Überlandritt im Schnee das schönste, was er sich vorstellen konnte.

Gut, er durfte. Das aber ließ Steffi nicht ruhen. Sie, die vier Jahre älter ist, sollte so etwas nicht können? Sie grübelte und grübelte, und schließlich verkündete sie, sie wünschte sich zum Geburtstag, am letzten Schultag in die Schule reiten zu dürfen.

Das klingt vielleicht bescheiden und gar nicht großartig. Man muß aber wissen, daß das Städtchen, zu dem der Ponyhof gehört, keine höhere Schule hat und die Kinder mit der Bahn in die Kreisstadt fahren müssen. Steffis Schule also liegt sechzehn Kilometer weit entfernt. Wenn sie hin und zurück ritt, war es genauso ein langer Weg wie der von Ben von Murrhardt her.

Schön. Auch das wurde ihr genehmigt. Und diesmal kam Weihnachten vielleicht *noch* langsamer und noch heißer erwartet und ersehnt heran als sonst, so freuten sich die beiden auf ihre Ritte. Sie konnten es kaum erwarten.

Immer ist die Adventszeit herzbeklemmend erwartungsvoll. Da kommt die langersehnte Fahrt mit dem Dogcart – wenn der Schnee noch zu dünn ist – oder mit dem Pferdeschlitten in den Wald, um Tannengrün für den Adventskranz und Moos für die Krippe zu sammeln. Wochenlang haben wir schon bei unsern Waldritten nach gefällten Tannen ausgespäht, von denen wir gutes, wertbeständiges Tannengrün, am besten Weißtanne, bekommen können. Denn die Zimmer in unserm winzigen Häuschen sind sehr niedrig, und da wir es tüchtig warm haben wollen, nadelt so ein Kranz schnell, wenn er aus Fichte ist. Meistens gelingt es nach langen Erkundungsritten, doch noch „richtige" Tanne zu finden. Wenn wir den Förster treffen, dann fragen wir: „Dürfen wir von dem Baum an der Fuchsklinge – oder am Galoppweg – oder am Kreuzbühl – Tannengrün haben?" Erst guckt er grimmig und tut, als wollte er es uns verbieten. Und dann schmunzelt er und blinzelt uns zu und nickt...

Ach, der Tag, an dem es in unserer kleinen, holzgetäfelten Küche nach Harz und bitterem Tannenduft riecht und wir, heimkommend, Mutter auf einem niedrigen Schemel hockend vorfinden, den Kranz windend, nicht ohne Gestöhne und die übliche, sich immer wiederholende Frage: „Wird er auch rund? Ich weiß nicht..."

Immer ist der Reifen weg, um den der Kranz gewunden werden soll, immer, nachdem er uns das ganze Jahr über in Werkstatt und Sattelkammer im Wege war. Eines Adventstages erfanden wir, den Kranz um einen alten Reifen vom Ponywagen zu winden. Unser Dogcart läuft gummibereift, und die Räder haben gerade die richtige Größe. Wir empfehlen das allen Leuten, es geht wunderschön. Wer keinen Ponywagen hat, nimmt einen Motorradreifen, es ist dieselbe Größe.

Nun hängt der Kranz. Auch die Ponys bekommen einen. Sie machen sich nicht viel daraus, aber wir finden es hübsch. Und mindestens zweimal in der Woche muß eins von ihnen nachmittags in die Stadt tackeln und Päckchen auf die Post bringen. Mutter packt und packt. Diese Fahrt nehmen wir ihr gern ab, denn wir bringen nicht nur Päckchen auf die Post, wir *holen* auch welche. Fast immer sind welche für uns da, und die werden beguckt, berochen, begrübelt – wer schickt sie, was mag drin sein, wen werden sie betreffen? Manchmal kann man es aus dem Absender erraten. Manchmal aber tappt man ganz im dunkeln.

Wir haben eine unermeßlich große Schar von Freunden, die in allen Teilen Deutschlands – und auch im Ausland – sitzen und zu Weihnachten an uns denken. Daher die vielen Päckchen, die vom Ponyhof aus in die Welt hinausfliegen. Ach, es ist eine geheimnisvolle, eine selige Zeit. Uns fällt es jedesmal wieder schwer, diese Päckchen ungeöffnet in den Sack zu stecken, der im Flur hängt und immer dickbäuchiger wird, immer mehr kantige Auswüchse bekommt. Er darf erst nach der Bescherung geöffnet werden, das gibt dann immer eine zweite Bescherung.

Noch aber ist es nicht soweit, noch lange nicht! Jetzt kommt erst die Weihnachtsbäckerei. Da wir immer mit vielen Weihnachtsgästen rechnen müssen, backen wir Stollen wie für ein Regiment Soldaten. Mutter war eine Zeitlang in Sachsen auf einer sogenannten Maidenschule, daher kann sie es (und tut es immer selbst, jedes Jahr). Der Tag, an dem es kein Mittagbrot, sondern Kartoffelkuchen aus Stollenteig zu Mittag gibt, ist ein besonderer Festtag.

Meist richtet es Mutter so ein, daß die Zinkwanne, die sonst anderen Zwecken dient, mit dem Riesenklumpen Teig darin am späten Vormittag in die Stadt zum Bäcker muß, damit sie uns, wenn wir aus der Schule kommen, mit heimnehmen kann. Dann wartet sie am Bahnhof, füttert die Ponys mit Brot oder Möhren, damit sie Geduld haben und stehenbleiben, obwohl sie kalte Hüfchen bekommen, und lädt uns alle in den Schlitten, auch unsere Freunde, die denselben Weg haben. In irgendeiner Ecke des Schlittens liegt dann eine Plastiktüte mit einem Teigrest, der nach Mandeln, Rosinen, Hefe und Zitronat schmeckt. Während der Streit tobt, daß jeder ein möglichst gleichgroßes (oder sogar noch größeres) Stück davon erwischt, fahren wir schon los. Wer keinen Platz im Schlitten findet, hockt hinten auf. Da haben wir quer über die Kufenenden ein Brett genagelt, darauf können noch zwei, sogar eventuell drei stehen. Sie halten sich an der Rückenlehne fest. Pferdeschlitten fährt man im Karacho. Vor dem Wagen dürfen die Pferde nicht galoppieren, wohl aber vor dem Schlitten. Das ist ein Gefühl, da hinten zu stehen und zu balancieren! Manchmal muß man auch bremsen. Wenn der Kutscher schreit, springt man ab und läßt sich in der Hocke, die Hände an den Schlitten geklammert, hinterherziehen. Das bremst etwas, nicht sehr. Rock'n'Roll-Schuhe sind dazu nicht geeignet, auch keine mit hohen Absätzen. Wohl aber Ski- oder Reitstiefel. Mutter findet, wir könnten im Winter ruhig gestiefelt in die Schule fahren, jeder weiß doch, daß wir außerhalb wohnen. Sie findet immer solche Sachen, mit denen wir nicht so sehr einverstanden sind. Keiner außer uns tut so was... Freilich, zum Zurückfahren im Ponyschlitten ist es praktischer, und im Grunde stellen wir ja unser ganzes Leben auf Ponys ein...

Einmal hatte Ben in der Adventszeit ein Bein gebrochen. Das kommt bei dem besten Reiter vor, Ben ist einer unserer Besten. Kunststück, er kam sehr früh aufs Pferd, während wir anderen schon größer waren, zum Teil sogar schon zu groß für die Ponys, jedenfalls für die Shetlandponys, mit denen wir anfingen. Später erst kaufte Mutter die Isländer, mit denen man reiten kann, bis man Großmutter ist. Mutter hat das vor. Man darf nur nicht dick werden. Da es uns allen immer großartig schmeckt, steht dieses Gespenst täglich vor uns. Wir Mädel hungern um die Linie, und Mutter stöhnt, sie nähme in jedem Winter fünf Pfund zu. Wenn die im Sommer nicht wieder abgehen und sie wirklich neunzig Jahre alt wird, wie sie immer sagt, kann man sich ausrechnen, daß solch ein Gewicht auch für einen kräftigen Isländer zuviel würde. Deshalb: „Aufhören, wenn es am besten schmeckt, mittags wenig, abends nichts." Führen Sie das mal durch, wenn Sie den halben Wintertag mit den Ponys draußen toben!

Ben hatte also das Bein gebrochen und sah fürchterlich blaß aus, wie eine Spitzmaus. Mutter sagt dann immer im kläglichsten Ton: „Schpitzmaus!", als sei er noch ein Baby, und wir alle machen es so lange nach, bis Ben voller Wut mit Kissen oder Büchern nach uns wirft. Er lag im Krankenhaus und hatte diesmal nur den einen Sonderwunsch, nach Hause zu dürfen. Trotz allem geschwisterlichen Hohn verstanden wir das. Mutter sprach mit dem Arzt. Der machte Ben ein „Zuckerbein" – einen Gipsverband, verabschiedete ihn mit einem liebevollen Klaps auf den Körperteil, der dem Reiter nächst dem Herzen der wichtigste ist, und sagte:

„Aber nicht heute schon wieder aufs Pferd, junger Mann, verstanden? Sonst holen wir dich zurück."

Ben nickte. Er kann dann ungeheuer brav und

scheinheilig aussehen, fast alle Erwachsenen fallen drauf rein. Er lag in Welzheim, einem Städtchen etwa zwölf Kilometer vom Ponyhof entfernt. Wir haben ihn mehrmals mit den Ponys dort besucht, ihm und seinen Zimmergenossen Pfefferkuchen und Äpfel und Nüsse gebracht und bei ihm gesessen, damit es nicht gar so langweilig für ihn war. Die freundliche Schwester Marie erlaubte uns sogar, daß wir ihn mit in den Hof hinunterschleppten, damit er die Ponys begrüßen und streicheln konnte. Meist kamen wir zu mehreren, zwei auf den Islandstuten Gloa und Eyglo, zwei auf Rodelschlitten, die hinter Appelschnut oder Winnetou hersausten. Sogar Arndt, unser Ältester, fand diese Art der Fortbewegung lustig und bemerkenswert. Er ist sonst derjenige von uns, der ein bißchen auf die ganze verrückte Ponybegeisterung heruntersieht und sagt:

„Betüdert euch nur nicht."

Er behauptet auch, unsere Pferdchen käuten wieder, wenn sie mal auf der Wiese in der Sonne liegen. Dann sprängen wir ihm am liebsten ins Gesicht vor Wut. Wiederkäuen, das tun doch nur Rinder! Und wo, bitte schön, sind denn die Hörner bei unseren Ponys?

Auch diesmal hatten wir Ben besucht. Wir saßen an seinem Bett, unterhielten uns mit ihm und seinen Zimmergenossen, knabberten alle zusammen Baseler Leckerli und Spekulatius und erzählten. Als es dämmerig wurde, verabschiedeten wir uns und gingen hinunter. Da guckten wir aber! Kein Pony zu sehen!

Und wir hatten sie doch sorgfältig angebunden, denn im Schnee, wenn sie nicht weiden können, spazieren sie eben doch manchmal davon.

Ponys sind Meister im Aufknüppeln von Knoten, Durchnagen von Riemen und Herausschlüpfen aus Stallhalftern. Sie sind ja viel klüger als Pferde. Das aber wissen wir seit Jahren und handeln danach. Jetzt aber waren sie wirklich weg. Was nun?

Es wurde schon dunkel. Wir gingen ein Stück die Straße entlang, die nach Hause zu führt, fragten einen Tankwart an der Tankstelle. Nein, nichts vorbeigekommen, er hätte es gesehen. So trödelten wir wieder zurück und ein Stück zur Stadt hin; das Krankenhaus liegt am Stadtrand. Und da trafen wir auf Leute, die uns anscheinend ansahen, was wir suchten.

„Ihre Ponys? Die sind dort hinunter, der Oberarzt reitet das eine große, und die Schwestern sitzen auf dem Schlitten…"

Aha! Da konnten wir suchen. Denn wenn jemand im Krieg einen Araber geritten hat, einen so feurigen, daß nicht einmal der Regimentskommandeur ihn bändigen konnte – darunter tut es niemand, der unsere Ponys sieht und vom Krieg zu erzählen beginnt; es ist erstaunlich, wie viele Araber es im Krieg gegeben haben muß –, der kommt so bald nicht wieder. Wir gingen ins Krankenhaus zurück und setzten uns wieder zu Ben. Nur einer bezog Posten am Fenster. Schließlich erschienen die Ausreißer.

Der Arzt, noch ziemlich jung, dürr wie Ghandi und braun wie eine Haselnuß, war Bayer. Er hatte sich, wie er ging und stand, aufs Pony „geworfen“, mit Mantel und Hut. Jetzt, da er uns am Fenster entdeckte, sprengte er ums Krankenhaus, jodelte zu uns herauf und winkte. Sein Hut flog in den Schnee. Wir sausten die Treppe hinunter und hinter ihm her.

„Hab Dank, du liebe Gute!“ hörten wir grade noch. Er war abgesessen und umhalste Gloa zärtlich. Die Schwestern, die mit wehenden Hauben auf dem Rodelschlitten erschienen, hatten noch nicht genug von diesem Sport. Sie baten und bettelten, nur noch mal ein kleines Stück in die Stadt fahren zu dürfen.

So wurde es richtig dunkel, ehe wir aufbrechen konnten.

Ponys finden jeden Weg zum Stall zurück, den sie ein einziges Mal gegangen sind. Wir hatten also keine Bedenken. Nur auf Hanko mußten wir aufpassen, der lief frei neben seiner Mutter her – manchmal auch nicht; kleine Pferdesöhne bummeln genau wie kleine Menschenkinder, die immer an Mutters Hand bleiben sollen –, und wir hatten noch ein ganzes Stück Fahrstraße vor uns, ehe wir in den abkürzenden Feldweg einbogen. Da haben wir trotz der Schneekälte mächtig geschwitzt. Immer wieder, wenn ein Auto sich ankündigte, mußte einer von uns vom Schlitten oder Pony herunter und Hanko erwischen, damit er nicht ins Auto lief. Steffi kann das am besten, aber manchmal mußten auch die andern ran, Katrin oder Angela oder auch Mutter. Schneeausflüge mit Ponys sind keine Erholungsfahrten.

Hier muß ich etwas einschalten: Alle Autofahrer,

eigentlich ohne Ausnahme, benehmen sich, wenn wir mit unsern winzigen PS daherkommen, auf das liebenswürdigste und netteste. Sie steigen sofort vom Gaspedal herunter und vermindern ihre Geschwindigkeit und damit die Gefahr für unsere kleinen Bummelanten. Das tun sie freilich auch, um die Ponys zu *sehen,* aber außerdem aus Rücksicht. Es wird so viel über Rücksichtslosigkeit der Autofahrer räsoniert. Wir können da nicht einstimmen. Allein, viele Lastwagenfahrer finden es lustig, ganz nahe neben unseren Reitponys ihre entsetzlich lauten, nerventötenden Hupen ertönen zu lassen, wahrscheinlich versprechen sie sich davon, daß wir vor Schreck herunterfallen werden. Wir tun ihnen diesen Gefallen nicht, und auch die Ponys sind an sich autosicher. Freilich erschrecken sie jedesmal sehr, und das, finden wir, ist kein Witz. Tiere zu erschrecken und sich darüber lustig zu machen, das ist so häßlich, so herzensroh – ach, vielleicht nur unüberlegt. Vielleicht hilft dieses Buch ein kleines bißchen mit, diesem Unfug zu steuern, wir sind ja nicht die einzigen Ponyreiter in Deutschland.

„Holen Sie Ihren kleinen Sohn lieber nicht mit dem Rodelschlitten ab", hatte der behandelnde Arzt geraten. „Er war jetzt längere Zeit im zentralgeheizten Zimmer und holt sich womöglich eine Erkältung."

Ben ist dünn und war als kleines Kind oft krank. Er erblickte das Licht dieser Welt, als wir noch keine Ponys und auch sonst so gut wie nichts hatten, Mutter jedenfalls kein Bett. Wir andern hatten zu zweit oder dritt je eins – oder ein Sofa –, wie das eben damals so war. Über ein Jahr lebte Ben ausschließlich von Mutter, wir bekamen kein Gemüse, kein Obst, keine Milch, keine Butter. Wenn Mutter ihn nicht hätte stillen können, wäre er verhungert. Auch so blieb er zart, und seine Beine bogen sich nach außen, als er anfing zu laufen, daß man einen Fußball hätte durchschießen können. Wir größeren Kinder bewiesen das mit der Tat und fanden es herrlich lustig, Mutter weniger. „Die typischen Reiterbeine“, sagte sie manchmal, aber es klang eher betrübt als anerkennend. „Wann jemals“, so dachte sie wehmütig, „wird dieser arme kleine Kerl mal aufs Pferd kommen!“

Aber hier wie überhaupt
kam es anders, als man glaubt.

Ben saß nicht nur schon mit sieben auf dem Pony, seine Beine hatten sich inzwischen gestreckt und sind heute kein bißchen mehr krumm. Was beweist, daß der Mensch, viel, viel mehr aushält, als man gewöhnlich annimmt.

So ging es auch mit der Heimfahrt vom Krankenhaus. Mutter und Christine, die damals zu Hause war, holten ihn zweispännig mit dem Pferdeschlitten ab. Der ist geräumig und leicht, und wir haben ihn himmelblau angestrichen. Er wurde mit Stroh gefüllt, und wir legten heiße Ziegelsteine hinein, an denen man sich die Füße wärmen kann. Für oben gibt es Decken, Mäntel und Handschuhe. Pelze haben wir nicht, eigentlich gehören die zum Pferdeschlitten wie die Kerzen zum Christbaum. Aber, wie gesagt, wir haben mehr verloren als Großvaters Fahrpelz...

Ben wurde von fürsorglichen Schwestern die Treppen hinuntergetragen und in den Schlitten gesetzt. Er bedankte sich nach allen Seiten hin, steckte Abschiedspäckchen ein und strahlte pflichtschuldigst. Wir auch. Immer wieder rührt uns die Liebe, mit der man überall unseren unnützen, verdreckten, schulfaulen und verwöhnten Kleinen begegnet. Wir schieben das auf die Ponys. Keiner widersteht deren Charme, und jeder überträgt seine Liebe automatisch auch auf unsere Kleinen. Ein Wunder, daß sie nicht noch fauler, frecher und anmaßender werden. Wahrscheinlich sind das wiederum die Ponys, die sie davor bewahren. Denn Ponys, genau wie alle Pferde, verlangen, anständig behandelt zu werden; man darf beim Reiten weder launenhaft noch faul, weder jähzornig noch verwöhnt sein, sonst erreicht man nichts. Und da unsere Kinder nicht nur zum Vergnügen auf den Ponys sitzen, sondern sich auch redlich und ernsthaft um ein richtiges, echtes Reitertum bemühen, so hat es ihnen wohl noch nicht grundsätzlich geschadet, daß man sie überall so verwöhnt. Obwohl es manchmal so aussieht...

Kaum hatten wir das Städtchen hinter uns, da verlangte Ben stürmisch, „aus dem ollen Kasten“ rauszudürfen.

„Aber der Doktor hat doch gesagt, reiten wäre für dich noch verboten, solange du das Gipsbein hast“, sagte Mutter, die auf Gloa saß. Sie verspürte wenig Lust, ihr Pferd herzugeben; selten genug kam sie in dieser Vorweihnachtszeit darauf. Meist mußte sie backen, Briefe schreiben oder besorgen, und reiten taten die Kinder. Eine Strecke wenigstens wollte sie im Sattel bleiben.

„Nein. Aber hinten dranhängen!"

Ben hatte gesehen, daß im Pferdeschlitten vorn unser kleiner Rodelschlitten lag. Der war im Städtchen repariert worden, nachdem Winnetou, der ungestüme kleine Schimmel, ihn einmal samt Uli an einen Baum geschmettert hatte, daß die Kufen krachten.

„Bitte, bitte, ich möchte so gern!"

Christine unterstützte seine Bitten. Sie ist selten zu Hause, weil sie schon berufstätig ist – Buchhändlerin in München –, und ziemlich sinnlos verliebt in ihre kleineren Geschwister.

Gegen das Betteln von zweien kam Mutter nicht auf. Sie sprang also vom Pferd, nahm den Rodelschlitten heraus und band ihn hinten an den Pferdeschlitten. Ben legte sich bäuchlings drauf. Nun ging es los.

Der Pferdeschlitten ist ein Zweispänner. Von Welzheim zum Ponyhof geht es im großen und ganzen bergab, manchmal steiler, manchmal sanfter, manchmal auch geradeaus auf glattgefahrener Bahn. Es war genau das richtige für solch einen Anhänger. Der Rodelschlitten sauste und schleuderte, daß es eine Lust war. Ben steuerte erst mit dem gesunden, dann mit dem Gipsbein. Das hatte sogar mehr Wucht als das andere. Daß die Zehen nackt und rotgefroren aus dem Gips herausguckten, hatte Mutter zum Glück nicht gesehen. Ben störte es nicht, er mußte sehr aufpassen. Es war pfundig.

Von da an besserte sich Bens Aussehen täglich. Mittags, wenn bei uns Ruhe herrscht (oder herrschen soll), packten wir ihn in Decken und legten ihn auf den Liegestuhl auf der Veranda. Von da aus kann man die Ponys sehen, deshalb blieb er auch brav liegen. Einmal kam sein Arzt ihn besuchen. Wir hatten Glück, Ben hing gerade nicht am Pferdeschlitten, sondern lag draußen in der blassen Wintersonne, dick verpackt. Der Onkel Doktor äußerte sich ungemein lobend.

„Wie gut der Junge sich erholt! Das macht die richtige Behandlung. Sie haben hier ja auch eine bezaubernde Winterfrische!"

Dieses Jahr kam bei uns wieder einmal der Nikolaus, und zwar zu Roß. Er war sonst ein paar Jahre lang nicht mehr erschienen, da unsere Kinder allmählich aus dem Nikolausalter herauswachsen und er zu jüngeren gehen muß. An diesem sechsten Dezember aber polterte es abends an die Tür, die wir nie abschließen, und wir wunderten uns. Besuch steht meist schon in der Küche, ehe wir begreifen, daß einer im Anrücken ist. Deshalb ging Uli erstaunt hinaus. Gleich darauf kam er zurückgesaust.

„Der Nickel, der Nickel!"

In Schlesien wird der Nikolaus so genannt und ein

bißchen als komische Figur behandelt. Man sagt ihm alberne Sprüche auf und stolpert, wenn man über seinen Sack springen soll. In Westfalen kam er mit Mitra und Krummstab, und niemand hätte daran gedacht, sich frech zu benehmen.

Dieses also schien ein schlesischer Nickel zu sein. Er polterte und schalt, trieb uns alle in eine Ecke, bedrohte uns mit der Rute und verlangte, Ben zu sehen. Ben lag zum Glück in der Wohnstube auf der Couch, wie Mutter auf die Frage des Nickels hin berichtete.

„Soso. Das wollen wir uns doch mal ansehen", brummte er und folgte ihr, die kopfschüttelnd voranging. Ben lag da und las in einem Pferdebuch. Er nützte die Zeit, sich wenigstens theoretisch weiterzubilden, wenn er nun doch mit dem Reiten aussetzen mußte. Die „Richtlinien für Reiten und Fahren" lagen immer neben seinem Kopfkissen.

„Na, nun zeig mir mal dein Gipsbein!" verlangte der Nickel, und Ben streckte es gehorsam aus dem Bett. Es sah etwas mitgenommen aus, schmutzig und um die Zehen herum schon etwas abgebröckelt, denn für Rodelschlittenfahrten war es eigentlich nicht gedacht. Der Nickel betrachtete es eingehend und genau. Das Datum, an dem es abgemacht werden sollte, stand, wie üblich, mit Tintenstift daraufgeschrieben.

„Na, da wollen wir es mal glauben", brummte er und rückte Brille und Bart wieder zurecht, „ich habe nämlich von deinem Lehrer gehört, daß du manchmal ein Bein brichst, wenn es gerade so paßt."

Ben wurde rot, Mutter dazu. Sie wußten beide, worauf der allwissende Himmelsbote anspielte. Im Herbst hatten die Jungen, die beide ins selbe Gymnasium gehen, die Hubertusjagd mitreiten wollen und Mutter inbrünstig gebeten, ihnen schulfrei dazu zu erbitten. Mutter kratzte sich am Kopf.

„Ich weiß nicht, Kinder, ich weiß nicht.“

Reiten gehört noch nicht wieder zu den Pflichtfächern der höheren Schule. Leider! Früher lernten die jungen Männer Reiten, Tanzen und Fechten. Wäre es nicht besser in der Welt bestellt, wenigstens die beiden ersteren Künste wieder als Pflichtfach einzuführen?

Mutter hatte schließlich zwei Entschuldigungen geschrieben, ihre Söhne hätten Halsschmerzen gehabt. So waren sie doch in den Genuß der Hubertusjagd gekommen, auf Islandponys. Auch Steffi hatte sie einmal mitgeritten. Damals ging sie noch in unserem Städtchen in die Schule, und an dem betreffenden Tag gab es Zeugnisse. Es war unmöglich, da zu fehlen. Deshalb stand nach Schulschluß Mutter mit beiden gesattelten Isländern vor der Schultür, und Steffi, die sich auf einem verschwiegenen Ort in die Reithose hineingehangelt hatte, ließ Schulkleid und Mappe beim Pedell und saß vor der Schule auf. Im eiligen Trabe ging es los, denn wir haben bis zum Reitverein acht Kilometer zurückzulegen, und von dort aus startet erst die Hubertusjagd. Unsere Ponys, die an sich schon kürzere Beine haben als ihre großen Kollegen, müssen also an diesem Tag der Bewährung noch zusätzliche sechzehn Kilometer traben, keine kleine Leistung...

Trotzdem hielten sie durch und sprangen alle Hindernisse wie die anderen Pferde. Hinterher gestand Steffi, daß ihr an diesem Morgen hundeelend gewesen sei und sie das gute Frühstück, mit dem Mutter sie der Hubertusjagd wegen bedacht hatte, fröhlich wieder aufwärts gegessen hatte. Man könnte vermuten, das habe nicht, wie sie behauptet, am Lampenfieber gelegen, sondern an dem Zeugnis, das sie an diesem Tag bekam. Es war gottsjämmerlich schlecht, und Mutter bekam es so bald nicht vor die Augen. Wir glauben aber doch nicht, daß es Steffis Magennerven in Unruhe gebracht hat. Steffi ist Zeugnissen, jedenfalls Schulzeugnissen, gegenüber immer von einem staunenswerten, ja geradezu heldischen Gleichmut gewesen. Ihr Abgangszeugnis, das sie mit sechzehn Jahren bekam, ehe sie Pferdebursche auf einem Gestüt wurde, liegt heute noch vergraben unter Ausbindezügeln, Trensenringen und Turnierschleifen in ihrer Schublade, und keiner von uns durfte es beaugenscheinigen. Da Steffi nicht studiert, sondern Reitlehrerin werden will, ist das schließlich nicht so wichtig.

Der Nickel aber wußte, wie man sah, Bescheid über die merkwürdigen Halsschmerzen der Jungen, er hatte es wohl in seinem goldenen Himmelsbuch gelesen. Mutter wurde es schwül. Sie fragte ihn also ablenkend, ob er nicht eine Tasse Kaffee trinken und etwas Mohbabe essen wollte. Bei „Kaffee" schüttelte er noch den Kopf mit der riesigen Kapuze, bei dem Wort „Mohbabe" aber hörte das Schütteln auf. Man sah hinter seiner Brille die Augen groß und sehnsüchtig werden. Mutter gab Angela einen Wink, und die lief.

Mohbabe ist ein schlesisches Gebäck. Es besteht aus einem Teig, in den gemahlener Mohn hineingewickelt oder auch hineingebacken wird. Wer Weihnachten keinen Mohnkuchen ißt, hat das ganze nächste Jahr über kein Geld. Wir essen immer welchen, und so sehr viel Geld haben wir trotzdem nicht, aber immerhin...

Der Nickel strahlte, als Angela mit dem Tablett hereinkam. Die Stimmung hob sich. Uli war inzwischen hinausgegangen und hatte sich um das Pferd des Nickels gekümmert. Es kam ihm recht bekannt vor, jedenfalls spitzte es die Ohren, als er schmeichelnd: „Elfi, süße!" sagte. Die Jungen reiten ja jede Woche im Reitverein im Nachbarstädtchen, wo auch das Gymnasium ist. Und da sollte man sein Bahnpferd nicht wiedererkennen!

„Daß der Reitlehrer dir die Elfi gegeben hat, Nickel, das wundert mich aber", sagte Uli treuherzig und hielt dem Nickel den Steigbügel, als der nach Beendigung des Besuchs wieder aufsaß. „Er ist doch sonst so zach. Wie hast du das denn fertiggekriegt?" Er genoß es, seinen Geographielehrer duzen zu dürfen, ohne daß der etwas dagegen unternehmen konnte.

„Reitlehrer? Ich komme vom Himmel", brummte der Nickel und vertauschte seine Pelzhandschuhe mit ledernen, um die Zügel zu fassen. Uli grinste.

„Darf ich dich ein Stück begleiten?" fragte er in unnachahmlicher Höflichkeit. Sein Pony stand schon gesattelt bereit.

Der Nickel nickte, eigentlich wider Willen. Aber es war ihm lieb, einen Begleiter zu haben, der ihn zunächst über die Bundesstraße mit den vielen Autos und den Bahnübergang brachte, denn da war die Elfi unruhig und gar nicht von himmlischer Harmonie erfüllt gewesen. Unsere Ponys aber kennen diesen

Weg, und Pferde kleben im Gelände aneinander wie die Briefmarken. So ging alles gut, und Uli ritt fast bis zum Reitverein mit. Dort machte er aus irgendeinem fadenscheinigen, aber taktvollen Grund kehrt.

„Nun findest du wohl allein weiter, lieber Nickel!" sagte er und hätte der Elfi am liebsten noch einen ermunternden Schlag auf die Kruppe geknallt. Jedoch Diplomatie ist der beste Teil des Mutes, und wer wußte, was noch nachkam!

Es kam nichts nach. Uli hatte sich aber noch am selben Abend über Atlas und Geographiebuch gesetzt und mindestens zwei Stunden lang gebüffelt, bis ihm der Kopf rauchte. Auch ein verärgerter Lehrer wird zwangsläufig entgiftet, wenn er jede Frage, die er stellt, prügelfest und sekundenschnell beantwortet bekommt.

Diese kleine Begebenheit ist übrigens ein Beweis dafür, daß Reiterei und Schule keineswegs in Gegensatz zu liegen brauchen, man muß es nur richtig anfangen. – – –

Niemand möge annehmen, daß das Leben mit Ponys eitel Vergnügen und Entspannung mit sich bringt. Es macht auch eine Menge Arbeit. So, wie jede Hausfrau vor Weihnachten die ganze Wohnung blitzblank scheuert, so werden dort Stall und Sattelkammer, Ein- und Zweispänner, Geschirr, Sättel, Trensen und Kreuzzügel blinkeblank gewienert. Im Stall konnte Ben dies Jahr nicht mittun, wie er grienend feststellte. Dafür schleppte ihm Steffi täglich ein anderes Geschirr ans Bett, und die Wohnstube roch penetrant nach Sattelseife, uns übrigens ein guter und herzlich lieber Geruch.

„Du kannst putzen! Da muß Muskelfett hinein, streng dich nur an, sonst verkümmert dein Bizeps.“

Ben fügte sich in sein Geschick. Manchmal spielte er den Elenden und legte sich zurück, um Mitleid zu erregen, wenn aber Steffi dann wieder mit vor Eifer roten Backen hereinkam und ihm flüsternd erzählte, daß sie Uli diesmal einen geflochtenen Reitzügel schenkte, wurde er sofort wieder munter.

„Woher hast du den denn?“ fragte er begierig.

„Den mach ich selber. Du wirst schon sehen!“

Steffi hat Ideen. Sie schnitt aus einer nicht mehr gebrauchten Einspännerleine ein Stück Zügel in der richtigen Größe heraus, versah es an beiden Enden mit einem Karabinerhaken und stach dann mit der Ahle Löcher hinein, in regelmäßigen Abständen. Durch diese Löcher zog sie im Muster lederne Schnürsenkel, die sie für ein paar Pfennige gekauft hatte. Es war eine mühselige Arbeit, wurde aber Ulis schönstes Weihnachtsgeschenk. Uli reitet im Reitverein ein Pferd, das schwer an den Zügel geht. Da ist ein geflochtener Zügel Gold wert, er rutscht einem nicht so leicht durch die Faust. Natürlich nimmt er ihn auch für seinen Isländer. Der Zügel war jedenfalls ein großer Erfolg, und Uli war selig darüber.

Meist bekommen wir auch etwas für die Ponys geschenkt. Den Dogcart zum Beispiel brachte das Christkind. Es hatte es damals schwer, ihn bis zum Heiligen Abend verborgen zu halten. Wir waren das erste Jahr im Ponyhof, der ja ganz einsam liegt, und hatten demnach keine Nachbarn und auch sonst fast keine Bekannten. Das Christkind überlegte und überlegte, schließlich stellte es ihn in die Garage eines Fahrradhändlers im Städtchen.

„Wir holen ihn dann am Heiligen Abend ab“, sagte Mutter und gab ein Trinkgeld. Aber der Verräter schläft nicht.

Uli, derjenige von uns, der am besten schenken kann, noch dazu mit wenig oder gar keinem Geld, Uli hatte sich wieder einmal etwas Großartiges ausgedacht. Er wollte allen seinen Schwestern geputzte Fahrräder schenken, brachte also eins nach dem andern unter irgendwelchen Vorwänden in die Stadt, fragte beim Fahrradhändler, ob er sie dort stehenlassen dürfte, und putzte, ölte und schmierte. Eines Tages kam er aufgeregt heim.

„Es muß noch mehr Ponys in der Stadt geben“, erzählte er, „da steht ein Einspänner, ein ganz großartiges Gig, also ich sage euch...“

Er fing an zu beschreiben. Mutter rutschte auf ihrer Eckbank hin und her. War er wirklich so harmlos?

Er war es. Die andern horchten zwar mit aufgerissenen Augen zu und ließen sich jede Einzelheit genau schildern, keins aber machte eine diesbezügliche Bemerkung. Mutter stellte fest, daß man „noch nichts zum Abendbrot“ habe, und schmuggelte sich aus der Wohnstube, suchte sich ein Fahrrad. Auf diese Weise kam sie beinahe hinter Ulis Weihnachtsgeheimnisse, denn von den vier Rädern war nur noch eins da. Mit dem sauste sie in die Stadt und beschwatzte den Fahrradhändler so lange, bis er den Dogcart in die Scheune eines ihm befreundeten Bauern zu stellen und Uli auf Befragen grandios anzulügen versprach. Nur Mutters Aufregung über diese beinahe eingetretene Panne hinderte sie daran, in der Garage auf alte, gummibereifte Freunde zu stoßen.

Solche Sensationen gehören zur Vorweihnachtszeit wie Blockflöte und Strickzeug, kreischende Laubsäge und überkochender Leim, zugesperrte Schubladen und angstvolles Suchen: „Ich hab' es so gut versteckt, ich find es nicht wieder..." Jeder hat entsetzlich viel zu tun, und trotzdem vergehen die Tage nicht. Die auswärtigen Kinder schreiben oder rufen an, sie könnten erst im letzten Augenblick kommen, mit dem und dem Zug. Wir sehen im Kursbuch nach und merken, daß es den gar nicht gibt, rätseln herum und verlassen uns schließlich auf den sogenannten Anhalter. Wenn die Bundesbahn versagt, gibt es immer noch Autos, denen man winken kann, und kurz vor Weihnachten wird jedes arme Studentlein mitgenommen, das zu Muttern strebt.

In Westfalen ist es uns einmal passiert, daß Christine, damals noch Buchhändlerlehrling in Stuttgart, in Frankfurt den Anschlußzug nicht bekam. Er fuhr ihr vor der Nase weg. Sie rief an, sie käme erst nachts um eins. Das war ein langer Heiliger Abend! Die meiste Zeit davon saßen wir im Stall, fütterten die Ponys mit guten Bissen und erzählten uns Weihnachtsgeschichten. Unser Gutsherr war dann so rührend, Mutter in die Kreisstadt zu fahren und Christine dort vom D-Zug abzuholen, sonst hätte sie wiederum zwei Stunden auf Anschluß warten müssen. So standen die beiden doch „schon“ um elf vor uns, und auf einmal war es soweit, wie man es seit einem ganzen Jahr wünschte. Das Christkind beeilte sich, die Kerzen anzuzünden – und alle Warterei war vergessen.

Steffis Alleinritt

Warten aber gehört nun mal zur Weihnachtszeit. Ein Schritt vorwärts ist es ja schon, wenn wenigstens die Schule vorbei ist, und das war in dem Jahr, in dem sich die beiden ihre Alleinritte gewünscht hatten, relativ zeitig. Steffi wollte am neunzehnten Dezember in die Schule reiten, einem Samstag. Sie hatte alles bestens vorbereitet, vor allem die Unterkunft des Ponys in der fremden Stadt. „Fremd“ ist ein bißchen übertrieben, Steffi ging seit zwei Jahren dort zur Schule, aber um ein Pony unterzustellen, braucht man mehr als eine gute Schulfreundin.

Sie hatte sich mit der Mühle in Verbindung gesetzt. Die gehört einer Dame, die auch reitet, Pudel züchtet und demnach in Ordnung ist. Sie lud Steffi ein, über den Sonntag bei ihr zu bleiben und erst am Montag zurückzureiten. Aber Steffi wollte nicht. Erstens mochte sie keinen Adventssonntag zu Hause verpassen, und zweitens hatte sie sich vorgenommen, sich einmal einen Tag richtig sattzureiten, wie sie sagte.

Sechzehn Kilometer wollten geritten sein. Um rechtzeitig in der Schule zu sein, mußte Steffi zu wahrhaft unchristlich früher Stunde aufbrechen. Es war eine jener pechdunklen Nächte, in der man nicht die Hand vor den Augen sieht und beim Reiten kaum die helle Mähne seines Fuchses, geschweige denn unsere kleinen Rappen. Steffi nahm Gloa, die schnellere unserer Isländerstuten.

Steffi hatte Gloa heimlich mit mehr Hafer gefüttert als die andern, genau wie Ben es insgeheim mit Winnetou tat. Wir andern taten, als sähen wir das nicht. Früh um fünf fütterte Steffi noch mal, um sechs saß sie auf.

Mutter war auch schon wach. Sie hockte meist in den frühesten Morgenstunden an der Schreibmaschine, weil ihr da noch was einfällt. Später am Tag werden alle Gedanken von unvorhergesehenen Ereignissen, von Besuch und täglichen Kleinkatastrophen zugeschüttet. Heute aber verzichtete sie aufs Tippen und schwang sich aufs Stahlroß. Steffi sah es mit Unbehagen.

„Du willst doch nicht etwa mit?" fragte sie mißtrauisch und guckte auf Mutter herunter.

„Gott bewahre, was soll ich denn in Schorndorf! Ich will nur –"

„Na, was denn?"

„Sehen, wie hell es ist. Willst du nicht eine Taschenlampe einstecken?"

„Wozu denn das, um Himmels willen? Es wird doch hell."

„Na, um beispielsweise einen zerfetzten Riemen zu reparieren." Mutters Stimme klang schüchtern und beinahe entschuldigend. Steffi klopfte sich im Schutz der Dunkelheit mit dem Zeigefinger an die Stirn. Mutter entging diese Bewegung nicht, obwohl sie sie nicht *sah*. Sie *übersah* sie aber.

Sie kam sich selbst etwas gluckenhaft vor. Wie oft ritten die Kinder allein aus! Aber es war wirklich mordsdunkel, und sie wußte, daß Steffi nicht die Straße reiten würde (und auch nicht sollte). Die Straße ist hart und auch frühmorgens voller Autos, die einen mit ihren Scheinwerfern blenden und knapp überholen. So war es natürlich das Gegebene, über die Wiesen zu reiten. Dort aber gab es eine Anzahl Gräben, sehr beliebt bei herbstlichem Querfeldeintoben, jetzt aber? Man sollte sich doch wenigstens überzeugen, ob man diese Gräben auch sah.

Man sah sie. Jedenfalls Gloa sah sie. Sie zog los wie ein D-Zug, als befände sie sich im Pulk anderer Pferde auf der Hubertusjagd. Mutter konnte, etwas oberhalb der Wiesen auf der großen Straße radelnd, kaum das Tempo halten, so kräftig sie auch in die Pedale trat.

Sie sah aber zu ihrer Beruhigung, daß die Islandstute bombensicher ging. Erster Graben – hopp – zweiter – hopp – Steffi quiekte halblaut und selig vor sich hin. Das sollte nun sechzehn Kilometer so weitergehen! Als Wiesenweg und Straße einander wieder näher kamen, rief Mutter den beiden zu, winkte sie zu sich heran und stieg ab. Sie tätschelte Gloas Hals ab und gab Steffi noch die üblichen Ermahnungen mit: höflich sein, sich schön bedanken, daß Gloa in der Mühle stehen durfte, pünktlich zurückkommen...

„Jajaja", sagte Steffi und nahm die Zügel auf. Mutter kehrte um. Sie hatte zu Hause genug zu tun und war auch völlig beruhigt. Die beiden kannten einander und kamen gut miteinander aus. Eine Kateridee, ihnen einreden zu wollen, daß man wenigstens eine Taschenlampe brauchte. Was sollte passieren?

So sagt man. Und so würden auch die meisten Mütter denken, deren Kinder von klein an auf Pferderücken sitzen. Es geschah aber doch etwas Unvorhergesehenes, keine drei Kilometer hinter der Stelle, wo man sich verabschiedet hatte. Steffi blieb in der Dunkelheit mit dem Bügel an einem Zaunpfosten hängen. Der Bügelriemen riß. Steffi parierte durch und sprang ab.

Erst dachte sie, der Bügel sei nur ausgehakt. Dann aber merkten ihre tastenden Hände, daß der Riemen noch dran war, nur der Bügel war weg. Er mußte, vom durchgerissenen Riemen abgefallen, im Schnee liegen und leicht zu finden sein. Steffi suchte. Sie suchte sehr lange und leider vergeblich.

Die Uhr konnte sie nicht erkennen. Daß es aber allmählich Zeit wurde, weiterzureiten, das hatte sie im

Gefühl. Kurz entschlossen schlug sie den zweiten Bügel hoch und ritt ohne weiter. Wir reiten oft und gern ohne Bügel, und jeder gute Reitlehrer bestätigt einem, daß man dadurch nicht dümmer wird, tiefer in den Sattel kommt und besseren Knieschluß lernt.

Freilich, bei Distanzritten? Isländer reiten sich nackt, also nicht nur ohne Bügel, sondern auch ohne Sattel, phantastisch gut, sie stoßen fast gar nicht. Mit Sattel und ohne Bügel aber, die ganze Zeit also ausgesessenen Trab, das ist schon etwas anderes.

Natürlich trabte Steffi nicht die ganze Zeit. Sie galoppierte auch, wo die Bodenbeschaffenheit es zuließ, und durch die Ortschaften ritt sie Schritt. Diese beiden Gangarten sind für den Reiter sehr schonend. Allmählich wurde es hell. Gloa hatte Reif an Brust und Barthaaren, als sie in Schorndorf einritten, und Steffis Backen brannten vor Kälte.

In der Mühle nahm man die Ponystute freundlich auf. Sie kam in eine Boxe, die bis in Kniehöhe voll schönstem, trockenem Stroh lag, und die Krippe war auch nicht leer. Genießerisch wühlte sie sich hinein; gewöhnt, draußen zu kampieren, genoß sie die Verwöhnung aus vollem Herzen und begann sofort zu fressen. Steffi nahm ihr den Sattel ab, hängte ihn weg und gab Gloa einen abschiednehmenden Klaps auf die Kruppe.

„Ruh dich schön aus, Alte!“ Und nun fix die paar Schritte in die Schule.

Jetzt erst fiel ihr ein, daß sie ja nichts zum Umziehen mitgebracht hatte. In Reithosen in die Schule? Schön war das nicht. Ein Blick auf die Uhr zeigte, daß es noch Zeit war. So rannte sie zu einer Klassenkameradin, die in der Nähe wohnte. Ob sie...

Klar! Sie bekam, was sie wollte, einen dicken Rock und einen Pullover. Vergnügt zogen sie gemeinsam los. Am letzten Schultag vor den Ferien wird nicht allzuviel verlangt. Steffi fand, daß Schule auch erholsam wirken kann.

Mittags sollte sie bei besagter Freundin mitessen. Aber nein, danke vielmals, es zog sie zu Gloa. Sie wechselte also nur die Kleider und lief zur Mühle. Gloa stand und wieherte ihr entgegen. Jetzt war es hell, und man konnte nach der Uhr reiten. Gloa ging ab, als wollte sie einen olympischen Rekord brechen. Heimzu laufen alle Ponys wie der Wind.

Steffi genoß den schnellen Ritt. Als sie an der Stelle ihrer morgendlichen Panne angekommen war, saß sie ab und guckte sich noch mal im Schnee um. Kein Bügel. Der konnte sich doch aber nicht in Luft aufgelöst haben? Wo – aha, dort! Da hing er oben am Zaunpfosten, deshalb hatte sie ihn heute früh nicht gefunden! Immer nur waren ihre Hände tastend über den Schnee auf dem Boden hingefahren. Wer sollte auch so was vermuten! Tja, mit einer Taschenlampe...

Steffi brach diesen Gedankengang ab. Sie fädelte den Bügel wieder auf den Riemen. Wenn man den kürzer schnallte, also das abgerissene Stück sozusagen ausklammerte, ging es, und sie saß wieder auf. Ach ja, Bügel sind doch eine gute Erfindung, sie

konnte es nicht leugnen. So ritt sie wenigstens die letzten Kilometer ihres Distanzrittes im leichten Trab und genoß das sehr.

Zu Hause wartete schon das Mittagessen. Steffi futterte ihren Teller im Stehen leer, keiner fragte sie, warum. Wir mußten uns beeilen, heute war Reitstunde in Gmünd. Eyglo stand schon gesattelt bereit, und Ben saß auf Winnetou, während Mutter und Uli den Dogcart fertig machten. Bis zur Reithalle rechnen wir eine reichliche Stunde. Los!

Wir kamen zur Zeit an. Steffi bekam in dieser Reitstunde den Farnese, ein nicht leicht zu reitendes, etwas nervöses Pferd, bei dem man beständig aufpassen muß. Mutter hatte die Elfi, die sozusagen eine Lebensversicherung darstellt, noch dazu mit Ausbindezügeln, und Ben und Uli saßen auf Peter und Gotenliebchen. Die „Familienstunde", wie unser lieber Reitlehrer maliziös grinsend sagt, nahm ihren Verlauf.

Natürlich reiten wir Kinder lieber in anderen Abteilungen, in denen, wo schon gesprungen wird oder auf zwei Zirkeln galoppiert, aber manchmal klappt das eben nicht. Mutter war auch ziemlich kleinlaut, daß sie mit ihren fortgeschrittenen Kindern Schritt halten sollte. Sie reitet zwar schon lange ihre Isländer, aber Stunden nimmt sie erst seit kurzer Zeit. Erst, seit Ben einmal energisch sagte: „Mutter, es wird Zeit, daß du dich mal um die Grundlagen des Reitens bemühst. So wird das ja doch nie etwas Gescheites."

„Vielleicht geh' ich da zunächst in die Voltigierabteilung?“ fragte sie scheinheilig, aber doch etwas gekränkt. In der Voltigierabteilung fangen die Kinder mit drei oder vier Jahren an. Ben blieb ernst und sachlich.

„Du kannst ja an der Eyglo versuchen, ob du raufkommst“ – und er machte es sofort wahr. Eyglo wurde ausgebunden und an die Longe genommen, und nachdem Uli und Steffi ein paarmal im Trab oder Galopp auf- und abgesprungen waren, mußte Mutter ran. Zu ihrem grenzenlosen Erstaunen – sie ging los mit Todesmut und allen Kräften, um sich nicht zu blamieren – kam sie wirklich auf Eyglo, sowohl im Trab als auch im Galopp, was ihr Selbstbewußtsein ungemein stärkte. Als sie später unser erstes Enkelkind bekam – Christine hatte inzwischen einen jungen Freund unseres Hauses, einen Schlesier, geheiratet –, feierten wir dieses Ereignis auch mit einer Voltigierstunde, und Uli hielt die voltigierende Großmutter sogar im Bild fest.

Diese vorweihnachtliche Reitstunde ging also ohne Komplikationen vorbei, und dann verabschiedeten wir uns herzlich und mit guten Festwünschen vom Reitlehrer. Mutter saß schon im Dogcart, Uli neben ihr. Ben hatte Winnetou erklettert, und für Steffi stand Eyglo bereit.

Da, als sie den Fuß in den Bügel hob und aufsitzen wollte, hielt sie inne.

„Ja, was gibt’s denn?“ fragte Mutter. Sie hatte Steffi zufällig zugesehen.

„Ach, Mutter, wenn es dir nichts ausmacht... vielleicht reitest du heute die Eyglo und ich fahre? Ich meine nur..."

Dreißig Kilometer ohne Bügel auf dem Pferd, dann acht weitere im Sattel, darauf eine Reitstunde, in der man weidlich gewalkt wird – Mutter stieg sofort vom Dogcart und auf Eyglo. Steffi stopfte sich einen Arm voll Heu unter die Sitzfläche, ehe sie die Zügel aufnahm. An diesem Tag war sie, wie sie sich vorgenommen hatte, sattgeritten.

Wir haben Besuch

Am nächsten Tag, dem vierten Adventssonntag, platzte bei uns wieder einmal eine Kiste mit Besuch. Es kam junger und alter, bekannter und „neuer". Neuer Besuch, das sind Leute, die Ponys entweder ansehen, streicheln, füttern oder auch kaufen wollen, die so lange vor dem Stall oder am Zaun stehen, bis man sie hereinholt, die staunen, wieviel Platz in unserem Streichholzschachtelhaus ist, und es so gemütlich finden, daß sie nicht wieder gehen, ehe mindestens drei Stunden vergangen sind. An diesem Sonntag kam der Besuch familien- und haufenweise, es war ein blau-gold-weißer Tag mit Sonne und Schnee und wundervoller Luft, und Mutter schnitt den ersten

Stollen an. Wir saßen eng geschart um den achteckigen Tisch in der Wohnstubenecke und erzählten uns endlose Ponygeschichten. Eine Stuttgarter Familie war mit Kind und Kinderschwester da, sie besitzen zwei Ponys und ein Pferd, und die älteste Tochter, ein zwölfjähriges, sehr couragiertes Mädel, ist im Sommer in England schon Jagden hinter dem lebenden Hirsch mitgeritten. Auch die Mutter reitet. Zu diesem Besuch gesellte sich unser geliebter Ofensetzer, der mit vier eigenen und zwei geborgten Kindern, die schon größer sind, auf dem Hohenstaufen wohnt und seine Stute immer zum Decken zu Winnetou bringt. Er hat uns einen herrlichen Ofen gebaut, auf dem man in der Küche kocht und der gleichzeitig die Wohnstube mitheizt, das konnte hier im Schwabenland sonst niemand. Unser Meister stammt aus dem Sudetenland, und nun saß er auf dem Ofenbänkchen, wärmte sich den Rücken an seinem eigenen Machwerk und blinzelte vergnügt durch seine Nickelbrille. Er spricht ein zartes, gleichsam nur angedeutetes Sächsisch, wie es den Leuten an der oberen Elbe eigen ist, und wir entzücken uns immer wieder von neuem daran.

„Was haben Sie denn in der Kriegsgefangenschaft gemacht?“ fragt bei jedem Besuch irgendein Kind, und alles lächelt selig, wenn der gute Mann ahnungslos und unbefangen:

„Nu, Eefen!“ antwortet.

Wir tranken Kakao zu Stollen und Pfefferkuchen, und dann fingen die Größeren an zu tanzen. Wenn man in unserer Mädelstube, wo die Schwestern schlafen, das überlange Bett, das wir den Doppeldackel nennen, hochklappt, haben wir ganz hübsch Platz zum Tanzen. Ein Plattenspieler ist auch da. Es ging rund.

Schließlich, als die Jugend zu Puste kommen mußte, schlug jemand vor, wir sollten Pfänderspiele spielen. Mutter war sehr dafür. Sie brachte eine leere Weinflasche an und meinte, wir sollten doch mit Flaschendrehen beginnen.

Dieses Spiel spielen wir nicht so, wie es überall bekannt ist – indem man im Kreis sitzt und eine Frage aufwirft, ehe man die Flasche dreht. Auf wen sie zeigt, der bekommt demnach Drillinge, reitet im nächsten Turnier eine M-Dressur als Sieger nach Hause oder fällt durchs Abitur, je nachdem, welche Frage man stellte. Sondern wir spielen es wie folgt:

Einer dreht die Flasche, und der, auf den sie zeigt, darf an irgend jemanden in der Runde eine Frage stellen. Dieser muß sie wahrheitsgemäß beantworten. Ich bitte alle Leser, es sich gut zu überlegen, ehe sie dieses Spiel versuchen. Man kann ziemlich hineinfliegen, sich freilich auch für angetane Schmach hämisch rächen.

Es ist jedem freigestellt, sich mit wahrheitsgemäßen, aber gut gewählten Antworten doch noch aus der Affäre zu ziehen. So war Mutter einmal gemein genug, bei diesem Spiel eine Bekannte, die ständig mit ihrer Figur protzt, dabei aber leidenschaftlich gern ißt, zu fragen: „Was wiegen Sie eigentlich genau?“ Die

Betreffende nahm übel. Als die Flasche auf sie zeigte, kam die Rache.

„Und was verdienen Sie?" fragte sie Mutter.

Kein Mensch läßt sich gern ins Portemonnaie gucken. Wer viel verdient, versucht als armer Schlukker dazustehen, und wer wenig hat, gibt große Trinkgelder und stellt sich nobel. Vielleicht ist er es auch wirklich. Wir jedenfalls haben bei relativ armen Leuten oft eine erstaunliche Noblesse erlebt. Aber sagen, was man verdient – nein, das paßt weder dem einen noch dem andern.

Mutter zögerte. Alles grinste und freute sich. Schließlich kam ihr ein rettender Gedanke.

„Bei den kleinen Reihen, in denen verschiedene meiner Bücher erscheinen, etwa fünf Prozent, bei größeren siebeneinhalb bis zehn. Nun können Sie sich das selbst ausrechnen, wenn Sie den Preis meiner Bücher kennen, und daran zweifle ich nicht. Denn wer soll sie wohl kaufen, wenn nicht meine wohlwollenden Bekannten."

Somit zog sie sich leidlich aus der Schlinge. Zu Hause aber ist sie manchmal reingefallen, wenn sie dieses Spiel, das wir gar nicht sehr schätzen, vorschlug. Wir fragen sie dann, ob sie sich mit dem oder jenem Bekannten heimlich duzt oder ob sie am letzten Tag in Stuttgart wirklich die ganze Zeit in einem Verlag gewesen oder vielmehr in Kinos oder Cafés gesessen habe, und ob *allein*???

So ist sie schon vorsichtig geworden, aber an diesem Adventssonntag hatte sie ihre Gründe, dieses Spiel vorzuschlagen. Als die Flasche endlich auf sie zeigte, fragte sie Ben:

„Welchen Weg wirst du morgen mit Winnetou reiten?“

Sie wollte ihm so gern entgegenkommen, auf Gloa oder Eyglo oder mit dem Dogcart. Es gibt aber von Murrhardt zum Ponyhof zwei Wege, beide gleich lang, eigentlich auch gleich günstig: einen über den Ebnisee und einen andersherum. Ben hatte nicht gesagt, was er vorhatte, und sich von Mutter „abholen“ lassen, das ging ihm ernstlich gegen die Mannesehre.

Jetzt mußte er Farbe bekennen. Er saß da und guckte Mutter grübelnd an. Alles wartete gespannt. Dann ging ein winziges Zucken über sein Lausejungengesicht:

„Den, den ich für den besten halte“, sagte er bieder und ernst.

Auf diese Weise wurde es für ihn ein wirklicher Alleinritt am kürzesten Tag des Jahres, und sogar das Verpflegungsgeld brachte er wieder mit. Mutter hatte ihm zwei Mark in die Hand gedrückt und eingeschärft, daß er unterwegs eine Pause machen und etwas essen solle. Aber er wurde dieses Geld nicht los. Wo immer er mit seinem kleinen Schimmel erschien, rissen sich die Leute darum, ihn zu verpflegen. Sie brachten Leckerbissen für Pferd und Reiter und nahmen keinen Pfennig dafür. Wir haben das überall beobachten können. Die Liebe zum Pferd steckt noch in den Menschen, vor allem im Stadtmenschen. Die

Bauern gucken mißtrauisch, sie kommen sich auf irgendeine Weise auf den Arm genommen vor angesichts so kleiner Pferde. Die Stadtleute aber fließen über vor Rührung und Zärtlichkeit. Es muß die Sehnsucht nach der lebendigen Kreatur sein, was sich hier zeigt, je weiter von der Natur, desto heftiger. Jeder weiß, wie tierlieb beispielsweise der Berliner ist. Da braucht nur eine Wildente mit nachfolgenden Jungen über die Charlottenburger Chaussee zu watscheln – wir haben das zufällig mal erlebt –, und der ganze Verkehr stockt, die Autos halten in Zwanzigerreihen.

„Ogottegott, nee aber, det wird doch nicht –"

Bens Alleinritt durch den Schnee wurde ein voller Erfolg. Seitdem murrt Mutter allerdings in regelmäßigen Abständen, wann *sie* sich denn mal einen Sonderwunsch erlauben und allein über Land reiten dürfe...

Lüttenweihnachten

Am Tag vor dem Heiligen Abend wird bei uns Lüttenweihnachten gefeiert. Wir stammen nicht aus Norddeutschland, wo es diese Sitte gibt, wo den Vögeln und Hasen beschert wird – wir nennen es aber so, weil wir einmal darüber lasen. Auch in Norwegen und Schweden ist es üblich, den Vögeln eine Getreidegarbe aufzustellen und Späne mit Fett zu bestreichen, auf denen die Meisen turnen, und den Kühen und Schafen einen besonders guten Mehltrank zu bereiten. Wir sammeln die ganze Adventszeit über altes Brot, und Mohrrüben werden extra dazugekauft. Am Tag vor Weihnachten, am dreiundzwanzigsten also, bekommen die Ponys einbeschert.

Unser Garten ist hierfür sehr geeignet. Als wir Haus und Hof einrichteten, wollte Mutter unbedingt, daß jedes Stückchen, jeder Quadratmeter Boden für die Ponys genützt werden solle. Arndt, der an seine Freunde und Freundinnen dachte, die er irgendwann einmal mitbringen würde, widersprach.

„Man muß ins Haus kommen können, ohne in Ponymist zu treten“, erklärte er kategorisch und zeichnete unser Grundstück samt Haus mit Kreide auf den Küchentisch. „Hier kommt man rein, und hier geht man hinunter zur Haustür. Bis hierher muß der Vorgarten gehen. Wir ziehen einen zweiten Zaun. Innerhalb von dem mag Uli Blumen und Sträucher pflanzen, soviel er will, Goldraute und Sonnenblumen, Phlox und Dahlien, Studentenblumen und ein paar Rosenbüsche. Könnt ihr euch das nicht hübsch denken? Und oben an der Einfahrt kommt ein Forsythienstrauch hin, ein Lebensbaum und in die Ecke eine Tanne. Einverstanden?“

„Aber das Gras, das Gras! Soll das verlorengehen?“ jammerte Mutter, die ihren Ponys jedes einzelne Hälmchen gönnte. Arndt schnitt den letzten Einwand ab.

„Wozu gibt es Sensen? Wir schneiden, wenn es zu hoch wird, und geben es ihnen so. Schluß der Debatte."

Dagegen kam Mutter nicht mehr an. Sie räsonierte noch, gleichsam als abziehendes Gewitter:

„Soll ich da etwa die Sense schwingen?"

„Du sollst nicht, aber du darfst. Ich kenne einen Schriftsteller, der tut das aus Passion, auch ohne daß er Ponys hat. Außerdem macht es ausgesprochen schlank..."

Mutter horchte auf.

„Und hier stellen wir die Wäschepfähle auf", sagte Arndt und zeichnete vier kleine Kreise in sein Grundstück ein, „eines Tages hast du Enkel, und wo willst du dann die Windeln aufhängen, wenn überall Koppel ist? Weißt du nicht mehr, daß die Ponys alle Wäsche von der Leine nehmen? Oder willst du keine Enkel haben?"

Damit hatte er gewonnen. Seit Ben dem zärtlichen Alter entwachsen ist, nicht mehr auf den Schoß genommen und abgedrückt werden mag, vergeht keine Woche, in der Mutter nicht nach Enkeln seufzt. „Fünf Töchter und drei Söhne, und noch kein Enkelkind", jammerte sie oftmals, wenn Besuch nach ihrem Nachwuchs fragte, und sie sagte es immer so, daß wir es genau hören mußten. Inzwischen haben ihr zwei Töchter den Gefallen getan, davon aber später. Das Haus bekam seinen Vorgarten, und in dessen Ecke steht ein kleiner Nadelbaum.

Den brauchen wir für Lüttenweihnacht. Am Tag

vor dem Heiligen Abend wird er mit Kerzen besteckt, und außerdem kleben wir noch auf jeden Zaunpfosten oben am Weg entlang je einen Kerzenstummel vom vorjährigen Christbaum. Mutter hebt alle auf, sie hat noch immer den Aufhebetick aus der Zeit, in der es nichts zu kaufen gab, in der wir sogar die Christbaumkerzen selbst gossen, in Aspirinröhrchen mit Baumwolle als Docht.

Es ist nicht leicht, Kerzen auf einem Bäumchen zu befestigen, wenn dicker Schnee liegt. Man will diesen zärtlichen Weihnachtsschmuck ja nicht herunterwerfen, aber die Kerzen sollen auch halten. So kostete es immer einige Mühe, bis man den Baum für Lüttenweihnachten fertig hat. Und nun wird der Korb geholt mit Brotrinden, Zuckerstücken, Karotten und kleinen Äpfeln. Es muß dämmerig sein, ehe die Ponys beschert bekommen, aber das ist es um diese Zeit ja schon am späten Nachmittag. Ben hat die Weihnachtsklingel hervorgekramt und bimmelt damit. Die Ponys horchen auf.

Ob sie sich wirklich an voriges Jahr erinnern? Oder ob sie halt kommen, weil wir sie rufen und locken und sie gewohnt sind, sich heranzupirschen, stets in der Hoffnung, etwas Leckeres zu erwischen? Wir lassen sie in die äußere Koppel, von der aus man ganz nahe an den Christbaum herankann, und Uli spielte dazu ein paar Weihnachtslieder auf der Blockflöte. Und nun stehen unsere geliebten Vierbeiner und schnurpsen und kauen, stoßen sich gegenseitig weg und bohren ihre Köpfe in den Korb, werfen uns vor Gier und

Zärtlichkeit beinahe um und drängeln und betteln. Ringsum ist es schon beinah dunkel, und der Nebel des Bachtals malt um die Lichter der Lüttenweihnachtskerzen große, silberne Höfe. Dahinter ahnt man den Wald, groß, dunkel und still.

Einmal geschah es, daß unsere Studenten, die gerade in diesem Wintersemester in Marburg studierten, wo auch unser Vater nach dem Ersten Weltkrieg seine beiden Anfangssemester verbrachte, alle drei zusammen heimkamen, am dreiundzwanzigsten Dezember. Sie trabten miteinander den schmalen Weg vom Städtchen zum Ponyhof herauf, beladen mit Koffern und Seesäcken, Kartons mit Weihnachtsgeschenken, Büchern und Skiern, gerade als wir Lüttenweihnachten feierten. Schon von weitem sahen sie einen Schein, der oben und nicht unten auf halber Höhe am Hang leuchtete, dort, wo man sonst die freundlichen Augen unseres Häuschens blinzeln sieht.

„Was machen die denn?" brummte Arndt, und Lotte verlängerte ihre Schritte, während Angela sich schon ihren Teil dachte. Sie sagte aber nichts. Jetzt unterschied man schon einzelne Lichter. Unbeschreiblich lieblich und golden leuchtete ein Christbaum im Schnee und Nebel, ein wundersames, mit nichts anderem zu vergleichendes Licht.

Mutter und die kleineren Geschwister hörten nichts von den Schritten hinter ihnen im Schnee. Sie lachten und schalten mit den Ponys, während sie versuchten, die Christgaben möglichst gleichmäßig zu verteilen, und fanden sich plötzlich umhalst und abgeküßt von ihren heimkommenden Großen. Das war eine Freude! Mutter, die mitunter erstaunlich sentimental sein kann, lachte und weinte. Sie küßte mal die Ponys und dann wieder die kleinen Jungen, die ja sowieso noch zu Hause sind, stolperte schließlich mit all ihrem Nachwuchs den Weg zum Häuschen hinunter, schob alle Mann in die Küche, legte ein paar Scheite aufs Feuer und kochte eine heiße Suppe. Um den Tisch in der Küche, um den die Eckbank läuft und über dem der Adventskranz hängt, hockten sich die Heimgekommenen, und keiner kam mit einem Satz richtig zu Ende.

„Also, daß wir das noch geschafft haben, ehe es ganz dunkel war..." Sie kamen wieder einmal mit Anhalter, obwohl sie das eigentlich nicht sollten. Was aber will man machen, wenn das Semestergeld für Weihnachtsgeschenke ratzebutz draufging?

„Ich habe extra noch Blut gespendet –"

„Und meine Doktorarbeit ist –"

„Für Ben hab' ich was Süüüüßes, es fängt mit S an. Nein, weiter sag' ich nichts –"

„Ist eigentlich Post für mich da?"

„Nein, *unsere* Päckchen meine ich. Die, die an uns persönlich gerichtet sind. Die dürfen wir doch aufmachen, oder? Auch nicht? Auch erst morgen, nach der Bescherung?"

„Morgen, wie das klingt! Morgen, Kinder, wird's was geben!"

Mutter steht am Herd, fragt zwischen, kapiert vor lauter Aufregung und Seligkeit keine Antwort und schüttet die Nudeln, die in die Suppe sollen, aus Versehen in den warmgestellten Kakao. Und der Ofen knackert und bullert, es riecht nach Harz, nach Brühsuppe und nach Tannengrün, und Katrin, die schon eher kam und inzwischen im Haushalt segensreich tätig war, stellt, bis die Suppe fertig ist, eine große Holzschüssel mit Äpfeln, Nüssen und braunen Pfefferkuchen, mit Spekulatius und Lebkuchen auf den Tisch.

„So, damit ihr merkt, daß Weihnachten wird.“

„Aber ihr verderbt euch ja den Appetit!“ eifert Mutter. Die Angekommenen lachen.

„Wenn du wüßtest! Die Mensakarten waren schon vorige Woche alle, und zu Hause konnten wir uns nichts kochen, weil die Kohlen zu Ende waren. Und immer nur kalt essen, brrr, manchmal schüttelt es einen.“

„Wartet, hier! Nein, mit dem Kaltessen ist es für acht Tage vorbei –“, und strahlend setzt Mutter die dampfende Nudelsuppe auf den Tisch. „Vorsicht, sie ist heiß. Ich gebe sie aus. Nehmt die großen Kopjies.“

Ein freundlicher Holländer, dessen Bücher Mutter übersetzt, hat uns einmal eine riesengroße Kiste von jenen dicken, henkellosen holländischen Tassen geschenkt, aus denen man dort Kakao oder Suppe trinkt. Er war mit seinen zwei schönen jungen Töchtern wochenlang bei uns, die Mädel ritten, und er verliebte sich in Aki, unsere etwas zu früh geborene, winzige Ponystute, die er am liebsten mitgenommen hätte. Einmal kamen wir dazu, als er versuchte, sie im

Kofferraum seines Wagens zu verstauen. Beinahe wurde er gelyncht, so eine Empörung brach da aus!

Katrin holt die Kopjies, Steffi die Löffel. Uli ist dabei, die Kerzen des Adventskranzes – alle vier! endlich, endlich alle vier! – anzuzünden, und löscht dann die Lampe. Wir sitzen im Kreis vollzählig beisammen, was so selten geschieht. Ben betet. Es ist der „heilige Abend vom Heiligen Abend". Mutter muß ganz fix mit dem Ärmel über die Augen fahren, keiner darf es merken. Morgen ist Weihnachten!

Eine Weihnachtsüberraschung

Einmal bescherte uns das Christkind eine ganz besondere Überraschung. Wir hatten damals außer unsern ganz kleinen Ponys, den Shetties, und den beiden Islandstuten noch ein paar Isländer in Pension, die bei uns auf Weide liefen und von hier aus verkauft werden sollten. Die meisten Leute besinnen sich im Frühjahr auf ihre Pferdeliebe. So ist dieser Zeitpunkt der günstigste zum Verkaufen. Die Bauern in Island aber, die ihre Ponys herüberschicken, wissen das nicht oder scheren sich nicht drum. Sie sind überhaupt von einer sagenhaften Naivität. Als wir unsere erste Islandstute bestellten, wollten wir sie auch im Frühjahr haben, weil wir da auf den Ponyhof zogen. Wir hatten Haus und Grundstück im Herbst gekauft, wollten uns aber erst im März hier einrichten. Gloa jedoch traf schon eines Tages im Oktober ein, wie uns lakonisch mitgeteilt wurde. Es war gerade Laderaum auf den Schiffen frei gewesen. Die Ponys – es waren sechzehn Stück – könnten ja so lange in Hamburg am Kai weiden.

In Hamburg am Kai! Isländer haben merkwürdige Vorstellungen von Deutschland. Natürlich ließen wir uns unsere Stute sofort schicken, das Geld mußte eben aufgebracht und das Pferd in Westfalen untergebracht werden. Wir haben es nie bereut. Aber es gibt schon Aufregungen! Damals waren wir noch von der Nachsicht unseres Gutsherrn abhängig.

Manchmal, wenn Ponys bestellt und herzlich ersehnt werden – viele Eltern möchten sie ihren Kindern zu Weihnachten schenken –, kommen statt ihrer Kisten voll Fisch. Die kann man ja nicht als Ersatz unter den Christbaum stellen! Lieber Himmel, was haben wir manchmal geschwitzt, telefoniert, beruhigt und ermutigt. In jenem Jahr, von dem ich erzählen will, hatten wir also ein paar von diesen Zottelpferdchen auf unsere Weide genommen, um sie erst einmal unterzubringen. Es waren zwei Wallache, ein munterer, brandroter Sechsjähriger mit Stehmähne und einem unwahrscheinlich vorwärtsdrängenden Trab, Raudur, sofort Mutters erklärter Liebling – Mutter versteht zu wenig vom Treiben beim Reiten und liebt deshalb Pferde, die von selbst gehen –, und ein gutmütiger, schwerer Rappe, Jarpur, den man treiben mußte – wenn man es, wie gesagt, konnte. Dazu eine Stute, die im Sommer sicher bestechend in der Farbe sein würde, mausgrau mit dunklem Aalstrich den Rücken entlang, mit schwarzem Schweif, schwarzer Mähne und schwarzen Beinen. Jetzt sah sie schmutzig und zottlig aus, war faul, fett und verfressen. Wir nannten sie Dicke, weil wir ihren Namen nicht aussprechen konnten, der auf ihren Papieren stand. Reiten taten wir sie nicht, weil sie nicht vorwärts ging, und weil wir an Raudur und Jarpur, Gloa und Eyglo, Winnetou und Appelschnut genug der reitbaren Lieblinge hatten. Sechs Reitpferde – eine Wonne! Selten waren wir so viel mit den Ponys draußen wie damals.

Mutter baute nachts die Weihnachtsstube auf, eine Arbeit, die Stunden in Anspruch nimmt, weil wir so viele sind und bei uns jeder jeden beschenkt – und stand tagsüber in Stall und Koppel bei den Ponys. Und auch die übermüdetsten, abgearbeitetsten Studentlein vergaßen alles andere, wenn es früh hieß: „Wollen wir ein Stück los? Wer kriegt den Raudur?"

Natürlich haben wir nicht genug Sättel. Aber ebenso natürlich macht das nichts, dann reiten wir eben ohne. Stallhalfter hatten die drei Isländer mitgebracht. Steffi änderte sie in entsagungsvoller Nachtarbeit und schnallte Trensen hinein. Ersatzzügel wurden beschafft. Jeden Tag dieser gesegneten Weihnachtsferien ritt eine Kavalkade von sechs Mann los, entweder das Remstal entlang oder nach Welzheim hinauf, einmal in den Gmünder Reitverein und einmal nach Göppingen. Das aber ist eine Geschichte für sich. Ich wollte ja von der Dicken und der Überraschung erzählen, die sie uns bescherte.

Steffi war die Glückliche, die sie entdeckte. Sie hatte, da keiner im Wohnzimmer auf der Couch schlafen durfte – dort standen schon der Christbaum und die aufgebauten „Plätze“, also die bis dahin sorgfältig versteckten und nun herausgeholten Geschenke –, diese letzte Nacht im Stall geschlafen. Sie tut es gern, weil sie dann ihren geliebten Vierbeinern nahe sein kann, die zwar draußen schlafen, von Zeit zu Zeit aber zum Stall spaziert kommen, dessen Tür aus Latten besteht. Früh erwachte sie davon, daß eins der Ponys in regelmäßigen Abständen an die Stalltür bumste, als wollte es herein. Sonst sind die Ponys zufrieden, draußen schlafen zu müssen, auch in der größten Kälte, dazu wächst ihnen ja der dicke Winterpelz. Sie sind hart aufgewachsen, warum soll man sie verweichlichen. Jetzt aber schien eins der Tiere herein zu wollen. Steffi wischte sich den Schlaf aus den Augen, krabbelte aus dem Schlafsack und guckte durch die Heuluke hinunter. Und da wurde sie schnell ganz wach und turnte wie ein Affe leiterabwärts. Denn unten im Schnee stand neben der Dicken noch jemand, den wir gestern noch nicht gekannt hatten, ein kleines, vierbeiniges, tiefschwarzes Weihnachtswunder...

Die Dicke hatte gefohlt. Kein Mensch ahnte, daß sie tragend war, weder die isländischen Bauern, die sie verkauft hatten, noch wir. So etwas kommt vor. Ein

Glück, daß wir sie nicht mehr geritten hatten! Es war, als hätte ein guter Geist sie beschützt, denn natürlich ist es nicht gut, wenn man werdende Ponymütter bis zum letzten Tag reitet. Ihre Faulheit war ihr guter Engel gewesen. – Steffi riß den Stall auf.

„Komm rein, Dicke, komm, und du, Kleines, du darfst auch ins Warme. Komm nur, ich mach dir ein schönes, trocknes, warmes Strohbettchen!"

Das Kleine war äußerst munter und schon ganz zu Hause auf dieser winterlich-weihnachtlichen Welt. Es hopste neben der Mutter her, stieß mit dem Kopf unter ihren Bauch, suchte sich die mütterliche Quelle und saugte sich daran fest. Steffi versorgte die Dicke mit Heu und Mischfutter, sie wehrte die anderen neugierigen Ponys ab, die nun auch in den Stall, auch Heu und Kraftfutter haben wollten, und rannte dann hinüber ins Haus, Alarm zu schlagen:

„Wir haben ein Fohlen, wir haben ein Fohlen!"

Erst wollten es die Kleinen „Christkindel" nennen. Das aber ging wirklich nicht. Beim morgendlichen Weihnachtskaffee wurde beraten. Diesmal fehlte keiner, Steffis Alarm hätte Tote erweckt, und auch die müdesten Studenten waren wie der Teufel aus dem Kasten hochgefahren. Lotte hatte immer schon gesagt, sie wollte einmal am sechsten Dezember Drillingsjungen bekommen, die sollten Nikolaus, Ruprecht und Weihnachtsmann heißen. Konnte man von diesem Plan nicht ein Stückchen abschneiden? Das Fohlen war ein kleiner Hengst, also!

Die Meinungen prallten wild aufeinander. Genauso

viele stimmten für Nikolaus wie für Ruprecht, und jeder untermauerte seinen Geschmack und seine Meinung mit hieb- und stichfesten Argumenten.

„Nikolaus kann man gut in Niki abkürzen, und Niki klingt herrlich isländisch!"

„Ruprecht paßt besser, weil er sicher mal so ruppig aussehen wird wie seine Mutter!"

„Aber Nikolaus sieht im Zuchtbuch besser aus. Nikolaus klingt herrlich nach Stammvater!"

„Er ist dunkel. Dazu paßt nur ein dunkler Name mit vielen Vokalen!"

Es wurde dann „Nico", aus Nikolaus abgekürzt. Und es war sehr spannend, wer ihn bekommen würde. Die Dicke kam ja nicht als tragend zu uns, also verlangten die Kinder stürmisch, daß Nico uns mit Fug und Recht gehörte. Mutter mußte beschwichtigen und vertrösten. Das aber fand später statt, am Heiligen Abend herrschte eitel Glück und Sonnenschein, ich glaube, solch eine Überraschung vergißt kein Kind. Sie war auch vom Christkind ganz besonders nett ausgedacht.

Die Christnachtfahrt

Am Vierundzwanzigsten geht bei uns jeder, mit Ausnahme eines einzigen Freiwilligen, der bei Ponys und Haus bleibt, in die Christnacht. Dieser Kirchgang ist mit vielen Schwierigkeiten verbunden, denn gleich bei der Heimkunft wird beschert. Es muß also alles, aber auch alles fertig sein, wenn wir losgehen. Und jeder hat im Sonntagskirchenstaat zu erscheinen. Da wir sonst nicht viel Wert auf Sonntagssachen legen – Sonntagnachmittag-Spaziergänge gibt es bei uns nicht, sonntags wird nach Möglichkeit geritten – auf die Pferde aber passen weder Bügelfalten noch weiße Kleider –, so ergibt das immer ein fieberhaftes Suchen, Wehgeschrei und gegenseitiges Aushelfen.

„Irgend jemand muß mein gutes Hemd angezogen haben!“

„Ich finde meine Schuhe nicht!“

„Mein Mantel ist weg, er hing vorhin noch...“

„In *dem* Kleid kann ich nicht gehen!“

Mutter versucht, wie ein Fels in der Brandung zu stehen, hier zu helfen und dort zu trösten, da sie aber außerdem die Weihnachtsstube in allerletzter Vollendung verlassen muß, ist sie verständlicherweise abgelenkt. An jenem Weihnachtstag, an dem wir hier Schnee wie in Sibirien hatten, fand die Christnacht nicht wie sonst in der alten Stadtkirche, sondern ausnahmsweise im Kloster statt. Das liegt oben auf einem vorspringenden Hügel, der das Tal beherrscht.

Es ist alt, romanisch, wunderschön und, wie jeder weiß, die Grablege der Hohenstaufen. Man kann es von uns aus auf einem entzückenden Waldweg erreichen, der freilich länger ist als der durch die Stadt führende. Wir lieben ihn sehr. Da Schnee zu Weihnachten leider nicht das Übliche, sondern etwas besonders Schönes ist, beschlossen wir, uns einen unvergeßlich schönen Heiligen Abend zu schenken und diesmal zur Christnacht mit den Ponys zu fahren, durch den verschneiten Weihnachtswald. Arndt, unser Ältester, erbot sich, das Haus zu hüten. Er habe noch einen Brief zu schreiben, bei dem er ungestört sein wolle, wie er sagte. Wir vermuteten, er wollte sich die alljährliche Aufregung des Kirchgangs ersparen und überlegen zusehen können, wie alles durcheinanderwieselte.

Mutter schloß die Weihnachtsstube ab und nahm den Schlüssel an sich.

„Es ist kein Mißtrauensvotum, aber du könntest ja aus Versehen hineinlaufen..."

Arndt grinste, Mutter ärgerte sich, die Kleinen fanden wie üblich ihre guten Sachen nicht, und die schon eingespannten Ponys wanderten mit dem Schlitten davon, weil keiner auf sie aufpaßte. Sie wurden wieder eingefangen, zwei Mann ritten, ihre Kirchengarderobe wurde mitsamt allen andern im Schlitten verstaut. Los! Steffi hatte ein „Geläute" besorgt; Schlitten müssen durch den Schnee bimmeln. Wir kaufen, was wir an Geschirr, Sätteln und ähnlichem brauchen, bei einem Hamburger Händler, der aus alt neu macht. Dort hatte sie nach einem Geläute gefragt. Er schickte zwei, beide nicht mehr komplett, aber man könnte daraus ja eins machen, und beide stammten aus sehr guten Häusern. Da kauften wir sie natürlich unbesehen – man denke!

Mit diesem vornehmen Geläute bimmelten wir also durch den Wald. Es war traumhaft, wir begegneten niemandem als auf dem Rückweg einem verlaufenen Dackel, den Steffi sofort erkannte. Er wurde mitgenommen und noch am selben Abend seinen schon ganz verzweifelten Besitzern zurückgebracht.

Die Fahrt war wahrhaft unvergeßlich. Der stille Wald, die unberührten Wege, und das am schönsten Tag des Jahres! Am Kloster spannten wir aus. Alle Gebäude des Klosters, mit Ausnahme der Kirche, gehören jetzt zu einem Altersheim, und wir kennen die Heimeltern. So gab es keine Schwierigkeiten, die Ponys unterzustellen, und wohlgemut betraten wir die alte Kirche.

Zwei große Christbäume standen neben dem Altar, ihr Licht floß durch die sonst düstere Halle, und auf den Bänken und rings um das große, steinerne Grabmal mitten im Raum waren Wachskerzen aufgestellt. Wir kennen die Kirche von vielen Führungen, zu denen wir Besuch mitnehmen, vom Erntefest, wo das Bunt der Feldfrüchte und die Herbstblumen sie leuchten läßt, und von Konzerten her. So schön wie an diesem verschneiten Heiligen Abend haben wir sie nie erlebt.

Als der Gottesdienst beendet war, wurde es draußen schon dämmerig. Wir spannten ein, so flink es ging, entzündeten unsere Petroleumlampe, um den Vorschriften zu genügen, und bimmelten davon. Im Wald löschten wir die Lampe wieder. Hier würde uns heute keiner begegnen, und es war so schön, im Dämmer dahinzugleiten, über sich an dem Streifen Himmel, den die Bäume rechts und links des Weges freigaben, die Weihnachtssterne zu sehen und sich flüsternd zu unterhalten von früheren Weihnachten, bei denen der Vater noch dabei war, von späteren, bei denen die Enkelkinder, kaum geboren, in einen Pelzsack gesteckt und mit zur Christnacht fahren würden.

Kurz vor der „Fuchsklinge", einer steilen Schlucht, in die man vorsichtig im Schritt hinunterfahren muß, wurde Mutter unruhig. Sie fuhr mit den Händen in sämtliche Taschen, klopfte sich ab, förderte Taschentücher, Geldbörse, Ersatzriemen und Messer zutage, jedoch nicht das, was sie anscheinend suchte.

„Ja, was denn, um Himmels willen", fragten wir schließlich, „was suchst du denn?"

„Den Schlüssel!" Mutter war sehr kleinlaut. Wir hatten es überflüssig gefunden, vor Arndt die Weihnachtsstube abzuschließen – war er nicht alt genug, auf ein bloßes Verbot hin diesen Raum zu meiden? Mutter aber hatte darauf bestanden.

Wir hielten an. Mutter suchte und suchte. Schließlich sagte sie: „Verloren habe ich ihn nicht. Keine Tasche von mir hat ein Loch. Ich muß ihn –"

„Na, was denn?"

„In den Opferstock gesteckt haben. Ich hatte mir eine Anzahl Münzen in der einen Tasche zurechtgemacht, und die ist nun leer.“

Wir sahen uns an. Unsere Türschlüssel sind in der Tat klein, sie stammen noch aus der Zeit von vor der Währungsreform und haben etwa die Größe eines Fünfmarkstücks. Es war schon denkbar, daß Mutter in ihrer bekannten Schußlichkeit das ganze klirrende Durcheinander in den Schlitz der Büchse gestopft hatte...

„Da können wenigstens die Engel in die Bescherstube“, sagte Uli schließlich, während wir andern schwiegen. Ein schöner Trost. Was tun?

„Ich reite zurück“, erbot sich Uli, als keiner einen Rat fand, „ich kenne doch den Herrn Stadtpfarrer. Wenn ich ihn bitte, läßt er mich die Kollekte durchsuchen.“

Was blieb uns übrig? Mutter wagte nicht zu widersprechen, sie war froh, daß keiner schalt. Mit eingezogenem Kopf kroch sie wieder in den Schlitten, während Uli und Ben die Ponys wechselten. Uli nahm Gloa, die schnellere Stute, und entschwand im Galopp. Wir fuhren im Schritt weiter, dem Ponyhof zu, gabelten unterwegs besagten Dackel auf und versuchten, uns Mut zu machen.

„Vielleicht können die Jungen die Tür auch aufbrechen?“ schlug Katrin vor.

„Türen aufbrechen, am Heiligen Abend! Ihr seid verrückt“, murmelte Mutter verstört, „nein, wie kann man nur so dumm sein wie ich! Was würde Engelein sagen, wenn wir heute nacht mit der Axt an die Weihnachtsstubentür gingen!“

Engelein ist eine uns sehr nahestehende Dame, die wir für diesen Weihnachtsabend eingeladen hatten. Sie heißt von Engel und stammt wie wir aus dem Osten, und wir hatten sie gebeten und gebettelt, zu kommen – aus Göppingen, einem Städtchen, etwa achtzehn Kilometer weit vom Ponyhof entfernt. Sie kam oft, saß mit uns am warmen Ofen oder im Sommer draußen auf der Veranda, gab uns Ratschläge für die Ponyzucht – sie versteht viel von Pferden, hat jahrelang den Hof ihrer Familie bewirtschaftet – und fachsimpelt mit Mutter über Bücher. Dies Jahr hatte sie – wenigstens halbwegs – versprochen, am Heiligen Abend bei uns zu sein.

Freilich, sich Engelein vorzustellen neben einer eingeschlagenen Tür...

„Vielleicht findet Uli ja den Schlüssel“, trösteten wir, „vielleicht paßt auch ein anderer? Wir versuchen es erst auf zivile Art.“

„Jaja.“ Sehr zuversichtlich klang das nicht. Wir bimmelten schweigend und gedankenvoll durch den Schnee, die steile Straße hinunter, bogen ins Aimersbachtal ein – die Ponys legten an Tempo zu, sie wußten ja, hier geht's nach Hause – und entdeckten schließlich die Lichter unseres Häuschens. Da lag es, in den Schnee gekuschelt, und wartete auf uns, mit dem Christbaum und allen Geschenken, mit der gesammelten Freude und Liebe eines ganzen Jahres – im verschlossenen Zimmer. Vorhin, als wir losfuhren, hatten wir uns ausgemalt, wie wir zurückkommen würden, atemlos vor Entzücken und Vorfreude.

„Kinder, oh, Kinder!“ Mutter rief es so laut, daß Winnetou einen entsetzten Sprung vorwärts machte. „Kinder, wie kann man nur –“

„Was ist denn los? Was hast du denn jetzt wieder?“ fragten wir schreckensbleich. Mutter schlug sich mit der flachen Hand vor die Stirn.

„Ich muß völlig meschugge sein! Ich habe ihn ja, den Schlüssel! Ich habe ihn – hier!“

Sie hob ihre linke Hand in die Höhe. Der Ärmel des Anoraks rutschte zurück, und mitten im Sternenschein sahen wir es glitzern.

„Ich habe ihn auf das Uhrarmband gefädelt und angeschnallt, *damit* ich ihn nicht verliere. Und das total vergessen! Hier ist er! Und Uli reitet zurück und bringt das ganze Kloster durcheinander! Nein, so was! Könnt ihr das begreifen?“

Wir konnten es freilich nicht. Aber wir sind bei Mutter an allerhand gewöhnt, und am Heiligen Abend mochten wir sie ja erst recht nicht kränken. So trösteten und beschwichtigten wir sie, so gut wir konnten.

„Was machen wir aber nun mit Uli?“

„Ben, reit ihm nach und sag –“

„Nein! Der Herr, der schickt den Jockel aus – ich glaube, wir machen es anders. Wir fahren nach Hause und rufen von dort aus das Kloster an, daß sie nicht erst suchen. Schnell, vorwärts, lauft, Winnetou und Appelschnut, zeigt mal, was ihr könnt!“

Die Ponys ließen sich das nicht zweimal sagen. Sie fielen in Galopp, sie griffen aus, daß die Schneebrokken uns um die Ohren sausten. Ben galoppierte voran, wir kamen nach wie die wilde Jagd persönlich. Arndt stand vor der Tür unseres Häuschens und erwartete uns.

„Alles in Ordnung?“

„O ja, es war wunderschön. Nur...“

Er bekam die Geschichte aus sieben Mündern auf einmal erzählt. Gottlob befindet sich das Telefon in Mutters Zimmer und nicht in der Wohn- und Weihnachtsstube.

„Das hätte nichts geschadet, wir haben ja den Schlüssel!“

„Richtig, das hatte ich schon wieder vertobt.“

Alles ging gut. Uli war soeben im Kloster angelangt, als wir die Verbindung bekamen. Die Suche im Opferstock nach dem Schlüssel zur weihnachtlichen Seligkeit fiel also weg.

„Komm nach Hause, so schnell du kannst!“ sagte Arndt abschließend. „Du kannst dir vorstellen, wie wir hier alle lauern.“

Uli versprach es. Und er schaffte die nicht kurze Strecke in einer Rekordzeit, wahrhaftig. Wir anderen hatten kaum die Ponys versorgt, den Schlitten in den Schuppen geschoben und uns aus unseren Hüllen gepellt, da hörten wir schon sein „Hoiii!“ vom Ende des Tälchens her schallen. Herrlich, herrlich! Nur daß Engelein nicht herangeflattert war, betrübte uns sehr.

„Sie hat vorhin angerufen. Sie mag bei dieser

Schneeglätte nicht kommen", berichtete Arndt. „Sie läßt euch alle sehr, sehr schön grüßen."

Wir waren betrübt. Engelein gehört zu unsern allerbesten Freunden, und wir hatten uns so gefreut – Mutter rief etwas später noch einmal an, um ihr wenigstens am Telefon nahe zu sein. Zunächst aber ging alles andere unter in dem seligen Bewußtsein: Jetzt ist es soweit! Jetzt ist der Höhepunkt des Jahres da, es ist kein Traum und kein Rückerinnern, es ist die Heilige Nacht. Die Klingel ertönt, und wir dürfen ins Wohnzimmer, wo der Baum sein sanftgoldenes Licht an die Holzwände unseres Häuschens strahlt, wo die Krippe unterm Baum steht und an jedem Platz eine Kerze neben dem bunten Teller, und...

„Halt, nein! Erst wird gesungen!"

Wir wenden unsere Blicke von den „Plätzen" ab, dem Klavier zu, an dem Angela sitzt, es wird gesungen, und dann nimmt Arndt die Bibel, stellt sich nahe an den Christbaum, damit er die Worte erkennt, die wir ja alle miteinander auswendig können, und beginnt: „Es begab sich aber zu der Zeit..."

Einzig schöne, herzbewegende, heilige Worte. Früher las Vater sie, jetzt tut es der Sohn. Vaters Bild steht alljährlich an Mutters Geschenkplatz, eine Kerze daneben, sonst ist es nicht Weihnachten bei uns...

„...und Friede auf Erden, und den Menschen ein Wohlgefallen, Amen!" schließt Arndt und klappt das Buch zu. Angela setzt ein, und alle singen mit:

„Es ist ein Ros entsprungen..."

Wir fahren zum Engelein

Am Heiligabend darf bei uns jeder ins Bett gehen, wann er will. Niemand *muß,* auch die Jüngsten nicht. Deshalb schlafen alle am Vierundzwanzigsten mittags, bis wir zur Christnacht gehen. So ist dieser Abend der längste des Jahres, manchmal kommt es uns vor, als nähme er nie ein Ende. Arndt holt meist eine Flasche Rotwein aus dem Keller, die Kleinen bekommen Saft, und wir sitzen im Weihnachtszimmer, lesen unsere Bücher an, knabbern von den bunten Tellern, öffnen Briefe und Päckchen, so daß man, wenn alles ausgepackt ist, in Packpapier und Bindfaden watet. Man erzählt, zeigt Geschenke herum, die Kleinen lassen ihre Eisenbahn schnurren, kurzum, es ist schon der allerschönste Abend des Jahres. Meist wird es früh, ehe wir uns trennen. Der eine oder andere schläft zwischendurch mal ein – übermüdet sind unsere Auswärtigen ja immer –, bekommt dann auf Wunsch einen starken Kaffee, und weiter wird gefeiert. Besonders schön sind die Schallplatten, die wir uns gegenseitig schenken, die Thomaner oder die Regensburger Domspatzen oder etwas aus dem Weihnachts-Oratorium.

Um Mitternacht gehen wir immer in den Stall. Wir müssen doch die Ponys besuchen, bringen ihnen Karotten und Brot und reden mit ihnen. Es heißt, daß die Tiere in der Heiligen Nacht sprechen können.

Schon Mutters Großvater sagte das, der Arzt auf dem Lande war und die weiten Wege seiner Praxis nicht per Auto, sondern mit einem halbhohen Fuchspony fuhr. Von daher stammt Mutters Liebe zu diesen kleinen Pferden. Fallada, so hieß Großvaters Pferdchen, wurde fast dreißig Jahre alt, bekam bei einem Onkel das Gnadenbrot und hatte noch Arndt, Lotte und Christine, unsere drei Ältesten, auf seinem Rükken getragen, ehe es in den Ponyhimmel hinüberschlief. Diese Fallada besuchte Mutter immer, als sie noch ein Kind war, in der Weihnachtszeit, und sie war fest davon überzeugt, daß sie sprechen konnte. Unsere Ponys können es auch, wir jedenfalls verstehen sie. Sie können uns sagen, was sie gern haben und was nicht, was sie erschreckt und worüber sie sich wundern.

Daß sie dazu keine Worte nötig haben und sich nicht nur in der Weihnachtsnacht verständlich machen können, braucht nicht erwähnt zu werden.

Am ersten Feiertag darf jeder schlafen, so lange er will. Mutter macht Feuer, sieht nach den Pferden, füttert, duscht und kriecht wieder ins huschlig warme Bett. Auf dem Herd steht ein großer Topf mit Fleischbrühe, die langsam und behaglich vor sich hin kocht, und auf dem Küchentisch eine Schüssel mit hundert Brötchen. Jeder, der Hunger kriegt, kann aufstehen, sich einen Becher voll Brühe schöpfen und so viel Brötchen dazu essen, wie er will. Wenn er satt ist, spült er den Becher aus und hängt ihn weg. Auf diese Weise brauchen wir kein Mittagessen und haben keinen Aufwasch. Durch die bunten Teller mit ihren Herrlichkeiten sind wir sowieso nicht so hungrig.

Manche von uns stehen aber doch auf. Die elektrische Eisenbahn surrt im Weihnachtszimmer, wo die Jüngsten in Schlafanzügen hocken und die neue Lok mit der alten um die Wette sausen lassen, und wenn das Christkind etwas für die Ponys gebracht hat, ist mindestens Steffi auf. Sie hat Mutter schon im Schlafanzug mit Mantel, Bademantel oder Trainingshose darüber ein Stück in den Wald gefahren, wenn es galt, ein neues Geschirr, ein Kopfstück oder eine Bogenpeitsche einzuweihen.

An dem Weihnachtsmorgen, an dem es so viel Schnee gab, war Mutter wieder eingeschlafen. Als sie gegen eins mittags mit verstrubbeltem Haar und endlos gähnend in der Küche erschien, standen da Christine, Steffi und die beiden kleinen Jungen und futterten, sie hatten Anoraks an und Handschuhe parat.

„Warum setzt ihr euch denn nicht? Pressiert es euch so?“ fragte Mutter und prustete unterm Wasserhahn. Die vier sahen sich an.

„Wir wollen ein Stück mit den Ponys hinaus“, murmelte schließlich Christine. Es klang so merkwürdig.

„Wartet, ich komme mit“, sagte Mutter friedlich. Sie ging zum Schrank und kramte nach dem Trainingsanzug. „Zwei Minuten, ich zieh’ ihn nur drüber.“

„Was habt ihr denn?“ fragte sie, als die andern sie so

merkwürdig ansahen. Da rückten sie endlich mit ihrem Plan heraus.

Engelein war doch nicht gekommen, der Schneeglätte wegen. Nun hatte man beschlossen, alles, was wir gestern mit Seufzen von ihrem Weihnachtsplatz wieder heruntergeräumt hatten – bunter Teller und Buch und von jedem von uns noch eine Kleinigkeit –, in den Seesack zu packen, Tannengrün dazu, eine Kerze hinein und los. Zwei Ponys vor je einen Rodelschlitten gespannt, zwei gesattelt, so konnte man die Fahrt machen. Zweimal achtzehn Kilometer – herrlich! Aber Mutter im Schlafanzug?

„Erstens kann ich mich ja geschwind richtig anziehen, und auf einen Rodelschlitten gehen auch zwei“, sagte sie. Ihre Augen funkelten, als sie den Plan gehört hatte. „Die Idee ist grandios. Ihr nehmt mich doch mit?“

„Klar. Aber was für ein ‚aber‘ hast du denn?“ Wir merkten genau, daß Mutter einen Vorbehalt hatte.

„Für heute ist es zu spät. Wir fahren lieber morgen ganz früh los, ganz zeitig, damit wir in Göppingen die Ponys richtig füttern und ausruhen lassen können. Hafer und Heu nehmen wir auf den Schlitten mit. Unterwegs wechseln wir ab, wer fährt und wer reitet. Was meint ihr?“

So startete am zweiten Weihnachtsfeiertag die Hälfte der Kinder mit Mutter nach Göppingen. Die andern schliefen weiter, und der Weihnachtsbraten würde uns auch am dritten Feiertag noch schmecken. Alle waren dick verpackt gegen die Kälte. Auf dem

Pferd friert man nicht so leicht, aber auf dem Schlitten. Wir hatten zwölf Grad Kälte. Das ist ja keine Kleinigkeit.

Als wir aus dem Remstal die große Steigung in Richtung Hohenstaufen erklettert hatten – hier stiegen wir alle ab und gingen zu Fuß –, da sahen wir, aus dem Wald herauskommend, den Himmel hell wie eine Glocke über uns, mit gelbem Rand, der nach oben ins Weiße und dann in ein dünnes Blau überging.

Wir hatten Glück, es war windstill, selbst hier auf der Hochebene. Trotzdem schnitt uns die Luft in die Gesichter, daß wir uns Tücher drumbanden, um Nasen und Backen nicht zu erfrieren.

Die Ponys gingen munter, sie merkten, daß man nicht friert, wenn man sich tüchtig regt. Die Autostraße, der wir diesmal der Schlitten wegen folgen mußten, war dünn gestreut, so dünn, daß die Hüfchen nicht rutschten, auch nicht im Trab und im Galopp, die Schlitten aber ungehemmt darüberglitten. Es war also einfach ideal. Wir kamen vorwärts, daß es eine Lust war. In Birenbach verloren wir leider den Hafersack. So mußten sich die Ponys, als wir in Göppingen angekommen waren, mit dem Heu begnügen, das wir in einem größeren Sack auf dem Einmannschlitten mitgenommen hatten. Wir hätten ihnen die Kraftnahrung in Gestalt des Hafers so gegönnt.

Engelein wohnt etwas auswärts von Göppingen auf einer Anhöhe. Wir freuten uns halb kaputt, sie zu überraschen, und läuteten. Niemand kam. Uns fiel die

Butter vom Brot. Die Wohnung leer? Alles für die Katz?

Zunächst bekamen die Ponys ihr Heu. Ihr schnurrendes Kauen, das behaglichste Geräusch, das wir kennen, tröstete uns schon ein bißchen. Dann nahmen uns freundliche Mitbewohner ins Haus und gaben den Kindern etwas Heißes zu trinken. Mutter überlegte und überlegte, wo Engelein stecken könne. Endlich kam ihr eine Idee: Ganz in der Nähe lag ja der Göppinger Reitverein. Dort fand heute ein Weihnachtsreiten statt. Ob Engelein nicht dorthin gelockt worden war, sie, die alte Pferdezüchterin?

Mutter murmelte was von „nach den Ponys gukken“ und ging hinaus. Sie ließ ihre Pferdchen weiterfressen und stolperte in Eile in ihren Reitstiefeln den Berg hinunter. Und wirklich! Schon auf halbem Weg kam ihr eine zierliche, in einen Pelzmantel vermummte Gestalt entgegen, die konnte nur Engelein sein.

„Ponyhöfler? Ja, wie kommt ihr denn...“

„Fröhliche Weihnachten!“ rief Mutter, und sie lagen sich in den Armen. Engelein weinte beinahe vor Rührung, als sie die Ponys und dann die Kinder einzeln begrüßte. Nun mußten wir noch zu ihr hinaufkommen, und nachdem wir ihr all den kleinen Kram beschert und ein paar Weihnachtslieder gesungen hatten, wurden wir festlich bewirtet. Die Kleinen lagen auf dem Teppich in der herrlich durchwärmten Stube, knabberten Weihnachtsgebäck und Äpfel und Nüsse, und Mutter und Engelein saßen und rauchten, tranken starken Kaffee und fanden das Leben wunderbar, speziell zu Weihnachten.

Gegen vier Uhr mußten wir aufbrechen. Die Ponys waren ausgeruht und munter und sprangen vor Lebenslust. Engelein war mit heruntergekommen, liebkoste jedes einzelne und sagte immer wieder, wie gern, wie sehr gern sie wieder mal ein Stückchen reiten würde. Aber ihre Bandscheiben erlaubten es nicht.

Steffi ist die herzhafteste von uns. Sie setzte Engelein, unser Biskuitporzellan, einfach hinter sich auf den Rodelschlitten.

„Es wird schon gutgehen! Damit Sie wenigstens wieder mal fahren können.“

Appelschnut, die davorgespannt war, wollte nach Hause. Sie ging los wie eine kleine D-Zug-Lokomotive.

Mit dem Rodelschlitten hinter dem Pony zu fahren ist so eine Sache. Die Ponys gehen ja ohne Deichsel, nur mit den Zugsträngen. Man muß das Tempo mit den bremsenden Füßen regulieren, damit man ihnen nicht mit dem Schlitten in die Hanken schleudert, sobald es einmal schneller geht oder auf Bergabstrekken. Das läßt sich lernen, besonders, wenn man allein auf dem Schlitten sitzt und schwere Stiefel anhat. Zu zweit ist es schwerer, denn da hat man mehr Wucht, auch wenn der zweite Mann ein solch zartgliedriges und zerbrechliches Geschöpfchen wie unser Engelein ist.

Mutter, die auf Gloa saß, sah es mit Bedenken. Aber auch Gloa war nicht zu halten, und die anderen Ponys faßten diesen Start als Auftakt zu einem zünftigen Renngalopp auf.

Gottlob war zunächst die Straße leer. Lautlos, aber windschnell fegten wir dahin, Steffi mit Engelein mitten auf der Fahrbahn, um ein eventuelles Schleudern besser abfangen zu können. Winnetou mit Ben und Uli auf dem Schlitten war nicht so schnell ins Rennen gekommen, arbeitete sich jetzt aber, ehrgeizig und flink, wie er ist, energisch vor. Christine auf Eyglo galoppierte direkt hinter Mutter.

Es passierte nichts. Wir kamen gut um die Kurve und hatten auch auf der Hauptstraße ein unwahrscheinliches Glück. An diesem Feiertag ruhte der Verkehr fast ganz. Steffi lenkte in die nächste Seitenstraße, die ziemlich stark ansteigt. Hier bekamen wir die Ponys allmählich an den Zügel und konnten sie schließlich durchparieren, ohne zu riskieren, daß sie uns trotz ihrer Stollen einfach wegrutschten.

Engelein lebte noch, als wir hielten! Sie sagte, es sei die wildeste und herrlichste Rodelschlittenfahrt ihres Lebens gewesen und der beinahe schönste zweite Feiertag. Sie winkte und winkte uns auf ein baldiges Wiedersehen hin zu, und wir winkten zurück, solange wir sie sehen konnten.

Auf diesem Heimritt gab Mutter Christine den Sattel. Wir hatten nur einen einzigen für die zwei Isländer mitgenommen, warum, wissen wir nicht mehr, vielleicht war der zweite in Reparatur. Auf dem Heimweg hatten wir uns mit dem Reiten abgewechselt. Jetzt sagte Mutter, sie wollte mal ausprobieren, die achtzehn Kilometer ohne Sattel durchzureiten. Es ging tadellos. Isländer reiten sich viel leichter als Pferde. Als die große Kurve begann, wo es viele Kilometer lang bergab ins Remstal geht, fuhren die Schlitten voran. Die eingespannten Ponys dürfen bergab traben, ja galoppieren, wenn es nicht zu steil ist und der Fahrer gut aufpaßt. Die Reiter aber müssen bergunter Schritt reiten.

Mutter und Christine also blieben zurück. Christine, die ja nur zum Urlaub daheim ist, genoß den langen Ritt vielleicht am meisten. Plötzlich hatte Eyglo keine Lust mehr und legte sich in den Schnee. Christine erschrak furchtbar, sie dachte, Eyglo habe sich was gebrochen. Mutter lachte und lachte.

„Treib sie, sie steht schon wieder auf!"

Richtig. Und nun sahen wir auch schon im Tal die ersten Lichter von Lorch.

Diese Straße ist eine der schönsten im lieben Schwabenland. Man sieht, aus dem Wald kommend, am gegenüberliegenden Hang das Kloster und darunter das Städtchen liegen, spielzeugklein, in den Schnee gehuschelt, mit goldenen Fenstern, vor dem Giebel des schönsten Fachwerkhauses den Christbaum für alle. Es sah aus wie aus einem Weihnachtskalender herausgeschnitten. Gerade war der Posaunenchor tätig, er blies vom Turm der Stadtkirche ein paar von den alten, geliebten Weihnachtsliedern in den Abend hinein. „In dulci jubilo" und „Der Heiland ist geboren, freue dich, o Christenheit!"

Mutter und Christine hielten ihre müden Pferdchen

an und lauschten. Am Himmel glitzerten die Sterne, und ringsum standen fromme, stille Wälder, Hüter des Städtchens im Tal. Friede, Friede auf Erden.

Gott behüte dich, du liebe kleine Stadt, dachten die beiden Reiterinnen, dich und mit dir unsern geliebten Ponyhof!

Silvesterritt

Einmal hatten wir in diesen „Familienferien", in der Woche nach Weihnachten, in der nur gefeiert und höchstens das Allernotwendigste an Arbeit getan wird, Pech mit Mutter. Sie mußte sich wohl ein bißchen überanstrengt haben und lebte nicht einmal beim Reiten auf, mickerte herum und bekam schließlich nachts ziemlich hohes Fieber. Christine schlief bei ihr und holte uns, als Mutter zu phantasieren begann: Sie behauptete, sie müsse auf einem Schwein durch Deutschland reiten, wolle die Milch in die Mühle bringen und erkannte uns nicht mehr. „Doch, die Angela, die kenn ich", sagte sie, als diese auf sie einsprach, „das ist die mit den Zöppeln!" Worauf Angela schnellstens ihr nicht sehr langes Haar in Zöpfe flocht, was sehr komisch aussah. Wenn Christine sich einmal wegrühren wollte, bettelte Mutter angstvoll:

„Geh nicht! Draußen ist der Nachtkrapp, der holt dich!“ Christine tröstete: „Sei doch vernünftig, es ist ja schon bald Morgen!“ – „Aber dann kommt der Morgenkrapp!“ jammerte Mutter.

Als es hell wurde, berieten wir. Steffi spannte ein und fuhr zu unserer Ärztin. Sie kam, stellte Diphtherie fest und überwies Mutter sofort ins Krankenhaus unserer Kreisstadt. Das gab Tränen! In der Weihnachtswoche weg zu müssen, wenn endlich, endlich einmal alle Kinder da waren – wir trösteten und heulten selbst mit. Mutter küßte alle Ponys – sie stecken sich ja nicht an – und entschwand mit dem Krankenauto. Zurück blieb eine verstörte Kinderschar und eine Herde Ponys, die nicht verstanden, warum sich keiner auf ihren Rücken setzte oder sie einspannte, um eine lustige Wettfahrt vor Rodelschlitten zu machen.

Von nun an ging vieles schief. Nicht alles, denn wir gaben uns alle Mühe, selbständig zu sein und Mutter keine Sorgen zu bereiten. Andererseits aber konnten wir nun endlich, endlich einmal drangehen, die Isländer einzuspannen. Das hatten wir immer versuchen wollen, und Mutter hatte es verhindert.

„Wir haben ja keinen Platz für einen zweiten und natürlich größeren Wagen. Wo soll der denn stehen, im Freien? Da wäre er bald dahin! Außerdem besitzen wir ja keine Geschirre.“

So hatte sie immer argumentiert. Jetzt, so fanden wir, war eine Gelegenheit gekommen, wenigstens den Versuch zu wagen. Geschirre borgten wir uns von unserm Reiterfreund aus dem Nachbardorf. Den hatten wir auf eine nicht ganz alltägliche Art kennengelernt: Mutter sprach ihn auf der Straße an. Er erzählt das gern und mit Behagen.

Nichtsahnend ritt er – angeblich! – einmal mit seinem Sohn auf seinen Araberponys nach Hause, als plötzlich ein Auto hielt, eine Frau herausschoß und ein Schwall von Fragen auf ihn herniederprasselte: „Woher kommen Sie? Wer sind Sie? Wo haben Sie diese Pferde her? Was haben sie gekostet? Haben Sie sie schon bezahlt?" So erzählt er, natürlich ist nur die Hälfte davon wahr. Während er, noch leicht betäubt, versuchte, wenigstens einmal eine Antwort zwischenzuklemmen, rutschte Mutter schon wieder ins Auto zurück und rief: „Ich bin sehr eilig, muß nur noch auf der Hunnewell-Hütte lesen und dann zurück, ich bekomme nämlich heute nacht ein Fohlen!" und war schon wieder weg. Der Reiterfreund stand und sah ihr nach, kopfschüttelnd, daß es solche Leute gibt, die tausend Fragen stellen, auf keine Antwort hören und ein Fohlen erwarten. Das Fohlen kam auch pünktlich in dieser Nacht, der Walpurgisnacht, an, es wurde Hexe genannt.

Bei diesem Reiterfreund besorgten wir uns die Geschirre der Schimmel. Sie paßten ungefähr. Kaum aber hatten wir Gloa und Eyglo vor den natürlich viel zu leichten Ponywagen gespannt, da gingen sie mit solcher Vehemenz los, daß wir rechts und links an den Zügeln hingen und keine Bremse half. Krach! Bumm! Bauz! Krach! – – – Atemlos bekamen wir nach etwa fünfhundert Metern unsere Isländer wieder zum Stehen, aber das Geschirr war zerrissen, die Deichsel gebrochen. Gottlob war es nur der alte, der Wirtschaftswagen, mit dem wir Mist und Sägespäne, Stroh und Hafer transportieren und den Mutter nicht gleich vermissen würde, wenn wir ihn zum Stellmacher brachten. Trotz der Winterkälte wischten wir uns den Schweiß von den Gesichtern, entwirrten kleinlaut Leinen und Riemen, beruhigten die Ponys mit Mohrrüben und sanften Reden und begnügten uns an diesem Tag, mit ihnen nur noch Stämme zu schleifen. Isländer sind gute Zugpferde, wenn man sie erst eingefahren hat, das aber ist die Voraussetzung dazu. Mutter erzählten wir nichts davon.

Wir besuchten sie jeden Tag. Sie lag auf der Isolierstation zu ebener Erde, so daß wir uns durchs Fenster hindurch mit ihr verständigen konnten.

„Ein Glück nur! Wenn sie im ersten Stock läge, könnte nur Uli mit ihr sprechen!" sagte Arndt süffisant. Er, der Älteste, ärgert sich immer von neuem, daß Uli ihm mit seinen Einsdreiundneunzig über den Kopf gewachsen ist, und bezeichnet ihn als menschliche Giraffe. Uli sieht dann mitleidig lächelnd und unbeschreiblich von oben herab auf ihn hinunter und sagt gar nichts. Das ist für Arndt das Schlimmste.

In dieser Weihnachtswoche wechselte das Wetter immerzu. Früh war dicker Schnee, dann kam die Sonne und schmolz ihn, die Kälte zog wieder an, und es gab Glatteis – kurzum, wir konnten nicht in die Kreisstadt reiten, in der Mutter lag, und mußten uns mit anderen Fahrgelegenheiten hinbegeben. Mutter fragte Tag für Tag, warum wir denn nicht ritten, argwöhnte, den Ponys sei etwas zugestoßen, was wir verheimlichten, und bat und bettelte, sie sehen zu dürfen. Eines Tages spannten wir den Schlitten ein, um, komme was wolle, Mutter eine ruhige Nacht zu verschaffen.

Wir fuhren nicht die Bundesstraße, sondern hinten herum, und es ging gerade. Mutter sprang beim ersten Klingeling der Schlittenglocken, obwohl es die Schwestern verboten hatten, aus dem Bett und lehnte sich zum Fenster hinaus, streichelte Winnetou und Schnute und weinte beinahe vor Freude, daß sie noch lebten. Auch die Isländer hatten wir mitgebracht, sie standen am Krankenhaus und ließen sich von Nonnen und Jungärzten verwöhnen und bewundern. Kaum waren wir zu Atem gekommen, da hielt ein Auto, und ein uns befreundeter Pfarrer aus der Gegend von Plochingen, der auch ein passionierter Reiter ist, stieg aus und begrüßte uns. Er hatte von Mutters Pech gehört und wollte ihr die Langeweile vertreiben, trug ein paar Kassetten Dias mit sich und einen Projektor, um ihr wenigstens im Bild ihre Ponys vorzuführen.

„Darf ich ein paar bunte Bilder an die Wand werfen?“ fragte er die Oberschwester, eine freundliche, kugelrunde Nonne mit dem merkwürdigen Namen Flottilda, über den unsere Kleinen immer wieder in prustendes Lachen ausbrachen. So flott sieht eine Nonne ja eigentlich nicht aus. Sie zögerte.

„Die Wand ist neu gestrichen, vielleicht wird sie beschädigt, wenn Sie was dranwerfen?" fragte sie schüchtern. Nun ging es an ein vielstimmiges und stimmgewaltiges Erklären, so daß sie erst recht nichts verstand. Schließlich aber sagte sie zu. Zu Mutter hinein durfte niemand, da sie ja isoliert liegen mußte, aber das Zimmer ist wie ein Aquarium fast nur aus Glas gebaut, und so ließ es sich von außen bewerkstelligen. Wir drängten uns am Fenster zusammen, begrüßten begeistert unsere Pferde in Bunt an der Wand, und Mutter lernte das Lachen auch wieder, als Bilder kamen, auf denen Gloa gähnt – das sieht besonders komisch aus – oder Winnetou einen Schäferhut auf dem Kopf trägt. Auf diese Weise verging die Zeit sehr schnell, und als wir wieder einspannen wollten, merkten wir, daß der Schnee inzwischen getaut war.

Die Ponys konnten wir nach Hause reiten. Was aber wurde mit dem Schlitten? Wir beratschlagten, fragten, ob er im Krankenhausgarten stehen bleiben dürfe, bis es im Radio hieß: „80 Zentimeter Schneehöhe, Ski und Rodel ausgezeichnet." Der Verwalter schüttelte bedauernd den Kopf.

Harro, unser damaliger Pflegebruder – seine Mutter half unserer im Haushalt –, studierte im Pädagogischen Seminar. Er rettete uns: Wir schoben mit viel Mühe den Schlitten in den Hof dieser Lehranstalt, die gerade Ferien hatte. Der Pedell dort wunderte sich am anderen Morgen sehr, daß ein Schlitten, himmelblau mit buntem Wappen, auf dem ein kleiner

Bach aus einem dottergelben Eimer läuft, in seinen Hof kam. Erst viel später holten wir ihn wieder ab.

Nun war Silvester herangekommen, sonst ein großes Fest bei uns, da es mit Mutters Geburtstag zusammenfällt. Wir spielen ihr dann ein selbstgedichtetes Theaterstück vor oder malen ihr eine Schnitzelbank, zu der wir Verse singen – die ganzen Feiertage lang muß sie sich taub, blind und möglichst auch blödsinnig stellen, damit sie nichts von den Vorbereitungen merkt. Bisher gelang das immer, trotz unseres engen Häuschens, weil sie ja um diese Zeit auch viel draußen bei den Ponys ist. Dieses Jahr hätten wir ungestört üben können, aber es war leider gar kein Gedanke, daß sie heimkommen durfte.

So beschlossen wir eine andere, eine neuartige Silvesterfeier. Lotte hatte die Idee: Wir wollten einen Nachtritt unternehmen, und zwar sollte er über alle drei Kaiserberge führen. Wir haben ja den Hohenstaufen, den Stuifen und den Rechberg sozusagen vor der Tür, und das, fanden wir, war eine gute Gelegenheit, diese Berge endlich einmal zu besteigen. Da wir nicht genug Reitpferde hatten, es auch bergauf und bergunter geht, wo man sowieso Schritt reiten muß, wurde es ein Fußmarsch mit berittenem Spähtrupp, und wir wechselten im Sattel ab.

Erst brachten wir Mutter noch eine Flasche Rotwein ins Krankenhaus. Sie schenkte uns einen Schein, den wir in Würste umsetzten. Um Mitternacht wollten wir ein Feuer machen und die Würste daran braten. Das war doch ein herrliches Programm.

Einige von uns Geschwistern waren schon wieder fortgefahren, dafür hatten wir ein paar Freunde und Freundinnen da. Es wurde also eine umfangreiche Unternehmung. Wieviel wir im ganzen zählten, wissen wir nicht mehr so genau, sicher aber waren wir mindestens acht. Mutter wünschte uns alles Beste und streckte sich dann leicht wehmütig, aber auch unterdrückt behaglich in ihrem warmen Bett wieder aus. Wir gingen los. Den Weg würden wir schon finden.

Es wurde ein seltsamer Nachtritt. Den ersten Berg erstiegen wir ohne Schwierigkeiten, und mutig gingen wir den nächsten an. Das ist der Rechberg, der sozusagen zwei Gipfel hat: auf einem befindet sich die Wallfahrtskapelle, auf dem andern der kleine Aussichtsturm. Wir suchten uns, immer die Uhr im Auge behaltend, eine geschützte Stelle aus und begannen, mit der Taschenlampe in der Hand Holz zu sammeln. Bald loderte ein behagliches Lagerfeuer, und wir hockten uns darum herum.

Die Würste wurden an Stöcke gesteckt, und man mußte aufpassen, daß sie nicht ins Feuer fielen, während sie brutzelten. Rose, eine Freundin unserer großen Schwestern, die auch mit war, überraschte uns mit einem Eimerchen saurer Gurken, die sie bisher geheimnisvoll verborgen mit sich geschleppt hatte. Wir waren gerührt, futterten uns voll und standen alle auf, als es zwölf war. Die Glocken von Gmünd klangen bis zu uns herauf, wir faßten uns an den Händen und wünschten einander ein gutes neues Jahr.

Als wir aufbrachen, merkten wir, daß Winnetou

nicht mehr bei den andern Ponys stand. Ben guckte sich um, murmelte etwas Strafendes und ging den Weg zurück, den wir gekommen waren. Wir folgten ihm, ohne uns groß Gedanken zu machen. „Wer sein Reitpferd laufen läßt, geht zu Fuß nach Hause", ist einer unserer Grundsätze, der vor Jahren entstand, als unsere Ponys noch nicht so handzahm waren wie heute.

Ben erwischte Winnetou auch. Der hatte sich ein Stück Wiese gesucht, wo ihm das Gras besser schmeckte, und Ben schnallte ihm die Trense wieder ein, schalt ein bißchen und saß auf. Wir andern taten es ihm nach. Jetzt aber merkten wir, daß wir den Weg verloren hatten. Wir stritten ein bißchen, jeder wußte es besser, daß dieser und kein anderer Weg zum Hohenstaufen führen müsse, und ritten los.

Natürlich war es ein falscher Weg. Nachts orientiert man sich nur mit Mühe, auch wenn man die Gegend gut kennt. Einmal fiel Rose von der Eyglo, weil diese auf einer glitschigen Wiese rutschte. Ein anderes Mal stolperte Lotte und rollte in einen Steinbruch, was wir als großen Glücksfall betrachteten: Man denke, einem unserer Ponys wäre das passiert! Bei Menschen heilen alle eventuellen Brüche wieder, wenn aber ein Pferdebein gebrochen ist, du lieber Himmel! Lotte stand zerschunden, aber soweit unbeschädigt wieder auf. Immerhin berieten wir, was wir nun tun könnten, der nächtliche Ritt begann uns zu mißfallen.

„Überhaupt, wer hat sich diesen Quatsch eigentlich ausgedacht!" schalt Katrin. „Immerzu rauf und runter! Kaum ist man auf einem Berg drauf, da muß man schon wieder runter. Ich sehe den Zweck nicht ein."

Keiner hatte das bisher auszusprechen gewagt. Jetzt fanden wir alle, daß sie recht hatte. Ben war fein raus, der ritt seinen Winnetou, den nur er allein reiten kann. Wir aber mußten die Hälfte der Strecke laufen, Steffi merkte sehr bald, daß sie die falschen Stiefel erwischt hatte, die sie beim Marschieren elend drückten, und Rose war an solche Gewaltmärsche auch nicht gewöhnt. Schließlich hielten wir an und versuchten ernstlich, uns zu orientieren. Gab es nicht einen abkürzenden Weg nach Hause?

Nun weiß man ja, was Abschneider schon im Hellen bedeuten. Sie halten nie, was man sich von ihnen verspricht, und erweisen sich als mühsame Umwege. Wir stritten, einigten uns schließlich darauf, daß Ben jetzt führen sollte, Rose setzten wir auf Gloa und Lotte nahm diese am Zügel, Steffi ritt Eyglo, und mit neuem Mut ging es in die erste Nacht des jungen Jahres hinein. Sie kam uns schrecklich lang vor.

Aber Gott verläßt keinen Reitersmann. Wir erleben es immer wieder. Als wir die Straße erreichten, die am Hohenstaufen entlangführt – unser Ehrgeiz, auch diesen dritten Kaiserberg in der Nacht zu erklimmen, war vergangen –, und wen trafen wir da? Unsere lieben Ofensetzerfreunde, die von Bekannten kamen und ihrem Heim zustrebten.

„Was, ihr reitet ins neue Jahr hinein? Das ist aber toll! Kommt doch mit zu uns!" sagten sie sofort.

Herr des Himmels, hörten wir das gern! Mit zu ihnen kommen, das hieß: Schluß mit dem nächtlichen Dahinstolpern, ein Stiefelknecht für die blasenbehafteten Füße, Wärme, Licht, etwas zu essen, Ausstrekken, Ruhe. „Wenn sie es doch noch ein einziges Mal sagten! Wir können doch nicht ja sagen auf ihr allererstes Angebot hin!" flüsterte Angela Rose zu. Die nickte heftig. Auf jeden Fall schlossen wir uns erst mal den Freunden an, und siehe da, sie hatten es ernst gemeint! An ihrem Haus angekommen, sattelten sie uns, ohne noch mal zu fragen, Eyglo und Gloa ab, zogen sie in den Stall und führten die anderen Ponys in die eingezäunte Weide.

„Sie kriegen morgen früh Heu dazu, bis dahin können sie grasen", erklärten sie, „kommt, es muß noch eine Schüssel Kartoffelsalat da sein, Mutter meint immer, wir hätten noch Hunger wie neunzehnhundertfünfundvierzig."

Ach, wir hatten solchen! Und wie ein Engel vom Himmel erschien uns unser Ofensetzermeister, als er uns begrüßte – er hatte schon im Bett gelegen, uns aber kommen hören. Nun stand er in der Tür, im langen weißen Nachthemd mit rotem Börtchen um den Hals, die Nickelbrille vor den verschlafenen Äuglein, und strahlte uns an.

„Gommt nur, wir machen schon Blatz."

Auch seine Frau erhob sich wieder, begrüßte uns auf das freundlichste und ging sogleich in die Küche. Dolf zog Steffi den drückenden Stiefel vom Bein, Lottes Schrammen wurden verpflastert, und dann

saßen wir alle Mann um den gemütlichen Ecktisch am Ofen und futterten.

War das gemütlich! Waren wir lustig! Und alle Müdigkeit und Unlust waren wie weggeblasen. Noch während wir aßen, hatte Dolf die Klampfe geholt, er fing an zu spielen, und Gerti und Liesel und Klaus sowie Vater und Mutter fielen ein. Wir haben die halbe Nacht gesungen. Durch Mutter kennen wir die alten und vom CVJM die neuen Wanderlieder. Das gab einen stimmgewaltigen Chor!

Schließlich gebot die Mutter des Hauses Hüttenruhe. Und wahrhaftig, wir fanden alle eine Schlafstelle. Wie die gastlichen Ofensetzer das ermöglichten, ist uns heute noch schleierhaft. Denn selbst ein geräumiges Haus schluckt nicht ohne weiteres eine Reiterschar von acht Mann. Aber wir kamen unter, manche zu zweit im Bett, manche zusammengekringelt auf Couchen – was machte uns das aus! Später erfuhren wir, daß der gute Herr des Hauses in seinem börtchenbesetzten Nachthemd den Rest der Neujahrsnacht in seinem Schreibtischstuhl verbracht hatte, um uns sein Bett zur Verfügung zu stellen, eine wahrhaft großherzige Art der Gastfreundschaft, die uns sehr rührte. Und ein bißchen, wirklich, ein *bißchen* schlugen wir reuevoll an unsere Brust: Hatten wir nicht manchmal gemeutert oder gar leise oder laut protestiert, wenn bei uns gar zu viel Besuch erschien? Und räsoniert, wir wollten auch mal Privatmenschen sein und nicht immer, immerzu fremde Leute aufnehmen, herumführen, die Ponys erklären und hundertmal wiederholen, was sie wissen wollen, wie Dutzenden ihrer Vorgänger? Doch, wir hatten!

„Wir wollen nie mehr – im neuen Jahr wollen wir ganz, aber auch ganz freundlich und geduldig sein“, beschlossen wir, streckten uns behaglich aus, und schon waren wir eingeschlafen.

Am nächsten Morgen steckte Dolf alle Fußgänger unserer Herde in seinen Kleinbus und fuhr uns nach Hause. Die Reiter, unsere und Tampes, waren schon eher gestartet und trafen zur selben Minute auf dem Ponyhof ein. Gleich darauf prasselte das Feuer im Herd, es duftete nach Kaffee, und Lotte erschien mit einem Riesenstollen, den sie mitten auf den Tisch setzte.

„Keine Widerrede, jetzt seid ihr unsere Gäste! So bald lassen wir euch nicht wieder fort!“

Das war ein lustiger Jahresanfang im Ponyhof.

„Hilfe – eine Hilfe!“

Solange Mutter im Krankenhaus lag, war auf ihre und unsere inständige, ja beinahe verzweifelte Bitte hin eine ihrer Freundinnen eingesprungen, Tante Juttel, acht Tage älter als Mutter – dies betonte sie immer! –, schon grauhaarig, aber immer vergnügt, solange ihr unsere Kater nicht auf die Schulter sprangen, und selbst Mutter von vier Sprößlingen. Einen davon, Harro, brachte sie mit, nunmehr unser Pflegebruder. Er war im selben Alter wie Arndt und erregte in Lorch sofort die Neugierde aller, denn in der Kleinstadt ist jedes bisher unbekannte Gesicht eine Sensation. Wenn er Zigarren holen ging, fragte man ihn:

„Sie gehöret doch zum Ponyhof, send Sie auch ein Sohn von dort?" Er genoß seine Position und schüttelte nur den Kopf.

„Ha noi, dann woiß i", sagte die gute Schwäbin sofort, „dann send Sie mit einer von die Mädles verlobt!" Sie hatte seinen Ring gesehen. Harro lachte nur, sagte aber weder ja noch nein.

Er hatte uns früher schon öfter besucht, als seine Mutter noch nicht bei uns wohnte, und war mit einer jungen Kindergärtnerin verlobt, die Lotte heißt wie unsere Älteste. Einmal schrieb er von uns aus an seine Mutter, wollte irgend etwas für seine Lotte besorgt haben, und Tante Juttel glaubte, es handele sich um unsere Lotte. Sie antwortete mit einer innig erfreuten Karte, sie habe sich schon immer heimlich gewünscht, daß zwei unserer, Mutters und ihrer, Kinderchen sich liebend finden würden. Und sie wollte Lottchen eine treusorgende, herzliebe Schwiegermutter werden. Tante Juttel bedient sich gern solcher Ausdrücke, die wir sofort übernahmen. Sie meint es aber goldecht und ehrlich.

Diesen Irrtum allerdings mußten wir aufklären. Harro aber hielt treu zu uns, mauerte, tischlerte – er ist sehr geschickt – und verteidigte Katrin einmal wie ein echter Liebender. Er war mit ihr Schilaufen auf dem Kalten Feld, und dort machte sich ein junger Mann mit Bart an Katrin heran, den diese nicht leiden mochte. Sie versuchte ihn siegreich abzuschlagen, hatte aber nicht den gewünschten Erfolg. Da schaltete sich Harro ein:

„Kerle, vadufte“, riet er ihm in drohendem Unterton, „oder ick reiß’ dir deine Barthaare einzeln aus!“

Der andere zog ab, und wir fanden diesen Ausspruch so schön, daß wir ihn oft zitierten. Männer mit Bärten haben es zunächst nicht leicht bei uns, weil wir immer daran denken müssen.

Harro also fügte sich tadellos ein, fuhr mit Lotte und Katrin nach Griechenland und war ein guter Partner beim Faustballspielen. Zum Reiten drängelten wir ihn nicht, weil er ein bißchen klobig ist, aber beim Fahren war er immer dabei. Einmal vergaß er, als er den Dogcart einspannte, den zweiten Bauchgurt zuzumachen. Er und Steffi saßen eng zusammengequetscht auf dem Wägelchen, das eine dreiseitige Lehne hat, in die man sich einklemmen muß. Plötzlich bekamen die beiden das Übergewicht nach hinten, und die Gabeldeichsel ging so hoch in die Luft, wie die Lederösen am Geschirr es zulassen, also ziemlich hoch. Harro und Steffi sanken fast bis auf die Straße hinab und zappelten und versuchten, sich aus ihrem Sitz herauszuarbeiten. Der Riemen, der die beiden Deichseln unterm Bauch des Ponys zusammenhält und das verhindern soll, heißt seitdem bei uns der

Engelesriemen, weil ohne ihn das Pony in Gefahr kommt, in der Luft zu schweben. Die anderen, die dieser Panne zusahen, konnten vor Lachen nicht helfen.

Harro also paßte auf den Ponyhof, für Tante Juttel aber war unser Tollhaus nicht das Richtige. Sie ist gewöhnt, in einer kleinen, stillen, blitzsauberen Etagenwohnung zu hausen, in der alles dort bleibt, wo man es hinlegt, wo höchstens einmal in der Woche Besuch kommt und alles am Schnürchen läuft. Nun sollte sie ein ganzes Haus nebst Stall mit lebendigem Inhalt in Ordnung halten (füttern und putzen, misten und Zäune flicken taten natürlich *wir,* aber vormittags sind wir ja in der Schule – na, und überhaupt!), sollte plötzlich mehrstelligen Besuch mit verpflegen, wochenlang bleibende junge Hausgäste betreuen, alles finden, was wir verschusselten, alles besorgen, was wir brauchten, ausgerissene Ponys suchen – das war ihr das ärgste, wenn sie allein war! – und pausenlos hinter den beiden Katern her sein, die überall ihre Katzenpfötchen hinterlassen. Sie ist nicht so eingestellt wie ein junges Mädel aus Sachsen, das uns mal besuchte. Mutter nahm es mit in den Stall, zeigte ihm die Ponys, erzählte von den herrlichen Eigenschaften dieser einmaligen Kleinpferde und lobte und pries sie in verständlichem Besitzerstolz. Als sie einmal eine Pause machte, sagte die junge Damen trocken (und sehr sächsisch):

„Ich weeß nich, ich däte mei Geld schbäter mal nich an die Viecher hängen!“

Nein, so war Juttel nicht! Sie bemühte sich tapfer, durchzuhalten – eines Tages aber war es soweit: Sie konnte nicht mehr.

Erschreckt von ihrem Zusammenbruch, expedierten wir sie zu ihrer Schwester, die keinen Beruf, keinen Kater und kein Pony hat, und die sich begeistert drauf stürzte, Juttel wieder zurechtzupflegen, was auch gelang. Wir hingegen standen verlassen da, versuchten, uns in die tägliche Arbeit zu teilen, erlitten Schiffbruch damit und schafften es nicht. Mutter war wieder daheim, aber noch sehr wacklig, sollte jeden Tag mindestens zwei Stunden liegen – wer kann das, wenn rings um ihn her die Arbeit schreit? – und steckte mit ihren Büchern in erheblichen Terminnöten.

Wir sannen also auf Abhilfe. Daß es ungemein schwer ist, in einem gepflegten Haushalt mit geheiztem Zimmer, eigenem Fernsehapparat und vollem Familienanschluß bei hohem Gehalt eine Haushaltshilfe zu bekommen, das wußten wir. Wie aber sollten *wir* es anstellen, jemanden zu kriegen, der endlosen Besuch, freche Jungenschnauzen, nächtliche Ponyjagden und vollgelaufene Keller bei Regengüssen mit uns durchstand? Es sah finster für uns aus.

Früher einmal, als wir noch Julchen hatten, unsere langjährige treue Hilfe, war uns folgendes passiert: Eine uns völlig fremde Dame aus Offenbach, die in einer Illustrierten über den Ponyhof gelesen hatte, schrieb uns etwa folgendermaßen: „Sehen Sie doch Ihr Julchen mal an, ob es nicht Urlaub machen muß.

Ich würde gern ihr Amt für vierzehn Tage übernehmen, wenn ich meine kleine reitlustige Tochter mitbringen darf. Bin soweit perfekt im Kochen, Waschen und Putzen und kenne alle Ihre Bücher."

Mutter und Christine fuhren gerade zur Frankfurter Buchmesse. Sie riefen die Dame an, ob sie sich nicht mal mit ihnen treffen wolle, und fünf Minuten, nachdem man miteinander gesprochen hatte, blinzelte Christine Mutter zu. „Los!" hieß das.

So kam Julchen doch noch zu einem zweiten Jahresurlaub.

Die Dame erwies sich als sehr, sehr nett und arbeitete, daß es uns schier peinlich wurde. Wir hatten damals außer Julchens Baby auch noch die Handwerker im Haus, die Mutters Arbeitszimmer und die Veranda anbauten, also offene Wände, zusätzliche Esser und überall unbeschreiblichen Schmutz. Die Dame aber ließ sich nicht erschüttern. Wir denken mit Hochachtung an sie.

Das reitlustige kleine Mädel hingegen, das sie mitbrachte, erwies sich als ziemlich jämmerlich. Es heulte, sobald wir es aufs Pony setzten, das täte weh, und wenn wir es barsch anfuhren, Reiterleben wäre eben hart, dann heulte es noch mehr. Später stellte sich heraus, daß bei dem armen Kind dort, wo man am innigsten mit dem Pferderücken in Berührung kommt, mehrere Furunkel im Erblühen waren, und wir bereuten sehr, es so schnöde behandelt zu haben. Das Kind wurde verarztet und in einen Liegestuhl auf der Koppel verpackt, wo die Ponys es besuchen kamen, sooft es mit Mohrrüben oder altem Brot winkte. Auf diese Weise hatte es doch noch seinen Spaß.

Dieses Erlebnis gab uns Hoffnung.

„Wir müssen jemanden herlocken, der wegen der Ponys kommt“, sagte einer von uns, als wir zur Beratung zusammensaßen, nachdem wir Mutter auf ihre Couch gescheucht und hinter ihr abgeschlossen hatten, damit sie auf alle Fälle liegenblieb. „Jemanden ponynärrischen, der auch kocht und putzt. So was muß es doch geben!“

Damals waren noch die vier Jüngsten zu Hause, Katrin, Steffi, Uli und Ben, dazu Harro. Uli hatte eine Idee.

„Wir fahren mit dem Ponyschlitten durch alle Dörfer der Umgebung, nehmen das schöne Geläute, damit jeder hört, daß wir kommen, und suchen uns irgendein tüchtiges und nettes Mädel heraus, das wir –“

„Entführen!“ schrie Harro begierig, seinem Verlobungsring zum Trotz. Wir konnten nur tadelnd die Köpfe schütteln über solch eine Einstellung.

„...ich meine doch nur, sie hierher zu führen“, murmelte er beschämt.

„Mit Gewalt ist nichts zu machen“, stellten wir fest, „wir müssen *fragen,* ob es nicht jemanden gibt, der Lust hat, zu uns zu kommen.“

„Wen denn fragen?“ Es klang ziemlich mutlos. Dann aber schrie Katrin: „Ich weiß, wie wir es machen! Wir schreiben hinten an den Schlitten auf ein großes Plakat: Ponyhof Lorch sucht eine Betreuerin, bewährt am Kochtopf und im Sattel – oder so ähnlich."

„Hm, nicht schlecht..."

Wir beratschlagten hin und her. Jeder steuerte etwas bei an guten und weniger guten Gedanken. Auf die richtige Formulierung kam es an, das war uns allen klar. Schließlich meldete sich Steffi zu Wort.

„Die Reitponys müssen auch mit. Zwei reiten also Eyglo und Gloa, die anderen fahren im Schlitten. Alle müssen toll elegant aussehen, mit Reitkappen, und unter die stecken Katrin und ich unsere Haare, so daß man sie nicht sieht. Oder wir schneiden sie uns ganz kurz, das wollte ich immer schon. Damit wir wie Jungen aussehen. Und auf das Plakat, schön groß und bunt und weithin zu sehen, schreiben wir:

Fünf junge Reiter
kommen ohne Hilfe nicht recht weiter.
Wer hat den Mut
und kocht dazu noch gut?

Man muß denken, wir seien lauter Jungen. Vielleicht beißt da eine an, bei dem heutigen Frauenüberschuß!"

„Und wenn sie später merkt, daß wir Mädel sind?"

„Dann muß es schon zu spät sein. Sie muß sich in den Ponyhof und unsere süßen Vierbeiner verliebt haben bis über beide Ohren und nicht mehr wegwollen."

„Aber dieser Aufzug, wenn wir losfahren! Die Leute müssen ja denken, wir machen Reklame für einen Zirkus!"

„Na, wennschon. Hauptsache, sie gucken hin!“

„Ich danke! So was mach’ ich nicht mit!“

„Und Mutter? Soll es der vielleicht so gehen wie Tante Juttel? Nee, versuchen müssen wir es!“

Der Plan wurde fallengelassen und wieder aufgenommen, geändert und schließlich durchgeführt. Unter die „Annonce“ hinten am Schlitten schrieben wir noch unsere Telefonnummer, und Katrin stempelte ein paar Dutzend leere, bereits frankierte Postkarten mit unserer Adresse.

„Die teilen wir in den Dörfern aus“, sagte sie. „Wer sich nicht gleich entschließen kann, überlegt es sich vielleicht und schreibt uns später.“

Das Unwahrscheinliche, es ward Ereignis. Fünf junge Reiter durchbimmelten die umliegenden Dörfer nach einer Hilfe für ihre Mutter. Die Idee schien einzuschlagen. Wir wurden geknipst und kamen in die Zeitung, und das war uns ja nur recht. Da lasen um so mehr Leute unseren Notschrei.

In einem etwas weiter entfernt gelegenen Dorf gab es einen Zwischenfall. Dort stand in einem Verschlag, dessen Tür offen war, ein Esel und fraß friedlich aus seinem Trog. Als er uns kommen sah, verlor er allerdings sogleich das Interesse an seinem Futter, hob den Kopf und musterte uns. Langschwänzig und dünnbeinig verließ er seinen Stall und schloß sich uns an.

Es gibt viele Leute, die behaupten, unsere Ponys sähen aus wie Esel. Jetzt hatten wir Gelegenheit, die Unterschiede genau zu studieren. Da können wir nur sagen – ohne einem Esel zu nahe treten zu wollen, wir respektieren jede Kreatur –, Esel sehen neben Ponys einfach zum Brüllen komisch aus. Die langen, hochgestellten dunklen Hasenohren, die dem Gesicht etwas immer Erstauntes verleihen, die dünnen Beine und winzigen Hufe, und der Quastenschwanz! So wie Reiter von Vollblütern auf das Gebäude ihrer Pferde eingestellt sind und eine gewisse Zeit brauchen, um sich umzustellen, wenn sie Ponys sehen oder gar beurteilen sollen, so ging es uns mit dem Esel. Wir schüttelten uns vor Lachen, die Mädel quieksten, und die Jungen röhrten. Man braucht nur mit dem Blick vom Esel zum Pony und zurück zu gehen, da hebt es einen fast aus den Angeln.

Dieses geradezu homerische Gelächter verletzte zwar nicht den Esel, wohl aber seine Besitzerin. Denn plötzlich fegte ein Mädel daher, mit roten Haaren und sprühenden Augen –

„Was macht ihr mit meinem Jonathan?“ schrie sie und erreichte ihren Liebling, nahm ihn, ihren Lauf geschickt abstoppend, zärtlich und liebevoll um den Hals und schimpfte weiter: „Der ist in seiner Art genauso schön wie eure Ponys!“

„Wir haben ihm ja nichts getan! Keiner hat ihn auch nur angerührt!“

„Aber ausgelacht habt ihr ihn!“ wütete sie. Und dann, piff, paff, flogen uns die Schneebälle um die Ohren.

Als Reiter hat man Schwierigkeiten, zurückzuballern. Die drei, die im Schlitten saßen, sprangen heraus und erwiderten das Feuer. Winnetou und Schnute

bekamen auch etwas ab. Sie fielen sofort in Galopp und preschten davon. Da mußten wir mit dem Schneeballen aufhören und ihnen nachflitzen. Wir taten es, nicht ohne wilde Drohungen nach rückwärts auszustoßen. Sie wurden lautstark, geläufig und mit einem beachtlichen neuen Vokabular von Schimpfworten beantwortet.

„Die konnte das aber!“ jappten wir, als wir wieder im Schlitten saßen. „Die schmiß nicht nur, die traf auch!“

„Hast du eins abgekriegt?“

„Klar, du nicht?“

„So was wurde im Mittelalter verbrannt“, schloß Uli nachdenklich die Debatte, und wir fuhren heim.

Unsere Aktion erwies sich nicht als ein Schlag ins Wasser. Es wurde angerufen, und auch die vorbereiteten Karten flogen ins Haus. Später kamen die Interessentinnen. Es waren durchweg junge, oft sogar sehr junge Mädel. Aber lieber eine nette Junge als gar keine. Mutter, von uns jetzt eingeweiht – wir hatten bisher geschwiegen –, guckte bedenklich.

„Alte Eisen sind beschwerlich,
aber junge sind gefährlich“,

sagte sie. „Eine, die unseren Jungen zu gut gefällt, nehme ich auf keinen Fall...“; sie sprach mit Katrin und Steffi, als sie diese Bedenken äußerte.

„Probieren geht über studieren“, drängte Katrin. Sie sah, wie nötig eine zugreifende Hand im Haushalt war.

So nahmen wir ein paar von denen, die sich anboten, zur Probe. Eigentlich gefielen sie uns alle nicht sonderlich, aber was will man machen? Der Traum war auch bald ausgeträumt. Eine wurde sofort von Schnute gebissen, sogar über den Zaun hinüber, was Schnute sonst nie tut. Sie hatte Mantel und Mütze noch nicht abgenommen, flüchtete in das Auto ihres Freundes zurück, der sie hergefahren hatte, und ward nicht mehr gesehen. Eine blieb ein paar Tage. Dann aber erwachten wir von einem entsetzlichen Geschrei. Als Mutter in ihr Zimmer stürzte, sah sie das junge Mädel voller Angst nach oben zeigend. Mutters Blick folgte dem weisenden Finger.

Freilich, das war schon ein Anblick zum Erschrekken! Auf dem Regal hinter dem Bett des jungen Mädels hatten wir den Rest unseres Weihnachtsstollens deponiert, in Cellophan verpackt; denn hier war es kühl und trocken. Das mußte eine Maus gerochen haben. Sie knabberte sich durch die Holzdecke und war mit ihrem Loch gerade so weit gediehen, daß sie durchgucken konnte. Um zu probieren, wieviel sie noch am Rand abzuknabbern hatte, mußte sie wohl den Kopf durchgesteckt haben, und nun hinderten die Ohren, die auf dem Hinweg, eng an den Kopf gelegt, mit hindurchgeschlüpft waren, sich sperrend den Rückzug. So saß die Maus gefangen und guckte mit angstvollen Augen auf unsere neue Hilfe hinunter, und die guckte ebenso angstvoll hinauf und schrie und schrie.

Mutter schrie aus Versehen auch. Und als Katrin, von diesem Lärm angelockt, als nächste erschien, schrie auch sie. Jede in einer anderen Tonart – es war wahrhaftig zum Schreien.

Schließlich erschien Steffi. Neben den Jungen kann man Kanonen abfeuern, sie wachen nicht auf. Steffi schrie nicht, sondern zog, unerschrocken zugreifend, die Maus mit einem Ruck durch das Loch – die überstand das lebend – und warf sie aus dem Fenster. Wir atmeten auf und schämten uns ein bißchen. Aber es hatte gar zu grausig ausgesehen, dieses starrende Mausegesicht über unserem Stollen.

Dieses junge Mädel blieb nicht. Auch das nächste nicht. Wir ließen die Köpfe hängen. Unsere blendende Idee war also ein Reinfall gewesen. Was nun?

Da erschien als Nachzügler doch noch ein Angebot. Eine neunzehnjährige Edith versprach, zu uns zu kommen, wenn sie ihren Esel mitbringen dürfte.

„Esel? Vielleicht..."

„Ob das am Ende die ist, die uns so geschneeballt hat? Esel sind ja nicht so häufig hier in den Dörfern..."

Wir sahen uns an. Energisch schien diese Eselbesitzerin zu sein, auch tierlieb. Vielleicht aber war sie ein bißchen zu rabiat? Wenn sie nun dauernd ihren Jonathan auf so handgreifliche Art gegen unsere Ponys verteidigte?

„Wir greifen ihn ja gar nicht an, und die Ponys werden es schon auch nicht", beschwichtigte Mutter, die ihre letzte Chance sah, „fahrt hin und holt sie, los! Bringt den Esel gleich mit! Es wird schon gutgehen."

Es ging gut. Edith erwies sich als anstellig, vergnügt

und patent, konnte kochen, brachte es bald zu Rekordzeiten beim Einspannen und fand den Jungen gegenüber sogleich in ein echt brüderliches Verhältnis hinein.

„Bist du nicht enttäuscht, daß es nur drei sind?" fragte Steffi nach einigen Tagen, in denen wir abgewartet hatten. „Hast du damals geglaubt, wir wären auch Jungen?"

„So genau hab' ich gar nicht hingeguckt", erklärte Edith, „und Brüder hab' ich eine ganze Menge zu Hause, vier. Da finde ich es zur Abwechslung mal ganz nett, Schwestern zu haben. Man kann Pullover und Kleider tauschen, gemeinsam die Jungen ärgern und sich überhaupt zu dritt besser durchsetzen."

Wir zweifelten nicht daran, daß sie letzteres auch allein gekonnt hätte. Sie war so resolut, daß sie schon nach wenigen Tagen den Zweispänner von Welzheim bis zu uns fuhr, alle Einkäufe im Städtchen mit dem Dogcart erledigte und sogar auf den Ämtern Schülerrückfahrscheine und ähnliches für die Auswärtigen in erstaunlich kurzer Zeit herausschmeichelte. Später fing sie richtig an zu reiten. Anfangs fuhr sie am liebsten Dogcart, unsere Mitbürger kannten sie bald und nannten sie „Pony". Das war merkwürdig, keins unserer Kinder wurde je so gerufen. Sie ließ es sich gern gefallen. Wir waren und blieben „de Gäscht mit de Gäule".

Später einmal – ich greife hier zeitlich vor – erlebte sie etwas im Städtchen, von dem alles wochenlang sprach. Sie war einkaufen gefahren und hatte den

Reiternachwuchs, sprich die beiden Babys, mitgenommen, die bei Mutter aufwuchsen, Töchter von Christine und Angela, die noch berufstätig waren. Das eine war zwei und saß schon allein, jung gewohnt, alt getan, auf dem Wagen, das andere erst anderthalb. Das hatte sie vorsichtshalber mit einem Schal, der ihm vorn übers Bäuchlein ging und hinten hinter der Lehne des Dogcarts verknotet wurde, sichergestellt, wie es jetzt die Autofahrer tun. Wohlgemut betrat Edith den Metzgerladen und kaufte Wurst, Knochen und Gehacktes.

Inzwischen hatte das größere der Kinder die Gerte erwischt, die im Peitschenhalter steckte. Nikolette, unsere liebe, friedliche kleine schwarze Stute, stand und döste, fuhr aber aus diesem Stehschlaf auf, als sie die Gerte auf ihrem Rücken fühlte und ein anfeuerndes „Galopp, Galopp!“ vom Ponywagen her hörte. Sie ging also los, hatte nichts dagegen, wieder heimzukommen. Erst trabte sie, dann aber folgte sie „Mukkes“ Aufforderung und fing an zu galoppieren. Der Wagen war ja nicht schwer befrachtet. Die Leute auf der Straße schrien.

„Hebet Se se! Hebet Se se!“ tönte es vielstimmig – die Schwaben bedienen sich ja noch der altdeutschen Form „heben“ statt „halten“. Keiner aber hatte den Mut, zuzuspringen. Junge Männer guckten, dicht an die Mauer gedrängt, dem Gefährt nach, schreckensbleich und rundäugig, kamen aber nicht auf den Gedanken, hinterherzurennen. Nur ein Mütterchen mit Krückstock humpelte eilig und erstaunlich behende dem Wagen nach, ohne sonderliche Chance natürlich, ihn zu erreichen.

Pony-Edith jedoch, als sie merkte, worum es sich handelte, verschwand blitzschnell aus dem Laden und rannte, daß sie buchstäblich die Schuhe verlor. In Strümpfen sprang sie die Straße entlang, vermochte aber Nikolette, die ja einen ziemlichen Vorsprung hatte, nicht auf Anhieb zu überrunden. So sauste der neuartige Kinderwagen immer schneller die Straße entlang und den Bahnschranken entgegen.

Dort wartete Hilfe. Fünfzehn italienische Arbeiter hatten das Ganze beobachtet, und sie handelten. Schiebkarren und Spitzhacken flogen in den Sand, und unter unverständlichen, aber anfeuernden Rufen stürzte die gesamte Rotte vom Bahnkörper auf die Straße. Die wackeren Männer bildeten eine Kette und hielten das wilde Tier auf. Dank ihnen!

Atemlos stoppte Edith gleich darauf ihren Lauf ab, kam heran und streute „grazie tante“ nach allen Seiten aus. Der Metzger war zwei Minuten später mit seinem Wagen zur Stelle, er brachte das Gehackte und Ediths unterwegs aufgelesene Schuhe.

Diese Geschichte erzählten wir Christine und Angela erst später. Wenn etwas schon eine Weile her ist, wirkt es nicht mehr so besorgniserregend. Die Gerte aber nehmen wir von nun an immer mit in den Laden hinein, wenn wir mit den Ponys einkaufen fahren. Mutter meint, wir sähen aus wie die Strauchdiebe, und es sei kein Wunder, wenn uns die Geschäftsleute scheel ansähen (was sie gar nicht tun). Wieso Strauchdiebe? Sie hat uns oft erzählt, wie ihr eigener Großvater, der Sanitätsrat, wie man damals sagte, der auch mit einem Pony fuhr, wie dieser heißgeliebte Großvater seine Peitsche nie dem Kutscher überließ, weil er fand, Kutscher machten Peitschen kaputt. Er nahm sie stets mit ins Wohnzimmer und stellte sie bis zur nächsten Fahrt hinter den Glasschrank, seine schöne, gebogene Herrschaftspeitsche. Übrigens kutschierte er immer selbst, der Kutscher (oder eins der Kinder) mußte nur mit, um das Pony zu halten, wenn der Großvater bei seinen Patienten war.

Ehe er also losfuhr, verabschiedete er sich von seiner Frau mit einem „Auf Wiedersehn, Frau Rat!", wobei er mit der Peitsche salutierte.

„Du siehst aus wie ein Pferdehändler, Rudolf!" seufzte Großmutter und lachte. Mutter hat uns das so oft vorgemacht, daß wir immer glauben, wir hätten es noch erlebt.

Jonathan übrigens setzte sich in unserer kleinen Herde erstaunlich schnell durch. Er feuerte ohne Säumen aus, wenn ihm jemand zu nahe kam, sei es Hengst oder Stute, und zeigte sich sonst recht friedlich. Füttern taten wir ihn gesondert, damit die andern ihm nicht alles wegfraßen oder es zu ernstlichen Keilereien kam. Das aber halten wir auch bei unseren so, wenn es sich um Köstlichkeiten handelt, etwa zusätzliches Mischfutter, Hafer oder Mohrrüben. Hier geht sonst allzu leicht Gewalt vor Recht. Manchmal spannen wir Jonathan neben ein Pony ein. Aber eigentlich tun wir das nur aus Spaß. Es sieht unbeschreiblich grotesk aus, und alle, Einheimische und Besucher, lachen dann so, daß es für Jonathan – denn auf seine Kosten vor allem lachen wir ja – nicht schmeichelhaft ist. Und kränken wollen wir weder ihn noch seine Besitzerin. Dazu mögen wir sie beide zu gern.

Aki und der Zaun

Das Grundstück, das um unser Haus liegt, ist etwa zwei Morgen groß, für eine Stadtvilla also recht beachtlich, für ein kleines Gestüt gerade das allerkleinste Minimum. Gleich im ersten Jahr unseres Hierseins bot uns der Forstmeister an, die Waldwiesen unseres Tals in Pacht zu nehmen. Wir sagten vergnügt zu.

Anfangs mähten wir das Gras und fuhren es im Dogcart heim. Bald aber fanden wir das unpraktisch.

„Wir versuchen es noch mal mit dem elektrischen Zaun", schlug Steffi vor, „vielleicht respektieren die Isländer ihn. Die Shetties müssen dann eben verzichten und auf der Hausweide bleiben."

Gedacht, getan. Und siehe da, wir kamen hinter das Geheimnis. Elektrozäune sind als Wanderzäune gedacht. Man steckt sie um, wenn das Gras abgeweidet ist. Leichte Metallpfosten, schnell herausgenommen und wieder in die Wiese gebohrt, ermöglichen das Umsetzen eines mittelgroßen Zaunes in einer reichlichen Stunde, wenn man es versteht. Wir verstanden es bald aus dem Effeff und stellten Rekorde auf. Und unsere Ponys weideten gewissenhaft die jahrzehntelang nicht genutzten Wiesen des Tales ab, denen das sehr gut bekam. Sie sehen heute ganz anders aus als früher, und nicht nur wir schmunzeln darüber, sondern auch der Forstmeister, der uns dies anbot.

Im Winter bringen wir die Ponys am Morgen hinaus und holen sie abends zurück, weil wir es so gern hören, wenn es nachts um unser Haus tappt, wenn wir schnurrendes Kauen und behagliches Schnauben mit in den Traum nehmen – und wenn wir frühmorgens rasch die Kleinen vor den Zweispänner oder den Schlitten spannen können, um die Schulkinder zur Bahn zu bringen. Wir fahren fast jeden Tag mit den Ponys in die Stadt, weil das so viel Spaß macht.

Viele unserer Fohlen sind auf den Waldwiesen geboren. Ponys brauchen ja keine menschliche Hilfe bei der Geburt, so daß wir sie ruhig hinausstellen können. Wie aufregend, wenn man früh hinausradelt und rätselt: Sind es heute noch sechs oder schon sieben oder gar acht?

Blackys und Winnetous erste gemeinsame Tochter ist auch da draußen zur Welt gekommen, wie wir ja schon erzählt haben, drei Wochen früher als geplant, klein wie ein Zicklein. Steffi fand sie, als sie, diesmal ahnungslos, da ja der Termin noch nicht da war, zu den Ponys hinausging. Man sah es dem jüngsten Pferdekind schon an, daß es vorwitzig werden würde: Es war *noch* kleiner als die anderen, quicklebendig zwar, aber doch beinahe ein Spielzeug. Und die Farbe! Die Mutter schwarz, der Vater weiß – Aki, so wurde sie genannt, hatte sich nicht entscheiden können, an welches Elternteil sie sich halten sollte, und einen Mittelweg eingeschlagen. Sie ist braun, hat weiße Beine und schwarze Mähnen- und Schweifhaare. Unbeschreiblich bunt und drollig wirkt sie, und als Steffi sie damals auf den Arm nahm und heimtrug, dachten Spaziergänger, sie habe ein Rehkitz gefunden.

Es stand im Buch des Schicksals geschrieben, daß Aki Blackys letztes Baby bleiben sollte. Fünf Wochen nach der Geburt war sie Halbwaise, ihre Mutter, Blacky, unsere sehr, sehr geliebte erste kleine Ponystute, ging in den Ponyhimmel ein. Wir möchten davon nichts erzählen, es war zu schrecklich, und wir haben nie einen wirklichen Ersatz für sie gefunden. Schnute, ihre älteste Tochter, wird ihr zwar immer ähnlicher, wir sagen das oft, wenn wir sie ansehen. Aber die runde und doch zierliche Dralle, die Blacky hatte, die feine Nase und die klug und gut schimmernden Augen – nein, das alles erreicht sie nicht. Blacky bleibt unvergessen bei uns.

Aki war mutterlos geworden und mußte sehen, wie sie sich ins Leben hineinfand. Sie tat das mit Emsigkeit. Alle unsere damaligen Stuten hatten Fohlen, und zwar zufällig alle kleine Söhne. Aki war das einzige Fräulein unter lauter Brüdern.

Jedoch so klein sie war, sie setzte sich durch. Sie trank bei Eyglo und Gloa, die viel zu groß für sie waren, stand auf den Zehen unter diesen „Tanten", den Hals gereckt wie eine kleine Giraffe, und sog und schluckte. Sie drängte Hanko, Schäker und Sörli beiseite, die älter und stärker als sie waren, sie mogelte sich von rechts und links heran, und wenn Gloa es merkte und mit dem Schweif schlug, um sie loszuwerden, dann stellte Aki sich raffinierterweise so, daß dieser Schweif erst den eigenen Sohn traf, so daß dieser ging und ihr den Platz abtrat. Aki ist lebenstüchtig, wahrhaftig!

Sehr groß gewachsen ist sie nicht. Ob das daran lag, daß sie drei Wochen zu früh kam, oder ob Tantenmilch eben doch nicht so nährt, wir wissen es nicht. Nur über eins waren wir uns einig: Aki wird nicht verkauft. Wir behalten sie als Erinnerung an Blacky und lieben und verwöhnen sie – letzteres taten wir vielleicht von Anfang an ein bißchen gar zu übertrieben.

Längst weideten alle unsere Ponys auf den Waldwiesen und respektierten den elektrischen Zaun. Die Isländer hatten sofort begriffen, daß die Berührung mit dem Draht kribbelt und erschreckt, sie nehmen sich vor jedem Drahtstück in acht. Gloa verbrachte einmal drei Wochen in Murrhardt, wo sie beim Hengst war, und sollte dort die Wiese vor der Jugendherberge abweiden. Die wurde mit Blumendraht eingezäunt. Gloa ging nicht ein einziges Mal stiften. Sie kam uns vor wie in Laurins Rosengarten, der mit einem seidenen Faden umspannt ist.

Den Shetties muß man von Zeit zu Zeit klarmachen, daß der Zaun elektrisch geladen ist. Sie sind frecher und auch dickfelliger. Auch die Fohlen müssen lernen, den Draht zu respektieren. Wir führen sie dann an den Zaun heran, bis sie einen Schlag bekommen und erschrecken. Das ist nicht so einfach, denn wenn wir sie festhalten, kriegen wir den Schlag natürlich auch. Das ist ein Gequieke und Gehopse, und wir sind froh, wenn sie es alle „gelernt" haben. Im Winter sind sie so dick bepelzt, daß der Schlag oft nicht durchgeht. Dann müssen wir sie mit den Nasen an den Draht bringen. Wir reiben sie oberhalb der Nüstern mit Spucke ein und führen sie an den Zaun, bringen den Draht an diese Stelle und warten, bis es funkt. Der Zaun ist ja nicht immerfort unter Strom, sondern nur alle vier Sekunden. Das ist immer sehr spannend.

Shetlandponys sind sehr klug. Ben behauptet, daß Blacky immer am Zaun entlangging und bei der Batterie stehenblieb, um zu horchen, ob sie tickt. Manchmal knipsen wir sie ja aus, wenn wir am Zaun etwas reparieren. Wenn es also nicht tickte, spazierte Blacky ohne Angst unter dem Zaun durch. Ben hat sich dann einmal in der Nähe der Batterie versteckt und alle vier Sekunden immer „Tick-tick!" gesagt, da ist Blacky darauf hereingefallen und nicht durch den Zaun gegangen. Ja, Blacky war klug!

Und Aki wurde es auch. Wir stellten das mit gemischten Gefühlen fest. Es ist hübsch, ein schlaues Pony zu haben, das jeden Weg findet, das „bittebitte" und Männchen macht, wenn es Zucker haben will. Im Winter aber wurde es unbequem.

Die Batterie, die den elektrischen Zaun speist, wird jedes Frühjahr frisch aufgeladen, im Mai, wenn die neue Weidezeit beginnt. Im Januar, Februar also ist sie nicht mehr so stark geladen. Wir wußten das und guckten bedenklich, sooft wir Aki mit den anderen auf die Waldwiese hinausbrachten. Sie allein am Haus zurücklassen konnten wir auch nicht, weil sie sich dann rein umbrachte, um zu den anderen zu dürfen. Sie versuchte, über den Maschendrahtzaun zu kommen, der ein Meter zwanzig, also viel höher ist als sie, und sie wieherte und rief, daß es einen erbarmte. Wir stellten sie also trotz aller Bedenken mit hinaus. Aber, o Wunder, immer, wenn wir nachsehen kamen, war Aki bei den anderen im Zaun. Wir atmeten auf und lobten sie über den grünen Klee. Erst später merkten wir, daß Aki klüger war als wir. Sie kannte die Uhr, wahrhaftig!

„Wissen Sie, daß Ihre Kleinste mir immer die Wildfütterung ausfrißt?" fragte der Forstmeister eines Tages Mutter. „Jeden einzelnen Tag, jawohl. Hoffentlich bekommt ihr der Ölkuchen!"

„Aki?" fragte Mutter empört. „Aki, diese kleine Braune da? Das muß ein Irrtum sein, die ist immer im Zaun, wenn ich herauskomme."

„Wann kommen Sie denn gewöhnlich heraus?"

fragte der Herr im grünen Rock und lächelte versteckt. Mutter überlegte.

„Entweder vormittags, kurz vor dem Essen. Da radele ich meist her, um mich zu überzeugen, daß alles in Ordnung ist. Und dann abends, wenn ich sie nach Hause hole.“

„Ja, sehen Sie! Um diese Zeit ist sie immer hier. Dazwischen aber, wenn sie sicher ist, daß Sie nicht kommen, schlüpft sie unter dem Draht durch, spaziert die Fuchsklinge hinauf und geradenwegs zur Fütterung. Gestern erst hab' ich sie dort erwischt und verjagen wollen, da hat sie sich umgedreht und mir mit beiden Hinterhufen eins geschmettert – soll ich Ihnen die blauen Flecke zeigen? Sie sind kreisrund und genauso groß wie die Hüfchen dieses sogenannten Pferdchens.“

Mutter verzichtete auf die Besichtigung. Sie glaubte es auch so. Sie entschuldigte sich sehr beim Forstmeister, aber heimlich war sie doch stolz auf die Klugheit der kleinen Stute, die nicht nur aus dem Zaun heraus-, sondern zur richtigen Zeit auch wieder hineinschlüpfte. Am Abend saßen wir alle im Stall, sahen den Ponys beim Fressen zu und überlegten, was wir unternehmen könnten, um Akis Frechheit zu steuern. Den Forstmeister darf man sich nicht verärgern, wenn man, wie wir, so nahe am Wald wohnt.

Aki brennt durch

Katrin kam auf eine Idee. Wir kennen den Wirt der Hunnewellhütte, eines Studenten-Erholungsheims, das, etwa fünfundzwanzig Kilometer von uns entfernt, auf dem „Kalten Feld“ liegt. Dieser alte Wandervogel, von uns Kindern Onkel Otto oder auch, abgekürzt, O-oh genannt, war schon mehrmals bei uns und erzählte dann immer von seiner Jenny, einem braunen, nicht ganz echten Shetlandpony, das sich allein so langweilte.

„Kaufen Sie doch ein zweites dazu“, hatten wir ihm geraten, „Ponys sollte man nur in der Mehrzahl halten.“ Dazu war es aber noch nicht gekommen.

„Vielleicht nimmt er für eine Zeitlang Aki zu sich, als Gesellschafterin für Jenny?“ fragte Katrin. Richtig, was Besseres konnte ihm gar nicht passieren und uns zur Zeit auch nicht. Wir riefen an und bekamen sofort eine erfreute Zusage.

Wie bringt man ein Pony, das man nicht reiten – auch Ben hatte Aki längst überwachsen – und noch nicht fahren kann, über eine solche Wegstrecke? Wir schlugen vor, Aki bis auf die Hütte zu führen, der brave Hüttenwirt aber hatte einen bequemeren Vorschlag. Er montierte alle drei Sitze außer seinem eigenen in seinem Wagen ab und schaffte damit Platz für dieses kleine Pferd. Aki ließ sich, wenn auch zunächst mit Verwunderung, so doch gutmütig und willig in den Wagen hineinheben, Steffi und Ben hockten sich zu ihr, und los ging die Fahrt. Aki zeigte keine Zeichen von Nervosität, nur sehen wollte sie etwas von der Landschaft, durch die sie fuhr, und so streckte sie den Kopf links vom Fahrer aus dem Fenster. Als man durch Gmünd fuhr, bemerkte Steffi, daß immer wieder Passanten erstaunt hochguckten, sobald sie den Wagen ins Auge faßten. Akis Kopf verdeckte den des Fahrers fast ganz, wenn man den Wagen von links sah, es wirkte also genauso, als säße ein Pony am Steuer. Die in Zoologie nicht ganz sattelfesten Gmünder ließen sich hie und da sogar zu dem verwunderten Zuruf „Da fährt ein Esel!“ hinreißen.

„So laut hat mir das noch keiner nachgerufen wie heute“, grinste O-oh und fuhr extra noch einmal in ziemlich gemäßigtem Tempo um den Markt dieser entzückenden kleinen Stadt mit dem buntbemalten Brunnen. Es war zu drollig, die Reaktion des Publikums zu beobachten.

Aki und Jenny befreundeten sich schnell. Sie beschnupperten einander und fingen dann bald mit Fellkraulen an, jenem Gesellschaftsspiel, das unsere Ponys auf der Weide stundenlang betreiben. Sie stellen sich dann nebeneinander, ganz dicht, eins mit dem Kopf und eins mit dem Schwanz nach derselben Richtung, und kraulen sich mit dem Maul Rücken und Kruppe. Besonders in der Zeit des Haarwechsels betreiben sie dieses Spiel stundenlang, und es zeugt von gutem Einvernehmen, wenn sie es tun.

Ben ritt erst noch ein bißchen auf Jenny. Sie ist

größer als Aki, auch größer als unsere andern Shetties, aber von niemandem zugeritten, da sie aus der Wilhelma stammt, also eigentlich ein Zoopferd ist, das man ansieht, aber nicht gebraucht. Jenny wunderte sich erst und wehrte sich dann, sie stieg und drehte sich, um Ben loszuwerden, ja, sie brachte es fertig, in der Levade, also mit angezogenen Vorderbeinen auf den Hinterbeinen stehend, noch hochzuspringen. Ben klammerte sich meist erfolgreich fest. Ein paarmal wurde sie ihn los, bis sie schließlich merkte, daß er bei Winnetou so viel gelernt hatte, daß er ihr überlegen war. Da gab es noch ein paar übermütige Galopprunden um die Wiese. Wir haben Jenny später unsererseits in Pension gehabt und einigermaßen zugeritten. Einmal spannten wir sie in die Troika* ein, sie sollte in der Mitte zwischen zwei Hengsten gehen. Steffi hatte sich nicht erst die Mühe gemacht, sie vorher allein einmal vor dem Wagen auszuprobieren. Diese Troikafahrt war nach zweihundert Metern bereits beendet, obwohl sich Mutter noch als Schwergewicht, wie sie sagte, mit auf den Dogcart geklemmt hatte. Sie und Steffi flogen raus, die Hengste stiegen, Jenny toste – beim Flicken des Geschirrs beschloß Steffi, von nun an nur noch mit eingefahrenen Ponys Troika zu fahren. Dies fand aber erst später statt, vorläufig erfreute sich Jenny noch eines ungebundenen Wildpferdedaseins.

Sie hatten es gut da oben, die beiden. Eine riesige

* Dreigespann.

Wiese, im Sommer von Jenny nicht bewältigt, lieferte Gras genug. Ponys weiden ja auch winters, ja, sie scharren den Schnee weg und suchen sich ihr Futter, äußerst bequem für ihre Besitzer. Dazu bekamen sie Kartoffelschalen in Mengen, denn die Hütte hatte immerzu Besuch von vierzig, fünfzig Studenten, die dort oben ihre Freizeit verbrachten und die sich bald angewöhnten, altes Brot und gelbe Rüben für „ihre“ Ponys mitzubringen. Ein Schafbock mit imponierender Rammsnase leistete ihnen Gesellschaft. So lebten sie ohne Sorgen, aber gerade das veranlaßte sie zu dummen Streichen.

Der Hüttenwirt rief regelmäßig an, berichtete, daß es seiner kleinen Besucherin gutgehe, daß sie wieder einen nichtsahnenden Besuch, der sich ihr näherte, aus Übermut umgeworfen, dann in der Küche erschienen und eine Schüssel Kartoffelsalat ausgefressen habe, daß sie immer dicker würde – sie war nach einigen Wochen auf der Hunnewellhütte fast so breit wie lang, sah urkomisch aus – und daß sie neuerdings ihre „Knetel“ mit schöner Konsequenz auf den Abtreter der kleinen Eingangstreppe der Hütte ablegte. Wir entschuldigten uns und gingen zur Tagesordnung über, froh, nicht selbst hinter dem vierbeinigen Unband her sein zu müssen. Eines Tages aber erreichte uns eine Alarmmeldung: Aki war getürmt, Jenny in ihrem Kielwasser. Sie hatten sich von ihrem Tafelberg-Idyll entfernt und erwanderten sich die Schönheiten der engeren Heimat.

Nun, auch das erschütterte unsere Seelenruhe nicht

allzusehr. Wenn unsere vierbeinigen Lieblinge daheim, auf dem Ponyhof, eine Zaunlücke finden und davonspazieren, dann rennen wir hinterher, daß wir die Schuhe verlieren. Denn zwischen unserem Areal und Lorch liegen lauter Schrebergärten, deren Besitzer den Zaun gespart haben. Es bedeutet also eine Katastrophe ohnegleichen, wenn unsere Pferdchen den Salat, die roten Rüben oder auch nur die Blätter dieser Rüben ernten. Kleingärtner – in Berlin nennt man sie Laubenpieper – wollen die Früchte ihrer Sommerarbeit selbst in den Händen halten, ein durchaus verständlicher Wunsch, und sind zornig erregt, wenn freche Pferdemäuler ihnen zuvorkommen. Den ganzen Sommer über bewachen wir daher unsere naschhaften Vierbeiner mit Argusaugen, denn mit Nachbarn soll man gut Freund sein und sie nicht verärgern. Wenn aber zwei harmlose Pferdchen im Winter ein bißchen durch die schwäbischen Wälder streifen, warum nicht! Wir alle haben in der Entwicklungszeit unter Wandertrieb und Abenteuerlust gelitten, wer dafür kein Verständnis besitzt, ist ganz einfach vergeßlich. Bei uns sind es Uli, Lotte und Katrin, die das Fernweh küßte. Sie trieben sich schon auf das spartanischste in Griechenland, Marokko und Spanien herum, und Ziele wie Australien und Argentinien sind nicht indiskutabel. Mutter läßt sie laufen. Je weiter sie weggehen, desto lieber kommen sie zurück – man darf ihr nur nicht anbieten, selbst mitzureisen. Sie ist am allerliebsten zu Hause auf ihrem Ponyhof, schließlich hat sie ihn gegründet und mag da sitzen.

Aki und Jenny waren also weg. Wir telefonierten, man solle den Mut nicht verlieren, solche kleinen Stiftiküsse würden ja auffallen. Überfahren würde man sie höchstwahrscheinlich nicht, da sie sich sicher im Wald und auf der Heide, nicht aber auf asphaltierten Straßen fortbewegen würden, und wegfangen tat sie bestimmt keiner. Was soll ein Bauer mit so kleinem Gemüse? Wir haben mal erlebt, wie ein Ostpreuße an unserer kleinen Herde vorüberging, die wir ihm mit Besitzerstolz zeigten. Er sagte mitleidig:

„Ich hatte zu Hause auch Pferde. Die waren aber größer. Ihre können ja nicht mal eine Nähmaschine ziehen!" Worauf wir giftig antworteten, unsere Nähmaschine bliebe zu Hause und brauchte keine Luftveränderung.

Blieb also der eventuelle Schaden, den die kleinen Spaziergaloppierer im Wald anrichten würden. Natürlich sind wir in der Haftpflicht. Trotzdem riefen wir alle Forstmeistereien der Umgebung an und baten um Hinweise, wenn man sie etwa sichtete. Die Förster waren alle freundlich und zeigten viel Verständnis. Wie oft, ach, haben wir das erlebt, schon in Westfalen, als wir nur Blacky und Schnute besaßen! Wieviel Telefongroschen hat Mutter in Förstereien gelassen, herzlich und angstvoll bittend, unsere Nummer anzurufen, sobald irgendein Hinweis da sei. Und wenn sie heimkam, waren die schwarzen Teufel längst einpassiert, standen an der gutsherrlichen Haferkiste oder hatten einen Korb voll Äpfel erwischt, den sie sich schmecken ließen.

Ärger dieser Art war hier nicht zu befürchten. So warteten wir getrost ab, und siehe, am nächsten Tag hatten Hubschrauber das Paar gesichtet. Hurra! Wir sonnten uns in dem Gefühl, als hätten wir sie schon wieder, und der Hüttenwart fuhr in die bezeichnete Gegend, um sie sicherzustellen. Er fand sie jedoch nicht. Am übernächsten Tag geschah folgendes: Eine Familie, die mit dem Auto zum Skilaufen gefahren war – am Kalten Feld liegt mehr Schnee als in Stuttgart und Umgebung –, sah zu ihrem Erstaunen plötzlich zwei winzige Pferdchen aus dem Gebüsch treten, vorsichtig um sich schauen und dann zutraulich näher kommen. Der Vater rannte zum Wagen, um seine Schmalfilmkamera zu holen. Wildpferde am Kalten Feld, *die* Sensation! Aber als er mit erhobenem Objektiv auf die Objekte seines Staunens losging, drehten die blitzschnell um, Aki versetzte ihm im Abspringen noch einen Wischer mit den Hinterhüfchen, und weg waren sie. Der gute Mann konnte nicht ahnen, daß unsere Ponys schon verschiedentlich vor Film- und Fernsehkamera hatten laufen, springen und schwitzen müssen.

Einmal sah sie ein Waldhüter. Einmal mogelten sie sich mit heuchlerisch-sanfter Miene an ein junges Mädel heran, das sein Geschwisterchen im Kinderwagen ausfuhr, steckten ihre zottigen Gesichter hinein und erschreckten das Kleine, das an mütterlich-verliebtes Lächeln gewöhnt war und entsetzlich zu weinen begann. Auch die große Schwester weinte, denn niemand wollte ihrer Erzählung Glauben schenken.

Ponys im Winterpelz sehen aus wie kleine Ungeheuer, und als sie solche beschrieb, wurde sie ausgelacht und verspottet. Später reimte man sich die Wahrheit zusammen, wir fürchten aber, daß Kind und Fräulein doch einen kleinen Schock fürs Leben davongetragen haben.

Von da an hörten wir nichts mehr. Wir fingen an, uns ernstlich zu sorgen. Eines Tages verkündete eine Männerstimme im Telefon, die Ponys befänden sich in Euringen, einem Dorf nördlich von Schwäbisch Gmünd, im Rößle. Selig entkorkten wir eine Rotweinflasche und wollten das Happy-End dieser Odyssee begießen, als aus der Hunnewellhütte schon die nächste Meldung kam: „War in Euringen im Rößle. Keine Spur. Niemand weiß etwas."

Der Rotwein blieb ungetrunken. Wir setzten Finderlohn und Ehrenmedaillen aus. Eine Schulklasse, die sowieso eine Wanderung in diese Gegend vorhatte, wurde mit Zuckerstücken, Brot, Lederriemen und vielen, allzu vielen guten Ratschlägen losgeschickt, mit der Weisung, den Wald durchzukämmen. Nichts.

Wir waren über das Stadium, bei jedem Läuten erwartungsvoll ans Telefon zu stürzen, schon hinaus und wagten uns kaum mehr hin. Am Sonntag erschien Onkel Otto bei uns, lud Ben, unseren Jüngsten, und Winnetou, seinen kleinen Schimmelhengst, Akis Vater, in einen geborgten Kombiwagen und nahm beide mit, Richtung Kaltes Feld. Vielleicht fand Winnetou seine ungeratene Tochter wieder.

Nun ist es wirklich fast wahrscheinlicher, die berühmte Stecknadel im Heuhaufen zu finden, als die beiden Ponys in den schwäbischen Wäldern. Denn die Stecknadel bewegt sich ja nicht. Hat man einen Teil des Heus durchsucht, so weiß man wenigstens, dort ist sie *nicht*. Ponys aber ziehen weiter, und wo man sie heute gesucht hat, sind sie vielleicht morgen. Wir dachten an Dr. Grzimeks Bemühungen, die Wildherden von Serengeti vom Flugzeug aus zu zählen. Welch ungeheure Mühe dieser Leute!

Den ganzen Sonntag ritt Ben auf Winnetou kreuz und quer durch den Wald. Er ließ dem Hengst die Zügel, damit der die Richtung einschlagen konnte, die er für richtig hielt – Ponys streben ja immer zueinander –, ermunterte ihn nur, zu laufen und nicht nach Freßbarem zu schnuppern. Denn auch Winnetou schmeckt es woanders besser als zu Hause, ob Sommer, ob Winter, und Heidekraut, Gestrüpp und Unterholz interessieren jedes Pony.

Am Abend waren wir so klug wie zuvor.

„Ich reite nach Hause“, sagte Ben, die Stimme dick von unterdrückten Tränen. Der Hüttenwart verabschiedete sich von ihm mit einem stummen Händedruck. Ben ritt in Richtung Euringen, der Heimat zu. Am Ortsausgang schmetterte Winnetou sein Trompetensignal in die Luft. Und da –

Ja, da antwortete es. Nicht von rechts, vom Rößle her, sondern von gegenüber. Ben verhielt sein Roß und horchte.

Wahrhaftig, es wieherte Antwort, und das war Akis

Stimme, kein Zweifel! Ihr Zwitschern ist unverwechselbar.

Sie waren da, die beiden!

„Gegenüber vom Rößle“, hatte der hilfreiche Telefonist gesagt, und in unserer Aufregung hatten wir das nicht richtig mitgekriegt. Ach, welche Seligkeit, als die beiden uns aus einem Ziegenstall gesund und munter entgegenstrahlten!

Es ist schön, Ponys zu haben. Aber es ist fürchterlich, um sie zu bangen. Der Hüttenwart und seine Frau gestanden uns später, daß sie keine Nacht mehr durchgeschlafen hätten, seine Frau habe auch im Traum noch immer Wiehern gehört. Mutter erging es ähnlich. Bei jedem Schmettersignal unseres kleinen Hengstes geisterte sie draußen herum, barfuß im Schlafanzug, mit Taschenlampe und Gelbe-Rüben-Stückchen und immer neuer Hoffnung und vielen, vielen Stoßgebeten.

Aber es ist köstlich, sie wiederzubekommen, die unternehmungslustigen, struppigen, geliebten kleinen Gesellen!

Eingeschneit

Ende Januar, Anfang Februar kommt dann der Schnee, der richtige, dicke, wertbeständige. Meist kündigt er sich am Abend an, und dann betteln wir um eine Badewanne voll warmen Wassers. Denn hier in der Einsamkeit unseres Ponyhofs können wir das Spiel betreiben, das uns immer solchen Spaß macht und bei dem die Ponys kopfschüttelnd danebenstehen: Wir springen aus der heißen Wanne hinaus in den Schnee und kugeln uns darin, laufen zurück ins heiße Wasser, kommen wieder. Mutter erlaubt es aber erst, wenn es dunkel ist. Vielleicht käme doch mal ein verspäteter Besuch und erschräke zu Tode, wenn ihm ein Nacktfrosch entgegenspränge.

Am andern Morgen ist das Haus dick eingeschneit. Die Ponys tragen wahre Federkissen von Schnee auf dem Rücken, und an den Barthaaren und der Brust sind sie bereift. Wir haben ihnen in einer Ecke unseres Grundstücks, wo sie von Bäumen ein wenig geschützt sind, alles Laub zusammengerecht, das unsere Erlen und Buchen abgeben, und dazu Stroh gestreut. Dort stehen sie des Nachts, unsere Vierbeiner, die Kleinen liegen, die Größeren hauchen auf sie herab, man sieht das ganz deutlich an den bereiften Stellen ihres Felles. Damit wir nicht mit Tränkeimern herumlaufen müssen und die Ponys trotzdem keinen Durst leiden, hacken wir ihnen Löcher in das Eis des Aimersbaches, dort trinken sie. Wenn wir früh kommen und die Leiter zum Heuboden hinaufklettern, was nie ohne Gepolter geschieht, dehnen und strecken sie sich und wandeln herüber, langsam und feierlich, als wollten sie ihren Schneeschmuck nicht verlieren. Vielleicht wollen sie das wirklich nicht, denn er wärmt. Er liegt ganz außen auf dem Fell und bildet eine Schutzschicht gegen die Kälte. Wenn man in das rauhe, zottige, in kalten Wintern fingerlange Winterfell hineingreift und so tief bohrt, wie man kann, ist die Haut trocken und warm darunter, ja, sogar staubig.

Einmal wachten wir auf, da war der Schnee so dick, daß die Shetties bis zum Bauch darinstanden. Sie zogen wie kleine Schiffe hindurch, und ihre Schwänze rutschten hinterher. Ben, unserem Jüngsten, ging der Schnee beinahe bis an den Bauch. Wir stellten ihn neben den Zaun in den Schnee, und dort ließ er sich ganz langsam auf die Knie hinunter. So knipste ihn Uli. Es sieht aus, als wäre er bis zum Hals eingeschneit.

Aber nicht nur wir steckten tief im Schnee, sondern auch die Eisenbahn. Hurra! Wir hörten es im Radio. Kein Zug kam durch, jedenfalls vorläufig, also auch unser Schulzug nicht. Was für ein Gefühl, nach dem Füttern wieder ins warme Bett zurückschlüpfen zu können!

Mutter und die Großen saßen in der Küche und hörten Nachrichten. In Stuttgart ging es toll zu, dort war sogar der gesamte Straßenbahnfahrplan über den Haufen geworfen. Kein Mensch konnte an seine

Arbeitsstelle gelangen. Überall wurden Aufrufe nach freiwilligen Schneeschippern laut. Das muß man erlebt haben, wie Regierungsrat und Pianistin, Kaminfeger und Luftstewardeß sich früh ein Stelldichein auf der Straße gaben und gemeinsam gegen das weiße Element anschaufelten!

In Lorch war es ähnlich. In unserer Einsamkeit aber half kein Schaufeln. Wir konnten natürlich einen kleinen Weg bis zur Straße freimachen; die aber, die immerhin zwei Kilometer bis zur Stadt beträgt, trotzte unseren Bemühungen, und wir waren gezwungen, auf das Frühjahr oder doch wenigstens auf den Schneepflug zu warten, wenn wir nicht mit Skiern losgehen wollten. Wir waren fürs Warten – aus den oben angedeuteten Gründen.

Es wurde urgemütlich. Vorräte haben wir im Haus, Besuch befand sich, wie eigentlich immer, auch da. Wir heizten wie die Teufel und ließen es uns bei Kakao und Stollenresten wohl sein. Mutter versteckt immer einen halben Weihnachtsstollen „für Katastrophen". Wir genießen das sehr, denn er schmeckt je älter, desto besser.

Einen Haken hatte dieses köstliche Eskimodasein: Der Besuch, der da war, eine Dame aus der Inneren Mission, nicht mehr ganz jung, auch etwas gehbehindert, wollte am Nachmittag abfahren, um so dringender, als sich ein anderer angesagt hatte. Dieser andere war ein Verleger, den man schon grundsätzlich nie ausladen darf – und daß er sich vom Schnee würde abschrecken lassen, war nicht zu erhoffen. Bis Nachmittag gingen sicher wieder Züge, und ein kräftiger Mann, der vor Jahren jugendbewegt mit Klampfe und wehenden Bändern singend durch die Wälder gezogen war – so stellen wir uns Mutters Jahrgänge vor –, würde auch bis zum Ponyhof vordringen. Wo aber sollten wir bei der drangvoll fürchterlichen Enge unseres Häuschens diese beiden Besucher unterbringen? Das Mädelzimmer, „Friedas Frieden“ genannt, besitzt zwar zwei Betten, übereinander angebracht, ob man aber die Dame aus Tübingen und den Herrn Verleger...

Natürlich nicht. Wir überlegten, wie die Sache zu deichseln sei. Im Wohnzimmer schliefen zwei Freunde von Arndt, die sich hier in der Stille auf ein Examen vorbereiten oder sich von einem erholen wollten – wir wissen das nicht mehr so genau, im Jungszimmer Uli, Ben und Katrin. Steffi war zu einem Reitkurs außer Haus. Mutter kratzte sich am Kopf.

Es wurde so ähnlich wie die Geschichte mit dem Wolf, dem Schaf und dem Kohlkopf bei der Überfahrt über den Fluß. Den Wolf konnte man nicht dem Schaf zuteilen und dem Schaf nicht den Kohlkopf – sprich, die Innere Mission nicht dem Verleger und Katrin nicht den beiden Studenten. Wir zeichneten die Zimmer auf, daneben die Einwohner, strichen ab und überboten uns an Vorschlägen. Das taten wir so laut, daß die Innere Mission erwachte und herüberkam.

„Ich fahre ja heute“, sagte sie spitz. Das kommt

davon, daß wir alle so laut sprechen, und die Resonanz unseres Holzhauses tut ein übriges. Wir entschuldigten uns und erklärten:

„Es ist ja nur – wir überlegen nur, wie wir Sie unterbringen, wenn Sie noch etwas bleiben, was wir uns ja *wünschen*“, beteuerte Mutter.

„Und vielleicht taut es bis dahin“, fiel Katrin hoffnungsvoll ein.

„Bis heute nachmittag?“ fragte die Dame pikiert. Wir sahen aus dem Fenster. Es schüttete, Frau Holle mußte mit ihren Betten am Fenstersims hängengeblieben sein und einen großen Ratz hineingerissen haben, anders war das nicht zu erklären. Mutter tat, was sie immer tut, wenn Besuch sich zu einem Problem auswächst: Sie goß Kaffee auf. Der bittere Duft entbittert erfahrungsgemäß auch das schwierigste Gemüt.

So auch diesmal. Die zwei Studenten, die erst gegen Mittag erwachten, erklärten sich außerdem bereit, die Dame auf dem Rücken durch den Schnee zu tragen, wenn sie wirklich darauf bestünde, wegzufahren.

„Aber das werden Sie gar nicht, wie ich Sie kenne“, eiferte der eine und legte sich ins Zeug, Mutters Augenblinzeln dämlicherweise falsch auslegend, „Sie bleiben, uns allen zur Freude! Wir werden einen reizenden Abend verbringen.“

Er hatte nicht mitgekriegt, daß ein neuer Besuch erwartet wurde. Wir schwebten also weiterhin im ungewissen, was uns Kindern nur Spaß, Mutter einige Beklemmungen machte. Sie ist es aber gewohnt, abzuwarten und alles auf sich zukommen zu lassen. Was aber *noch* auf uns zukam, das ahnten wir nicht.

Es war dies eine uns sehr befreundete Reiterfamilie aus Welzheim, dem Städtchen, in dem Ben einstmals seines Blinddarms beraubt wurde. Der Vater, der dort das Hotel zur Krone besitzt, ist ein richtiger Pferdemann und gleichzeitig Vorsitzender des Reitvereins, er hatte unsere Isländer gesehen, als wir Ben im Krankenhaus besuchten, und seitdem den Plan gewälzt, sich und seinen vier Kindern auch Isländer zu kaufen. Jetzt hatte er Gelegenheit gehabt, in Ulm welche zu besichtigen, und kurz entschlossen kaufte er sie. Mit diesen Pferdchen und seinen Kindern, zwei Jungen und zwei Töchtern, war er seit Tagen unterwegs. Heute hatte er die letzte Strecke bewältigen wollen, entschloß sich aber anders und traf bei Dunkelheit bei uns ein, des Schnees wegen.

Der Verleger war, aller Voraussicht entgegen, nun doch nicht erschienen, dafür kamen *nur* fünf Mann und fünf Ponys. Die Vierbeiner machten keine Schwierigkeiten, wir sattelten sie ab, steckten sie in den Stall – unsere blieben draußen, das war sicherer, sonst kam es doch vielleicht zu Keilereien – und warfen ihnen Berge von Heu vor. Sie fingen sofort genüßlich an zu kauen. Auch die Reiter zu verpflegen war kein Problem. Wir sind unzählige Male Gäste dieser freundlichen Leute gewesen und freuten uns aufrichtig, daß sie hereingekommen waren.

„Wir schlafen halt im Heu", versicherten sie sofort. Da aber protestierten wir. Wenn jemand im Heu nächtigte, dann wir – es war zu offensichtlich, wie erschöpft die jüngeren dieser Kinder waren, vor allem Susanne, der sonst immer quicke, rundliche Sputnik. Sie schlief nach der ersten Tasse Kakao am Tisch ein, von den Geschwistern verächtlich belacht, von Mutter und ihrem Vater mitleidig und nachdenklich betrachtet.

„Ich steck' sie in mein Bett", sagte Mutter und hob sie sachte unter den Armen an, während ihr Vater die Beine mit den Reitstiefelchen nahm. „Alles andere wird sich schon finden."

Im Heu konnte damals niemand schlafen, der Heuboden war gerade neu gefüllt und bis oben vollgestopft. Das aber behielten wir hübsch bei uns, um unsere Gäste nicht zu verstören. Irgendwie würde es schon gehen. So steckten wir später Eva, die zweite Schwester, zu Sputnik, in Mutters Bett. Die beiden Brüder kamen bei unsern Jungen unter, wie, das wissen wir nicht mehr so genau. Blieben der Vater von der Krone, unsere Mutter, die Innere Mission und – ei der Daus, es klopfte ans Fenster, und wer stand draußen? Der wackere Verleger.

„Ein fahrender Gesell läßt sich doch von so einem bißchen Schnee nicht das Programm durcheinanderbringen", sagte er lächelnd, als er eintrat. Er trug zwar keine Laute am güldenen Band um den Hals, wohl aber einen kräftigen Wanderstab in der Hand, und wir wunderten uns, daß er uns mit „Guten Abend" und nicht mit „Hojotohoh!" begrüßte. Mutters Willkommen klang leicht gequält.

Die Innere Mission hatte dem leidenschaftlichen Werben der jungen Männer nachgegeben und war geblieben. Das Telefon streikte. Ein Glück, daß das elektrische Licht nicht auch ausging, auf diese Weise hatte man wenigstens durch das Radio noch Verbindung mit der Außenwelt. Schlafgelegenheiten aber zauberte uns auch der Rundfunk nicht ins Haus.

Was tut man, wenn man Besuch und Sorgen hat? Man bietet zu trinken an und schlägt ein Spiel vor. Solange wir alle wach waren, spielten wir Quiz, Schreibspiele und Wettzeichnen. Nachdem aber einer nach dem andern der glücklichen Bettbesitzer verschwand, sah sich Mutter schließlich allein im Kreise Erwachsener. Was konnte man denen anderes vorschlagen als einen Skat?

Mit unserem Reitfreund aus der Krone hatte sie schon öfter die Karten geschwungen. Der Verleger aber, der Hojotohoh-Mann, Marke „Ich reise übers grüne Land“, und, noch schlimmer, die Innere Mission? Mutter, in der Angst, jetzt – und jetzt gestehen zu müssen, daß sie keine Betten zur Verfügung habe – sie schob diesen Moment immer wieder hinaus, ein Wunder erhoffend –, gab sich selbst die Sporen und ging über die Hürde, zu fragen, wie es denn mit einem Kartenspielchen wäre?

Der freundliche Kronenwirt nickte, der Verleger blinzelte, und die Dame der Inneren Mission – ja, die strahlte auf.

„Ich spiele furchtbar gern Skat und habe sehr, sehr selten Gelegenheit dazu“, sagte sie, und in ihren

Augen glitzerte es begierig. „Wollen wir? Oder sind Sie zu müde?“

Kein echter Skatbruder ist je zu müde für ein paar Runden. Aus den paar Runden wurde ein richtiger Dauerskat. Keiner merkte etwas von Schläfrigkeit. Die Innere Mission erwies sich als eine raffinierte, mit allen Wassern gewaschene Spielerin, der Kronenwirt hielt ihr Gegenpart, und der Verleger wollte sich auch nicht lumpen lassen. Mutter hatte Grog gebraut, kam aber immer nur zum Nachgießen, wenn sie gerade aussetzte. Die Kuckucksuhr blieb stehen. Als der Morgen schneefahl durchs Fenster sah, saßen die vier immer noch und spielten.

So löst sich manches Problem, das einem unüberwindlich erschien, von selbst. Man sollte sich das merken.

Die fünf Isländer, die der Kronenwirt gekauft hatte, interessierten uns mehr als die vertagte Nacht der Großen. Kaum erwacht, sausten wir in den Stall und begutachteten Pesi, Valour und wie sie alle hießen – sie wurden im lieben Schwabenländle bald in Speckhälsle, Stampferle und Bärle umgetauft. Sie waren kleiner als unsere beiden, Gloa und Eyglo, dick bepelzt, das war ja klar, und sehr rund. Ben kletterte sofort im Schlafanzug auf einen nach dem anderen und ließ sie durch den Garten traben, richtiger: wühlen, denn der Schnee ging jetzt auch den Isländern bis zur Brust.

„Nach Welzheim könnt ihr nicht, ehe der Schneepflug da war“, frohlockten wir und fütterten. Heu war ja die Menge da. Wir lieben es sehr, Pferde zu Besuch bei uns zu haben.

Diesen schulfreien Tag genossen wir nach Herzenslust. Zunächst wurden wir zwar zum Kartoffelschälen kommandiert, aber auch das ist nicht so schlimm, wenn man zu mehreren um den zu bewältigenden Berg Knollen sitzt und sich dabei endlose Reitergeschichten erzählt. Außerdem: Je mehr wir schälten, desto reichlicher konnten wir nachher füttern. Wir vermischten die Kartoffelschalen mit gequetschtem Hafer oder jenem Pferdemischfutter, das auch etwas Melasse und Schnitzel und außerdem Spurenelemente enthält und von den Ponys sehr gern genommen wird. Es ist billiger als reiner Hafer und außerordentlich bekömmlich. So schälten wir mehr als nötig und brachten unsern und den Besuchs-Ponys eine schöne zusätzliche Mahlzeit. Die Kronenkinder zeigten sich als beste Kameraden und halfen. Petrus schob die Wolken weg, und über dem dicken Schnee erschien die Sonne.

Wir sahen uns um – nein, wie verändert wirkte unser Tal! Wild, ja grandios sah es aus. Uli ließ das Kartoffelschälmesser fallen und lief nach seinem Apparat. Als wir später wieder zu den Ponys gingen, sahen wir ihn wie einen Storch im Salat mit hocherhobenen Beinen ernsthaft und versunken durch den Schnee staken, um zu knipsen. *Ein* Glück, daß er so lang ist! Uns wäre das geliebte weiße Element in die Hosentaschen gefallen.

Am Nachmittag kam der Schneepflug, von Mutter

erleichtert, von uns bedauernd begrüßt. Drei Mann saßen darauf, um ihm die nötige Schwere zu geben, sie johlten und winkten und taten, als retteten sie uns das Leben. Mutter lief mit der Kognakflasche hinaus und fragte, ob sie nicht, ausnahmsweise, auch mal einen Fahrgast mitnähmen. Sie tranken erst und nickten dann. So entschwebte die Innere Mission auf dem Schneepflug, sicher das erste und einzige Mal im Leben. Auch die Kronenfamilie brach auf. Wir sahen sie mit Bedauern scheiden, denn was nun kam, das wußten wir: Mutter und der Verleger würden sich im Wohnzimmer zusammensetzen und fürchterlich arbeiten, nicht anzusprechen sein, alle Viertelstunde nach Kaffee rufen und abends schachmatt und schlechtgelaunt in den Gräten hängen.

Siehe da, es kam anders!

„Reitet doch mit, ihr könnt die Nacht bei uns bleiben!" schlug der Kronenwirt vor, und wir jubelten begeisterte Zustimmung. Mutter sagte sofort ja. Bis morgen gingen sicher keine Züge, und so wäre sie uns auf gute Art los. Wir rannten und beeilten uns ungeheuer, zu satteln und aufzutrensen, damit nicht noch ein „Halt!" dazwischenkam.

In diese Schneelandschaft hineinreiten zu dürfen, mit der Aussicht auf einen weiteren Ferientag, das schien uns der Gipfel. Binnen fünf Minuten hatten wir die Pferde fertig und die Zahnbürsten in den Hosentaschen. Mehr brauche man nicht bei ihm, erklärte uns der freundliche Kronenwirt.

Etwas später erst ging uns auf, warum Mutter so

freigebig mit unserer Zeit umgegangen war: Morgen würden auch bei Tauwetter nur die Hunde und Katzen zur Schule gehen, denn morgen war Sonntag. Der Schnee und die unerwarteten Ferien hatten uns ganz durcheinandergebracht. Mutter lachte uns aus, als wir wiederkamen.

In der Krone hatten wir es sehr gut, durften uns auf der Speisekarte aussuchen, was wir wollten, und bekamen ein wunderschönes Zimmer zum Schlafen. Lieber aber hielten wir uns in der „Vier“ auf, dem Kruschtzimmer, wie die Kronenkinder sagten. Diese warme, gemütliche, niedrige Eckstube sieht auf den kleinen Marktplatz des Städtchens hinaus, so daß immer etwas zu beobachten ist, und neben dem altmodischen Sofa, dem Schrank mit ausrangiertem Kinderspielzeug und den Vogelkäfigen befand sich darin ungefähr alles, was in der Krone gebraucht, aber im Augenblick nicht benötigt wurde. Wir haben später bei Turnieren dort geborgte Dackel, kostbare Preise, Stiefel und sogar Babys abgestellt, die wir nicht mit auf den Turnierplatz schleppen wollten. Die „Vier“ blieb für uns das gemütlichste Zimmer von Welzheim.

Vor allem aber genossen wir es, endlich einmal in der Stadt umher*reiten* zu können. Der Schnee lag trotz aller Gegenmaßnahmen der Hausbesitzer überall dick genug, und gestreut war auch, also der herrlichste Untergrund zum Reiten, weich und nicht glatt. Sonst reiten wir immer auf Umwegen *um* die Stadt, jetzt sprengten wir hindurch, ließen uns an der Milchbar einen Bügeltrunk reichen und spiegelten uns eitel in den Schaufensterscheiben. Der Kronenwirt und seine Frau verwöhnten uns und unsere Ponys und luden uns zum diesjährigen Faschingsreiten ein, das in Kostümen durchs ganze Städtchen führen sollte. Wir sagten begeistert zu.

Karneval zu Pony

Leider und Gott sei Dank war zu diesem Fest der Schnee schon wieder weg, und die Sonne täuschte einen verfrühten Frühling vor. Wir hatten uns zu Pony eingefunden, schon in Kostümen, denn im Sattel kann man Koffer nur schwer mitnehmen. Ben war als Teufel angezogen, in Schwarz und Rot, mit einem langen Schwanz und wundervollen Hörnern an der Mütze, Steffi als Rumpelstilzchen. Sie trug dazu einen struppigen Pelz, der aussah wie angewachsen, so daß sogar Gloa die Ohren anlegte und stutzte, als sie aufsitzen wollte. Erst die gewohnte Stimme gab ihr die Gewißheit, daß es ihre richtige Herrin und kein Troll oder Kobold sei, der da kam. Uli hatte sich als Luftschlange verkleidet, war über und über beringelt mit bunten Papierspiralen, ein einfaches, aber höchst eindrucksvolles Kostüm. Leider waren wir auf unse-

rem Ritt vom Ponyhof bis Welzheim niemandem begegnet als einigen Rehen, die unsere Kostüme vielleicht doch nicht so recht würdigen konnten. Sie klatschten weder Beifall noch ergriffen sie vor dem Teufel die Flucht. Erst nach einer Weile sprangen sie elegant und lässig ab. Jedesmal ist es uns, als hätten wir etwas geschenkt bekommen, wenn wir Wild sehen.

Der Faschingsfestzug wurde an der Krone zusammengestellt und zog durchs ganze Städtchen, und die Pferdegruppe schoß den Vogel ab. Der gesamte Reitverein, dazu sieben Isländer und Ben auf Winnetou – welche Stadt konnte so etwas bieten?

„Dees isch unsere Lehrerin", flüsterte Jörg uns zu, als eine Griechin, durch die Brille in der Echtheit leicht entstellt, im Festzug erschien. „Aber sonscht ischt sie ganz passabel."

Das Aber sagte genug. Wir fanden es immerhin kühn, im griechischen Gewand zu Pferde zu erscheinen. Etwas später kam sie in die Krone.

„Ich habe Ihre Kinder auf den Isländern bewundert", sagte sie freundlich, „was für stämmige kleine Pferdchen! Sind sie schwer zu bändigen?" Die Griechin ritt noch nicht lange.

„Aber woher denn!" sagte der Kronenwirt. „Isländer reiten sich großartig, viel leichter als Pferde", und er erzählte die üblichen Geschichten, vom ostfriesischen Briefträger angefangen bis zur reitenden Achtzigjährigen. „Wenn Sie Interesse haben, reiten die Jungen einmal ein Stück mit Ihnen zur Probe."

„Jetzt gleich?“ fragte Iphigenie begierig. Sie schien vergessen zu haben, daß sie weder Reitstiefel noch Reithosen trug, wollte wahrscheinlich nur einmal um die Krone traben. Jörg aber, das älteste der Kronenkinder, und Ben, unser Jüngster, verstanden sie absichtlich falsch. Sie gaben ihr Raudur, den schnellsten der Islandwallache, hielten ihr ehrerbietig den Bügel und schwangen sich selbst auf Gloa und Valour. Los ging der Ritt, dem Wald zu, der ziemlich nahe hinter der Krone beginnt. Er erstreckt sich über den Ebnisee hin bis Murrhardt und Sulzbach. Die Isländer waren durch das gute Futter übermütig und verspürten den Drang, loszulegen. Ihre Reiter desgleichen. Fräulein Kurz blieb nichts übrig, als die goldsandalenbewehrten Füße fest in die Steigbügel zu stemmen und mit der einen Hand in den Sattel, mit der anderen in die Mähne zu greifen. Raudur zeigte, was Isländer können.

Um es vorwegzunehmen: Fräulein Kurz kam lebendig wieder. Aber dieser Ritt werde ihr unvergeßlich bleiben, auch wenn sie ein biblisches Alter erreiche, versichert sie jedesmal, wenn man darauf zu sprechen kommt. Jörg und Ben tobten durch den Wald, daß ihr Hören und Sehen verging, während sie mit wehendem griechischen Gewand auf Raudur, der nicht zu halten war, hinterherfegte. Es ging unter tiefhängenden Ästen durch, über Baumstämme und Gräben, Hänge hinunter und auf der anderen Seite wieder hinauf. Gloa und Valour feuerten einander gegenseitig an, sie trugen leichte Reiter und waren vollgefüllt mit dem besten, goldkörnigen Kronenhafer. Fräulein Kurz glaubte, die Isländer gingen den Buben durch, deshalb versuchte sie kein einziges Mal, diese zur Ordnung zu rufen. Nur aussitzen, nur obenbleiben! Jetzt kletterten sie wieder bergab, fast senkrecht, wie ihr schien, geschickt und sicher, wie es große Pferde nie können. Unten ein Bach, so breit, daß man unmöglich hinüberspringen konnte – rauschend warfen sich die beiden ins Wasser. Die Jungen schrien (vor Vergnügen!) und zogen die Beine an. Raudur patschte hinterher.

„Wunderbar, was? Hier geht beim Turnier immer der Geländeritt entlang“, rief Jörg, halb rückwärts gewandt, „es ist gut, hier oft zu reiten. Wie finden Sie den Raudur? Große Klasse, was?“

„Jaja“, stammelte die Griechin und hielt ihre Brille fest. Nun jagten sie zu dritt über eine Wiese, Raudur, ehrgeizbesessen, wie er ist, versuchte, die Spitze zu erreichen. Die Jungen japsten vor Vergnügen. „Weiter so! Weiter!“

„Haben Sie sich auch nicht überanstrengt?“ fragte der Kronenwirt besorgt, als Fräulein Kurz zurückkam, naßgeschwitzt trotz der leichten Bekleidung und einigermaßen aufgelöst und ohne Atem.

„Aber nein, es war eine herrliche Sache“, versicherte sie, noch zitternd vor Anstrengung. Sie konnte doch dem stolzen Vater von vier tüchtigen Jungreitern nicht sagen, daß seinem Sohn das Pony durchgegangen sei! „Nein, es war sehr, sehr schön, und flink sind diese Isländer, alle Achtung!“

Der Kronenwirt nahm Jörg und Ben später ins Gebet. Was sie denn mit Fräulein Kurz gemacht hätten? Die japste ja nur noch, und –

Oh, gar nichts Besonderes. Sie hatte doch ausprobieren wollen, wie Isländer sich im Gelände bewähren, und darum –

„Darum lirumlarum", sagte der Vater und gab jedem ein Kopfstück, was Jörg gewöhnt, für Ben aber neu war. Er rieb sich hinterher den Schopf, während er seinen Spießgesellen von der Seite anblinzelte. Der lachte. Da lachte auch Ben. Denn in den braunen Augen des Kronenwirts hatte es auch gelacht, zwar versteckt, aber ein unübersehbares Funkeln leuchtete darin: Es gibt eben noch Erwachsene, die sich daran erinnern, wie *sie* im Lausejungenalter waren. Und so nett auch Lehrerinnen sein können, wo man ihnen eins auswischen kann, versucht man es. Denn wieviel kostbare Zeit nehmen sie einem, in der man in der Schule oder über den Aufgaben sitzen muß, während draußen die Ponys warten und *so* viel vernünftige Arbeit für junge Männer!

Wir nehmen Ponys in Pension

Die meisten Ponybesitzer im Bundesgebiet kennen einander, wenigstens dem Namen nach, viele aber auch persönlich. Der eine sucht jahrelang nach einer Schimmelstute – wir zum Beispiel –, fragt da und dort an, schreibt und telefoniert. Der andere bringt seine Stuten zum Hengst oder fragt nach einem Wagen an oder nach einem gebrauchten Geschirr. Wie ein unsichtbares Netz liegt das gemeinsame Interesse über dem Land, ein Netz, das nicht nur die Ortschaften, sondern auch die Herzen verbindet. Neuerdings gibt es sogar eine Karte, auf der alle Ponybesitzer verzeichnet sind. Wenn man also mit Ponys unterwegs ist, kann man dort vorsprechen und übernachten. Das ist sehr wichtig, noch vor Jahren gab es das nicht. Pfarrer und Ärzte, vor allem Zahnärzte, Hotelbesitzer und Lehrer haben sich den Ponys verschrieben, Kinderheime besitzen welche, Förster und Geschäftsleute kaufen sie. Am wenigsten findet man sie bei Bauern. Sie „haben anderes zu tun", wie sie sagen – wir wohl nicht? Aber dieses Nichtverstehen von verschiedenen Berufen ist alt und wohl nicht auszurotten. Immer wieder erleben wir beispielsweise, daß man Mutter neidvoll anseufzt: „Ja, *Sie* haben es gut hier. Sie können doch früh, wenn Sie aufstehen, sagen: Feierabend." Das nebenbei.

Zahnärzte vor allem haben eine Schwäche für

Ponys. Immer wieder erscheinen welche bei uns, um sich Ratschläge zu holen – manche verschweigen diskret, daß sie für die Eßwerkzeuge der Menschheit verantwortlich sind. Neulich flog einer auf unserer Koppel hin, da die Schnute ihm nachsetzte – dem fiel verschiedenes aus der Tasche, unter anderem ein halbfertiges Gebiß. Es war nicht seins, sondern das eines Patienten, warum er es bei sich trug, blieb unklar. Wir erzählten ihm, daß viele Zahnärzte, wohl zum Ausgleich für das viele Stehen, sich Ponys halten.

Auch das Ponyhotel im Schwarzwald gehört einem Zahnarzt, einem Berliner. Er hat es gekauft und ausgebaut und läßt seine Gäste Ponytrecken. Wir haben es mit eingeweiht und kennen es gut.

Eines Tages lasen wir in der Pony-Post, einer Zeitung, die die meisten Ponyleute lesen, daß eben dieses Hotel für ein paar Wochen geschlossen würde. Der Besitzer wollte seine Koppelzäune erneuern, die Weiden frisch ansäen, an Stall und Hotel einiges umbauen, kurzum, er hatte beschlossen, eine neue Grundlage zu schaffen, und dazu brauchte er seine Vierbeiner nicht. So schrieb er aus, daß Ponybesitzer – nur solche, keine sonstigen Privatleute, weil die eben doch nicht so auf Ponys eingestellt sind –, daß also Fachleute sich mit ihm in Verbindung setzen und für die bezeichnete Zeit ein oder mehrere Ponys borgen könnten, falls sie sie selbst abholten.

Es war ein Sonntagvormittag, als wir auf diese Ausschreibung aufmerksam wurden, einer von uns hatte die Postsachen geholt und verteilt, und Uli las das Angebot vor. Es folgte – bei uns bemerkenswert – zunächst ein nicht ganz kurzes Schweigen.

„Hm", sagte dann Mutter, zog die Zeitung zu sich herüber und las nochmals langsam und genau, was da stand. Ben sah, neben ihr sitzend, mit hinein. Dann griff Steffi nach dem Blatt und vertiefte sich in dieselbe Anzeige.

„Eigentlich gar nicht dumm", brummte sie, „er macht damit vielen eine Freude und hat selbst keine Unkosten. Für wie lange mag das gelten?"

„Na, für ein paar Wochen schon", meinte Mutter. „Er hat gute Ponys, ich denke da an Grauna –"

„Die ist nicht mehr oben", sagte Steffi sofort. Sie hat ungefähr alle Ponys im Bundesgebiet im Kopf. „Die steht seit zwei Jahren im Läunsbachtal."

„Aber Snerri muß noch oben sein."

„Ja, und Schwartur –", man verlor sich in Erinnerungen und schwatzte hin und her. Auch der anschließende Sonntagsritt – wir unternehmen ihn meist, wenn alle Spaziergänger den heimatlichen Spätzlen zustreben und der Wald leer ist – verlief überraschend still und nachdenklich. Der Schnee war weg, es wehte noch kalt, aber unter der Kälte fühlte man ein Dehnen, ein merkwürdiges Sich-Rühren, als bewege sich die Erde nach langem Schlaf, noch unbewußt, noch schlummernd, aber im Begriff, aufzuwachen. Wir horchten. Ritten wir deshalb so schweigsam?

Acht Tage später verkündete Mutter, sie müsse nach München. Wir kennen das, plötzlich muß sie zu einem Verleger, sie sagt nicht, warum und weshalb sie fährt. Wir sind darüber nicht böse, denn manchmal ist es schön, den Ponyhof für uns allein zu haben. Wir laden dann unsere Freunde ein und tanzen ein bißchen (als ob wir das nicht könnten, wenn Mutter da ist, aber wir glauben, daß alle Kinder mal gern unter sich feiern) oder essen zu Mittag statt etwas Salzigem Eis mit Schlagsahne. Diesmal fuhr Mutter mit unserem Freund von der Hunnewellhütte, mit Onkel Otto oder O-oh, der Aki bei sich hatte. Er besitzt einen Volkswagen und kann manchmal, wenn sein Haus gerade gästeleer ist, für ein paar Tage weg. In München hat jeder mal was zu tun oder Bekannte, die er gern besucht. Christine, unsere Buchhändlerin, wohnt auch seit einiger Zeit dort, sie hat einen alten Schlesierfreund geheiratet und besucht uns von Zeit zu Zeit auf dem Motorrad mit ihm. In den letzten Monaten waren die beiden gar nicht mehr dagewesen. Vielleicht lag das an dem vielen Schnee, den es diesen Winter gab.

Wir brachten Mutter mit dem Zweispänner zur Bahn – sie traf sich mit O-oh in Ulm – und schmiedeten auf der Rückfahrt Pläne. Katrin würde ihren neuen Verehrer einladen und Uli eine Reitbekannte – seltsamerweise klang dies alles lahm und entbehrte des Schwunges, der uns sonst in Mutters Abwesenheit beflügelt. Steffi enthielt sich gänzlich der Stimme, verkündete aber am nächsten Morgen, sie würde nach Deizisau fahren – mit dem Fahrrad – und käme so bald nicht wieder. Dort wohnt der Pfarrer, der Mutter im Krankenhaus mit den Ponydias unterhalten hatte. Er hat ein Schlößle am Bürgersee gepachtet und uns oft dorthin eingeladen. Steffi fuhr also ab.

„Diesmal ist gar nichts los", brummte Ben, „jetzt fehlt nur noch, daß du auch noch wegfährst, Uli."

Uli sah ihn nachdenklich an.

„Ich muß fürs Abitur büffeln", sagte er dann langsam. Er sagte es so, daß es mehr wie eine Frage klang. Ben schnitt ihm eine Fratze.

„Und du, Katrin?"

„Ich? Ich bin fürs Haus verantwortlich", sagte Katrin hoheitsvoll. „Der Kapitän verläßt sein Schiff nicht."

„Ph, Kapitän! Gibt's ja gar nicht auf weiblich! Das ist der einzige Beruf, der uns vorbehalten bleibt."

Das rauschende Fest, das sonst, sobald Mutter das Haus verläßt, bei uns stattfindet, fiel diesmal aus. Wir konnten selber nicht erklären, warum.

Mutter hatte, ehe sie wegfuhr, noch die „Schauerberichte der Woche" losgelassen. Es ist dies ein Brief mit so vielen Durchschlägen, als wir auswärtige Geschwister besitzen. Sie beschreibt darin alles, was in der Woche passierte, berichtet, was die einzelnen Auswärtigen ihrerseits erlebten und schrieben, damit das auch die andern erfahren, und gibt neue Pläne bekannt. Da sie diese Durchschläge nicht durchliest und korrigiert – das wäre allzuviel Arbeit, und Zeit ist bei uns immer Mangelware –, entstehen oft die wildesten Irrtümer. Ein achtunddreißigjähriger neuer Bekannter geisterte wochenlang als Greis von dreiundachtzig durch unsere Vorstellung, weil sie die Ziffern verwechselt hatte, und plötzliche Pläne, die dann nie ausgeführt werden, erzählt sie so lebendig, daß alle annehmen, sie seien schon Tatsachen. So sollte Katrin einmal eine Tournee mit einem sehr berühmten Zauberer machen. Alle Auswärtigen glaubten, sie sei bereits abgefahren, und er zersäge sie allabendlich im Rampenlicht, denn Mutter vergaß, die Sache im nächsten Schauerbericht zu dementieren. Diesmal hatte sie diese Briefe der Woche also noch auf den Weg gebracht und darin auch, wie sich später herausstellte, die Anzeige des Ponyhotels erwähnt.

Es war Anfang März, das Semester also vorbei. Mutter und Onkel Otto, der Hunnewellhüttenwirt, surrten die Autobahn entlang gen Süden, waren alsbald in München und verabredeten sich auf den nächsten Tag, um gemeinsam zu frühstücken und dann weiterzusehen. Bei diesem Frühstück ritt Mutter ihre Attacke.

Sie habe ihre Verlagsgeschichten hier überraschend schnell erledigen können und nun noch etwas Zeit. Wie es denn bei ihm damit stünde? Nun, er hatte auch welche. Ob man nicht gemeinsam einen kleinen Vergnügungsschlenker an die Geschäftsreise hängen könnte? Warum nicht – wohin denn? Mutter schlug mit harmlosem Gesicht den Schwarzwald vor.

Onkel Otto hatte nichts dagegen. Sie fuhren los. Ein paarmal nahmen sie winkende Studenten mit, die aus dem Semester kamen und zu Muttern oder zu einem Ferienjob wollten, in der Gegend von Tübingen –

Reutlingen ist das nichts Auffallendes. Nicht allzuweit vom Ziel – dem Ponyhotel natürlich – entfernt, stand wieder eine Gestalt am Straßenrand und winkte.

„Die sieht aus wie Lotte", sagte Mutter verträumt. O-oh hielt, Mutter öffnete die rechte Wagentür und fiel vor Überraschung fast hinaus. Es war in der Tat Lotte.

„Was machst du denn hier?" fragte Mutter entgeistert. Lotte, in Jeans und Snowcoat, hatte fast gar kein Gepäck bei sich.

„Und du?" gegenfragte sie geistesgegenwärtig.

„Ach, reiner Zufall. Wir wollten nur – Onkel Otto war so neugierig, wie das auf dem Ponyhotel vor sich geht. Ich schrieb euch doch, daß dort die Ponys für ein paar Wochen verborgt werden. Da wollten wir mal sehen..."

„Ich auch", sagte Lotte und zwängte sich hinter Mutter auf den Rücksitz des Wagens. „Ich bin fertig mit dem Semester und dachte, wenn ich mit Anhalter hinauffahre, kostet es ja nichts."

„Ihr sollt doch nicht..."

„Jaja, nur..."

Onkel Otto fuhr wieder an. Die Unterhaltung verlagerte sich vom Ponyhotel auf das Studium. Lotte befand sich ziemlich kurz vor dem Examen, also im Endspurt, und Mutter, die es nicht einmal bis zum Abitur gebracht hat und alles, was mit Studieren zusammenhängt, restlos bewundert, war sogleich davon überzeugt, daß einem so schwer arbeitenden

Menschen auch eine kleine Erholung – falls das Anhalterfahren um diese Jahreszeit so bezeichnet werden kann – zu gönnen sei. „Obwohl ich es gar, gar nicht gerne sehe", sagte sie zwar. Lotte grinste.

Vom Titisee aus sind es noch etwa vier Kilometer. Mutter konnte vor lauter Neugierde nicht mehr stillsitzen. Endlich, endlich sah man den alten Bauernhof mit dem hellen Anbau, der das Ziel der Reise darstellte. Onkel Otto hielt vor dem Eingang, und Mutter und Lotte stürzten hinaus, als könnte das Hotel noch verschwinden wie eine Fata Morgana. Sie waren sofort im Stall. Gottlob, es standen noch Isländer darin!

„Wenn alle schon weggewesen wären, ich weiß nicht, was ich getan hätte", seufzte Mutter. Sie hatte ganz vergessen, daß sie Lotte gegenüber ja „nur mal reinschauen" wollte. Lotte hatte es auch vergessen.

„Ich nehm' den Snerri, Mutter, ja? Da haben wir nächstes Frühjahr Fohlen von Gloa und Eyglo!"

„Den Snerri bekomme *ich*!" rief es von der Heubodentreppe her. „Ich war eher hier, und außerdem hab ich ihn schon zugesagt bekommen!"

Mutter und Lotte zuckten, die Stimme kannten sie doch?

„Wer...?"

Müßig, zu fragen. Einen Armvoll Heu, rot und erhitzt, übereifrig wie immer, stampfte Steffi daher, verteilte das Heu in die Raufen und drehte sich dann um, erst dann.

Freilich, da erstarrte sie. Mutter und Lotte standen

auch stumm. In diesem Augenblick trat der Reitlehrer und Pferdepfleger des Hotels ein und begrüßte die Damen.

„Fräulein Steffi hat bereits gewählt. Wen möchten Sie denn haben? Ich nehme an, Sie sind auch gekommen, um sich für ein paar Wochen Ponys zu leihen!" Er kannte Mutter noch von der Einweihungsfeier her. Mutter klappte den Mund auf und zu. Vor anderen, vor allem vor Ponyfreunden, kann man keinen Familienskandal vom Zaun brechen. Mutter verschluckte also, was sie sagen wollte, und nickte. Es stellte sich heraus, daß außer Snerri noch ein paar recht gute Wallache „zu vergeben" waren. Man einigte sich schnell.

Mutter ließ sich sogar dazu überreden, außer dem, den sie reiten würde, noch einen zweiten an die Hand, also im ganzen vier Ponys mitzunehmen.

„Wir wissen sie lieber bei Ihnen als bei jemand Unbekanntem", erklärte der Reitlehrer befriedigt und strich an seiner Liste an und aus, „da sind wir doch sicher, daß alles in Ordnung geht." Wir saßen im gemütlichen großen Wohnzimmer, es war warm und roch nach Holzfeuer, Pfeife und Stall, und vor uns standen volle, appetitlich duftende Suppenteller. „Ja, und Sie? Sie reiten nicht mit?" Er sah Onkel Otto fragend an. Wir verschluckten ein Prusten. O-oh schüttelte bedauernd den Kopf.

„Einer muß den Wagen ja zurückfahren."

Lotte, die Medizinstudentin, bestellte Punsch.

„Nanu, du trinkst doch sonst keinen Alkohol?"

wunderte sich Mutter. Lotte legte ihre Hand auf Mutters.

„Nicht meinetwegen“, sagte sie sanft, „nur wegen dir! Du bist doch ein bißchen erkältet, und wenn wir nun morgen einen so weiten Ritt vor uns haben...“

„Erkältet? Ich?“

„Vorhin hast du geniest“, sagte Lotte apodiktisch wie ein alter Hausarzt, so daß Mutter nicht zu widersprechen wagte. Der Punsch löste die Zungen. Aus dem anfänglich tröpfelnden Gespräch wurde ein munteres Geplauder. Man kam auf Ponyanekdoten, und schließlich lachten wir so, daß weder Steffi noch Lotte mehr Beklemmungen fühlten, wenn sie an das spätere Alleinsein mit Mutter dachten. Schlafen würden wir alle drei im „grünen“ Zimmer über dem Stall, hatte der Reitlehrer gesagt, obwohl Steffi eigentlich im Heu kampieren wollte, der Sparsamkeit wegen. Mutter strich das durch.

„Unsinn. Du hast keinen Schlafsack mit. Wenn man sich nicht um alles kümmert... Du kannst mit Lotte in das zweite Bett kriechen.“

Lotte beeilte sich zuzustimmen, was zu Hause nicht immer der Fall ist. Hier aber waren wir sehr bedacht darauf, Mutter bei guter Laune zu halten. Es gelang.

„Kinder, bin ich müde“, seufzte sie, als wir endlich aufbrachen. „Na, vor sieben morgen früh reiten wir ja nicht ab, sonst ist es noch dunkel. Habt ihr auch Platz, ihr zwei? Sonst könnte Steffi ja auch –“, das letzte verlor sich in Murmeln. Mutter wird von Punsch sehr schnell vernehmungsunfähig, das wissen wir.

Der große Überlandritt

Am anderen Morgen gab es guten Kaffee und einen herzlichen Abschied. Wir versprachen, die Ponys auf Abruf wiederzubringen, entweder zurückzureiten oder mit der Bahn zu schicken. Bei vieren lohnt sich ein Waggon. Der Reitlehrer winkte uns nach und ging dann Onkel Otto wecken. Der wollte auch aufbrechen – er würde für dieselbe Strecke wesentlich weniger Zeit brauchen als wir. – Wir ritten natürlich keine großen Straßen, sondern Wanderwege, richteten uns nach der Karte.

„Die nimmst du, Lotte", bestimmte Mutter, kaum daß wir aufgesessen waren. Sie erkennt kleine Schriften nur noch mit der Brille, und die auf- und abzusetzen, das ist beim Reiten recht lästig. Lotte verbiß sich ein Grinsen bei der Frage: „Wie hättest du es denn gemacht, wenn du allein geritten wärst?"

Diese Frage tauchte etwas später doch noch auf. Wir waren nun schon sicherer, nicht nur in den Islandsätteln der bisher fremden Pferde, auf jedem muß man sich erst zurechtfinden, sondern auch in unserer Position. Mutter antwortete etwas verschwommen.

„Ich weiß nicht recht, aber ich reite ja nicht allein!" schloß sie erleichtert und in schöner Logik. Nun konnten wir schon etwas offensichtlicher lachen.

Es wurde ein wunderbarer Ritt. Wir kamen an Titisee vorüber, das, gästeleer um diese Jahreszeit, noch viel reizvoller ist als in der Hauptsaison, besichtigten eine kleine Herde Shetties, von der Mutter wußte – „man erkundigt sich vorher, was an Sehenswürdigkeiten am Wege liegt, wenn man eine Reise vorhat!“ sagte sie leicht tadelnd –, und wandten uns nordwärts. Alle fünfzig Minuten saßen wir ab, lockerten die Gurte und ließen die Ponys zehn Minuten verschnaufen. Bergauf und bergunter saßen wir ab. Das taten wir nicht nur den Ponys, sondern auch uns zuliebe. Anfang März ist es noch so kalt, vor allem im Schwarzwald, daß man gern zwischendurch ein Stück marschiert.

Bei der ersten Rast wäre es beinahe schiefgegangen. Wir befanden uns noch im Wald, ließen die Ponys grasen; neben uns lagen geschlagene Stämme, dicht bei dicht, wie eine große, nicht sehr ebene Tanzfläche anzusehen. Schwartur, Steffis Wallach – Mutter hatte sich Snerri ausgebeten –, erschrak plötzlich vor irgend etwas, riß sich los – Steffi hatte den Zügel nur lose in der Hand gehabt – und sprang in kopflosem Schrecken davon. Er sprang aber nicht den grasigen Weg entlang, den wir gekommen waren, sondern – uns stockte der Atem – über die nebeneinanderliegenden Stämme hinweg.

Wir hatten alle drei noch nie etwas Ähnliches erlebt. Jedes gewöhnliche Pferd hätte sich auf dieser Flucht nicht nur ein, sondern alle vier Beine gebrochen. Schon allein das Geräusch, das die klappernden Hufe auf dem Holz machten, war so schlimm, daß wir uns am liebsten die Ohren zugehalten hätten. Es verfolgt uns jetzt noch manchmal im Schlaf. Aber wie gebannt standen wir da, sahen und hörten...

Schwartur fegte über die Stämme, sprang – Gott sei gelobt! – am Ende herunter und verschwand im Wald. Er brauste durchs Unterholz, erschien wieder, verschwand unseren Blicken aufs neue. Jetzt kam er wieder, man sah, warum er immer kopfloser und verzweifelter wurde: Sein Sattel rutschte, da der Gurt gelockert war, erst seitlich, dann schien der Gurt gerissen zu sein, denn der Sattel flog nach hinten, hing am Schweifriemen und schlug dem armen Kerl in die Hanken.

Wir standen auf einem Bein, die Fäuste in die Zähne gedrückt. Endlich riß auch der Schweifriemen, und Schwartur hielt keuchend und zitternd in seinem planlosen Umherspringen inne.

Mutter drückte Lotte die Zügel in die Hand und rannte mit Steffi hinüber, den Ausreißer zu fangen.

„Wir kriegen ihn, er geht nicht von den anderen weg!" hechelte Steffi im Laufen. Sie behielt recht. Schwartur blieb stehen, als sie, vorsichtig und mit zärtlicher Stimme lockend, sich an ihn heranschmeichelte. Er warf zwar noch ein bißchen mit dem Kopf, verschreckt, wie er war, und atmete schnell, aber er stand. Steffi fuhr mit der Hand an seinen Beinen entlang. Gottlob, nichts passiert! Wir atmeten auf.

„Das ist noch mal gutgegangen", seufzte Mutter, und die Mühe, den Sattel zu finden und das zerrissene Lederzeug einigermaßen wieder instand zu setzen, erschien uns gering. Wir lachten schon wieder. Nichts macht fröhlicher und einiger als eine gemeinsam überstandene Gefahr.

Steffi trägt Ahle, Lochzange und Ersatzriemen immer mit sich herum. Sie konnte nun zeigen, was sie gelernt hatte; oft sitzt sie stundenlang in der Werkstatt eines Sattlers. Nach einer reichlichen halben Stunde waren Gurt und Schweifriemen wieder geflickt, und wir saßen aufs neue in den Sätteln.

Hier oben im Schwarzwald lag an vielen Stellen noch Schnee. Er war sulzig und schwer, gab aber der Landschaft einen durchaus winterlichen Anstrich. Wir ritten durch Wald, unendlich lange Schneisen entlang, Lotte mit der Karte voran, dann Steffi mit dem Handpferd, am Schluß Mutter. Immer war es spannend, ob wir richtig „herauskamen". Genau orientieren kann man sich ja nur an den Ortschaften. Lotte schaffte es wahrhaftig, und wir bewunderten sie sehr dafür.

Gegen Abend merkten wir, daß Lottes Wallach leicht lahmte. Wir erschraken. Aber keine Angst, er hatte nur ein Eisen verloren. Erleichtert saß Lotte ab. Ein Eisen, das würde ja zu ersetzen sein! Keine zwei Kilometer weiter mußte ein Städtchen kommen.

Wie diese kleine Stadt hieß, wissen wir nicht mehr. Aber sie ist ganz entzückend, mit einem Tor, durch das man einreitet, einem Brunnen auf dem Markt und lauter süßen kleinen Fachwerkhäuschen. Sogar die Schmiede fanden wir. Der Besitzer war gleichzeitig der Bürgermeister. Wir baten um Beschlag, und siehe da, wir baten nicht umsonst. Obwohl längst Feierabend war, band der Schmied sogleich seine Lederschürze vor und beschlug. Wir hatten die anderen Ponys in einen benachbarten Stall gestellt, wo sie rasch besorgten Hafer kauten, und sahen dem Schmied zu. Das Zischen des Eisens, der Geruch des verbrannten Horns, von Kindheit her geliebt, das Fauchen des Blasebalgs – das alles paßte so unbeschreiblich gut in den Abendfrieden dieses Städtchens, daß wir bald gar kein Wort mehr sagten, sondern schweigend in Gedanken versunken an der Hauswand lehnten. Es gibt viele Dinge für einen Reiter, die er nicht vergißt. Für uns gehört diese abendliche Stunde in einem fremden, seltsam heimatlichen Städtchen dazu.

Wir verabschiedeten uns herzlich und dankbar. Noch hatten wir eine tüchtige Strecke vor uns, denn Quartier bekommt man, das wußten wir aus Erfahrung, nicht allzu leicht, wenn man zu Pferde kommt. Mutter hatte vorbestellt, allerdings nur für zwei Ponys. Nun, wo zwei unterkamen, würden vielleicht auch vier stehen dürfen. Wir ritten bis Donaueschingen.

Der Verwalter des Fürstenbergschen Gutes wußte Bescheid und führte uns in den Stall, wo viel Platz war. Dort sahen wir zum erstenmal ein schwedisches Pferd, eine goldfarbene Stute von – ja, das ist nicht übertrieben – wahrhaft ungeheuren Ausmaßen. Daß ein Pferd so groß, schwer und dick sein kann, haben wir bisher nicht geglaubt. Der Verwalter lachte und erzählte stolz, daß sie weit über zwanzig Zentner wöge. Wir glaubten es auf Anhieb. „Und ziehen kann sie, bei der Masse, die sie ins Geschirr bringt!“ lobte er. Unsere Ponys sahen daneben wie Kinderpferdchen aus.

Sie bekamen Heu und Hafer und durften frei in einem weiten Stall umhergehen, während wir uns in eine Boxe kuschelten, in die wir frisches Stroh holen konnten, soviel wir wollten. Das war nötig, denn wir hatten ja keine Schlafsäcke mit. Eng aneinandergedrückt schliefen wir auch sehr schnell ein und froren eigentlich wenig. Lotte nahmen wir in die Mitte, weil sie die dünnste von uns ist.

Das war der erste Tag unseres Rittes. Der zweite machte uns einen Strich durch die Rechnung. Es mußte die Nacht geregnet haben, früh aber herrschte bittere Kälte. Auf allen Wegen, nicht nur auf der Hauptstraße, war ein Glatteis, wie wir es selten erlebt haben. Mutter, die als erste hinausging – sie ist immer begierig auf den nächsten Tag und kann ihn nicht erwarten –, rutschte bereits nach dem allerersten Schritt aus und setzte sich auf den Hosenboden. Wir lachten. Dann aber verging uns das.

Mit Mühe und zu dritt untergefaßt humpelten, schlitterten und rutschten wir hinüber zum Verwaltergebäude. Dort wollten wir die Wettervorhersage im Radio hören. Der freundliche Beamte war schon unterwegs gewesen und erzählte, daß in der Stadt ein Durcheinander herrschte wie selten. Autos seien unfähig zu starten, überall fielen Fußgänger hin, die Busverbindungen seien unterbrochen. Und die Vorhersage? Ja, weiterhin Kälte, keine wesentliche Änderung der Wetterlage. Es war eben doch noch nicht Frühling.

Wir sahen einander an. Weiterreiten bei diesen Aussichten? Ausgeschlossen.

„Wir kämen keinen Kilometer weit“, sagte Mutter, „ganz abgesehen davon, daß wir die Ponys unverantwortlich gefährdeten. Zunächst können wir nur abwarten.“

Wir warteten nicht länger als einen halben Tag. Mutter ist unfähig, tatenlos dazusitzen, es kribbelt ihr dann in allen Gliedern, und wenn sie nicht reiten kann und dazu nicht einmal eine Schreibmaschine da hat, in die sie ihre Gefühle verströmen kann wie ein Pianist in seinen Flügel, dann ist sie nicht zu ertragen. Irgend etwas muß sie unternehmen, und das tat sie auch hier.

Bis Mittag hatte sie also herausgefunden, daß, erstens, der Stall, in dem unsere Ponys standen, nicht weit vom Güterbahnhof entfernt liegt, zweitens, heute noch ein Zug in unserer Richtung ging und wir, drittens, einen Waggon bekommen konnten, wenn wir wollten. Letzteres war eine sehr seltene Gelegenheit, wir sind gewöhnt, auf Waggons drei oder vier Tage warten zu müssen. Kurz entschlossen griff sie zu. Wir wurden vor die vollendete Tatsache gestellt, hatten aber nichts dagegen, als wir hörten: „Wir verladen bis Reutlingen.“

Nun mußte es hopphopp gehen. Der Verwalter und seine Familie halfen. Den Ponys wurden die Hufe mit alten Lumpen umwickelt, damit sie nicht rutschten, und wir führten sie mit vielem Gutzureden und aller Vorsicht zur Verladerampe. Wie günstig, daß wir alles so genau kannten: Lotte und Steffi sind, als wir nach Süddeutschland zogen, mit unsern eigenen Ponys im Waggon gereist. Damals allerdings mit mehr Komfort als diesmal, weil ja alles längst geplant und vorbereitet war.

Es ging auch ohne Komfort. Wir bekamen einen Waggon für uns, etwas Heu gab uns der Verwalter mit, damit die Ponys unterwegs einen Zeitvertreib hatten, und für uns spendierte er einen Ballen Stroh. Es war kalt im Wagen, so kalt, daß wir die meiste Zeit hin und her liefen, um uns warm zu halten. Steffi allerdings, die den Pferden immer ähnlicher wird, brachte es zu einem ausgedehnten Stehschlaf, wie ihn auch die Pferde betreiben. Sie stand zwischen zwei Ponys, hatte die Arme rechts und links in die Mähnen gewühlt, schloß die Augen und schlief ein. Sie hat sogar geschnarcht und ein paarmal im Schlaf geredet.

Wir wurden an Personen- und Eilzüge angehängt. Wie oft, das können wir nicht mehr sagen. Immer wieder ruckte und rumpelte es, dann wurden wir rangiert. Endlich Tübingen, und noch endlicher Reutlingen! Erleichtert aufatmend führten wir unsere Ponys die Rampe hinunter.

Hier wartete unser eine Überraschung. Obwohl wir uns erst für den nächsten Tag angemeldet hatten – wir wollten die Strecke Donaueschingen – Reutlingen zweitägig reiten –, erwartete man uns auf dem Bahnhof. Der halbe Reitverein war da, an der Spitze der Reitlehrer. Wieso und warum es durchgesickert war, daß wir kämen, ist nie geklärt worden, wahrscheinlich wirkte hier die Telepathie mit, die unter Reitern herrscht.

Von Glatteis in Reutlingen war keine Rede. Im Triumphzug, als kämen wir wie ehemals Jasma mit ihrer Reiterin aus Rom, wurden wir eingeholt. Immer mehr Zuschauer schlossen sich uns an, und vor dem Reithaus stand die Frau des Reitlehrers und hielt eine kleine Begrüßungsansprache. Wir dürften, um Seuchengefahr vorzubeugen, nicht ohne einen desinfizierenden Trunk die Stätte ihres Wirkens betreten. Mutter nahm gehorsam das angebotene Glas und trank. Es war ein hochprozentiger Schnaps. Wir lachten.

Die Ponys bekamen Boxen, in denen sie bis zu den Knien in trocknem Stroh standen und deren Krippen mit Hafer gefüllt waren. Das behagte ihnen. Und wir?

Mutter hatte längst einen Plan. Sehr nahe dem Reithaus in einer Siedlung wohnt ein Verleger von ihr, den wir auch kennen. Er hat eine nette Frau und fünf Kinder. Dort, so schloß Mutter scharfsinnig, kann man bestimmt zu dritt überraschend für eine Nacht unterkommen. Bei Leuten ohne Kinder mit Wohn-, Eß- und Fremdenzimmer bereitet es viel mehr Schwierigkeiten.

Wir verabschiedeten uns von den Ponys und den freundlichen Reitern und gingen los. Mutter kaufte vorsichtshalber noch einige -zig Brötchen und eine billige Leberwurst von der Länge eines Unterarms,

„Schweigegeld“, wie Steffi sagte, sie meinte Bestechungsgeld. Man kann es auch Drachenfutter nennen.

Der Verleger war da. Und seine Frau und er zeigten sich über den unerwarteten Besuch ehrlich entzückt. Fünf Minuten später saßen wir samt seinen eigenen Kindern um den Abendbrottisch und ließen uns unsere Brötchen zu seiner Suppe schmecken. Himmel, waren wir hungrig und verfroren! Natürlich durften wir zur Nacht bleiben. Alles ging, ging wundervoll – wir lachten und schalteten alle Sorgen ab.

Waschen konnten wir uns nur in der Waschküche oder im ehelichen Schlafgemach. Man redete uns zu, das letztere zu wählen. Mutter nahm die Sporen, die Steffi abschnallte – „du bleibst sonst im Perser hängen!“ –, und steckte sie in die Betten der nichtsahnenden Gastgeber unter die Laken. Als wir viel später, in Kinder- und Wohnzimmer verteilt, am Einschlafen waren, öffnete sich die Tür zu Mutters improvisiertem Schlafgemach noch einmal, und des Verlegers Stimme knirschte:

„Sie Kanaille!“ und die Sporen flogen herein. Sie trafen Mutter nicht, die rechtzeitig in Deckung gegangen war.

Am anderen Morgen ging es nach herzlichem Abschied weiter, gottlob ohne Glatteis. Die Luft war mild und schön, und eine wahrhaft frühlingshafte Sonne schien. Als wir im Neckartal angekommen waren, ritten wir ein wenig abseits, sattelten ab, ließen die Ponys weiden und warfen uns ins Gras. Das sollten wir bitter bereuen. Es waren ja nicht Gloa und Eyglo, unsere pudeltreuen, seit Jahren an uns gewöhnten Hausgenossen. Erst setzte sich der eine Wallach in Bewegung, Richtung Heimat, dann Snerri, der Hengst. Die beiden anderen folgten. Steffi hatte zwar „Uuuh!“ gerufen, den isländischen Ausdruck für „Brrr!“, und sprang als erste auf. Zu spät! Die Ponys trabten bereits, und eine kleine Schar von vieren fühlt sich schon als Herde. Eine Herde Islandponys zu Fuß zu fangen, das übersteigt menschliches Vermögen.

Mutter und Lotte waren auch aufgesprungen. Wir äugten umher – konnte man einen Bogen schlagen und den Ausreißern den Weg abschneiden? Es sah so aus. Lotte rannte wie ums Leben: Wenn sie die Nekkarbrücke erreichte, ehe die Pferdchen sie betraten, konnte sie sie aufhalten. Wir sind alle gut zu Fuß und trainiert, weil wir oft rennen müssen. Aber inzwischen hatten die Ponys sich entschlossen, zu galoppieren. Eins braucht nur damit anzufangen, so machen die anderen es nach. Dagegen kommt man nicht auf.

Wir sahen uns schon im Geiste bis Reutlingen, ja, bis in den Schwarzwald hinterherrennen. Das blieb uns gottlob erspart. Die Ponys verfehlten in der nächsten Ortschaft eine Kurve und gerieten in einen Mühlenhof hinein, aus dem sie im Augenblick nicht mehr herausfanden. Inzwischen waren wir da und hielten den Ausgang besetzt. Keuchend, halbtot vor Anstrengung, schwitzend und zunächst keines Wortes fähig standen wir, hielten sie an den Mähnen und antworteten auf alle Fragen nur mit abwehrendem Kopfschütteln. Der Fahrer eines Wagens mit Erfrischungsgetränken verlangte Ersatz für zerbrochene Flaschen, er hatte, als er die Ponys kommen sah, sehr plötzlich bremsen müssen.

„Kommen Sie mit zum Neckar, zu unserem Lagerplatz, dort bezahl' ich Ihnen alles", japste Mutter. Wir hatten dort unsere Anoraks ausgezogen und uns darauf gelegt und dann alles liegengelassen, Geld und Ausweise, Zigaretten und Amuletts. Der Fahrer konnte das nicht ahnen. Er schüttelte den Kopf und gab Gas. Lieber den Schaden selbst tragen als mit Verrückten verhandeln oder gar mitgehen!

Von da an paßten wir besser auf. Wir ritten das Neckartal entlang und kreuzten die Autobahn. Die Pferdchen liefen unermüdlich und willig. Unser Ziel für diesen Abend war Deizisau, die Pfarre unseres Ponypfarrers. Auf der Höhe, etwa vier Kilometer vor dem Ort, wo die sogenannte uralte Hungerlinde steht, sahen wir schon von weitem zwei Reiter und einen Fußgänger warten.

„Guck, dort steht ein Spähposten!" sagte Lotte. Gleich darauf hörten wir ein uns bekanntes Johlen, „Oiiiih!". Es waren die beiden Pfarrerssöhne, die bei uns die allerersten Reitstunden erhalten hatten, und – hallo! – den kannten wir doch! Das war ja Ben!

„Wieso bist du denn hier!" fragte Mutter erstaunt. Lotte gab Bescheid. Sie hatte es nicht ertragen können, ein „leeres" Handpferd zu sehen und zu wissen, ihr kleiner Bruder sitzt zu Hause mit einer nach dem Sattel juckenden Sitzfläche. So rief sie heimlich an.

Ben aber war gar nicht mehr im Ponyhof, er hatte sich bereits, unwiderstehlich angezogen, uns bis Deizisau entgegenbewegt. Da dies ein Samstag war, ging das trotz der ewig Rücksicht verlangenden Schule.

Nun waren wir ein Fähnlein von sechs Aufrechten. Stolz und strahlend zogen wir im Pfarrhof ein, durften absatteln, füttern, tränken, bekamen ein herrliches Abendbrot und jeder ein Bett! Am nächsten Morgen konnten wir sogar heiß baden. Wir schieden mit herzlichem Dank.

Der letzte Reittag führte durch den Schurwald ins Remstal hinunter. Es war ein reiner Genuß. Zu viert mit Isländern unterwegs zu sein, das war ein Vergnügen! Zu Hause wurden wir von Katrin mit Hallo begrüßt. Sie nahm uns die Ponys ab, erzählte, daß sie reichlich vorgekocht habe, klopfte Pferdehälse und ließ sich alles berichten, was wir heraussprudelten; wir können mit Neuigkeiten nie warten, sondern müssen sie immer gleich von uns geben. Katrin hörte zu und schmunzelte merkwürdig vor sich hin. Hatte sie etwa auch eine Neuigkeit und hielt sie zurück?

„Was gibt's denn?“ fragten wir schließlich.

„Was soll's denn geben?“ gegenfragte sie verschmitzt. Wir drängten und quälten. „Los! Nun sag's schon! Du hast doch was ganz Wichtiges!“

Ja, sie hatte! Und sie konnte es auch nicht bei sich behalten, bis wir alle friedlich um den festlich gedeckten Tisch saßen, wie sie sich das vorher ausgemalt hatte. Zwischen Tür und Angel platzte sie damit heraus:

„Damit ihr's wißt: Christine hat ein Kind! Alles ist gutgegangen, und sie bringt es her, sobald sie aufstehen darf. Es soll nämlich hier aufwachsen, wenigstens zunächst, damit es sich von früh an an Ponygeruch und Sattel, Heu und Hafer gewöhnt. Übers Jahr reitet es schon, paßt mal auf!"

„Christine hat ein Baby!" Mutter fiel Katrin um den Hals. Deshalb hatte Christine sich so merkwürdig ausgeredet am Telefon, als Mutter sie mit O-oh besuchen wollte. Sie habe gerade etwas anderes vor, könnte aber nicht sagen, was. „Und ich bin nicht draufgekommen! Aber alles ist gutgegangen, ja, wirklich? Wie wunderbar! Natürlich nehmen wir es, ich ziehe doch zu gern Remonten auf! Nächstes Jahr reitet es schon, vielleicht sogar schon eher. Wie soll es denn heißen?"

„Roswitha", berichtete Katrin. Die sehr geliebte Schwester von Christines Mann heißt so, nach der hatte man den Namen sicher ausgewählt. Ben schrie:

„Aber hoffentlich mit ß! Sonst..."

„Also ein Mädel?" fragte Mutter, nicht sehr geistreich. Und Lotte schüttelte bedauernd den Kopf:

„Das hätte Christine anders einrichten sollen. Das erste der neuen Generation sollte wahrhaftig ein Sohn sein. Nur ein Mädel!"

„Was heißt hier *nur*? Du bist ja selbst eins", sagte Mutter empört, „und Steffi – und Katrin – und Lotte und Angela – findest du, daß ihr alle *nur* Mädel seid? Und zweitens sind wir ein Gestüt und haben immer das Glück, mehr Stutfohlen zu bekommen als kleine

Hengste. Haben wir das nicht immer dankbar gerühmt? Außerdem sind Mädel anfangs mutiger und wollen eher in den Sattel. Ich freue mich schon, wenn es mit mir ausreitet! Ich freu' mich so, und auf dem Ponyhof darf es aufwachsen? Kinder, ist das schön? Gottlob, daß es weitergeht im Leben! Kommt, darauf wollen wir anstoßen!"

Sie hob das Glas, das Katrin ihr reichte. Wir alle nahmen unsere Gläser. Mutter stieß reihum mit uns an.

„Auf die dritte Generation im Ponysattel!"

Klingklang – machten die Gläser. Die Sonne schien herein. Der Winter war vorbei, auf einmal war Frühling.

Neuer Frühling, neues Leben im Ponyhof!